时间潜行者

武小武　著

长江出版社

这一生，

只有爱你的时间里是活着的。

目 录 / CONTENTS

第一章

凡事都有定期，万物都有定时

1

跟踪到一个闹市，男人就脱离了苏诺的视线。

“刚才在地铁口就应该拽住他的。”苏诺懊恼地自言自语。

苏诺在地铁口看到的这个男人，就是十年前撞死妈妈逃逸的男人。

这个男人在她记忆里没有走样，依然瘦骨嶙峋、肤色黝黑，淡漠的脸上只是多了时间的刻印；那双冷漠的眼睛，最让她印象深刻。十年前，这个男人开着一辆黑色的无牌照轿车撞上她和妈妈，男人对于她哀求的神情无动于衷，冷漠地看了一眼倒在血泊里的妈妈和不能动弹的她，像是事不关己一样径自驾车离开了。

就因为这个男人的淡漠，妈妈没能及时得到抢救，死在了去医院的路上。

“刚才为什么要犹豫呢？”苏诺喃喃自责。

她的自责完全是出于愧疚，她不能原谅撞死妈妈的肇事者在自己的眼皮底下再次逃之夭夭。其实，刚才在地铁口，她已经做好了抓住这个男人的计划——在和这个男人擦肩而过的时候，突然拽住他，大喊这个男人是逃犯，是撞死妈妈的凶手，求路人帮忙一块儿制伏他，然后报警等待警察到来，让他受到应有的法律制裁。

但就在苏诺做计划的时候，男人突然改变了路线拦下一辆出租车走了。

“我必须找到他，让他受到应有的法律制裁！”苏诺心有不甘地在闹市边走边四处观望着。

闹市在一个商业区，这个商业区在江州这座国际大都市刚刚崛地而起。三年前这里是一大片老弄堂，里面住着的全是经历过时代变迁的老江州人。这里曾经一到天亮就充满吴侬软语的寒暄声，如今已经被带有各地方言口音的普通话替代了。

苏诺在熙熙攘攘的人群中寻找逃逸者身影的时候，电话突然响了。从裤兜里掏出手机一看，是魏小蔓打来的。魏小蔓是苏诺的大学同学兼闺密。

“苏诺，你到哪儿了？来实习的同学就剩下你没到了。”苏诺刚把手机放到耳边，就听见魏小蔓焦急不已地问。

经魏小蔓一提醒，苏诺才豁然想起去《法制晚报》实习报道的事儿，“小蔓，我在路上遇到点儿事。你帮我跟老师解释一下，我一会儿就到。”

挂了魏小蔓的电话，倔强的苏诺又不甘心地找了起来，直到魏小蔓再次打电话过来催促，才失落地赶去报社报道。

苏诺不想让更多人知道她的身世，所以在路上精心准备了一个迟到的理由。等到了报社，却发现根本用不上。因为报社压根没有人顾得上她，整个办公区像打仗似的，所有记者都在忙着赶制一个刚刚破获的连环杀人案专题。

苏诺站在门口想看看魏小蔓在哪里，可环视整个办公区都没见到她的影子；想问问该找哪位老师报道，又不知道该打扰谁。立在门口正手足无措的时候，一位三十岁左右的女记者抱着一叠稿件走了过来。

“苏诺是吧？”女记者上下打量着苏诺，把苏诺看得慌张又尴尬。

“我是苏诺，老师。”苏诺尊敬地回应。

就在这时，魏小蔓从卫生间走出来，看到苏诺尴尬地站在老师面前，急忙走了过去。

“宫玥姐，宫玥姐，你忙你的，我替你批评这个实习生，太不像话了，报道的第一天就迟到。”魏小蔓走过来，替苏诺打圆场。

“我说批评她了吗？”宫玥质问魏小蔓。

“她犯错了，你都不批评她，那你太善待她了。严师才能出高徒。”魏小蔓又调转话锋。

魏小蔓就是这样口无遮拦、大大咧咧，像个男孩子。她这种性格源于她的出身，她出生在一个警察世家，爷爷是老警察，爸爸是警察，妈妈是法医，哥哥是刑警，唯独她，家人不让她进警察队伍。不让她进警察队伍，并不是因为怕她有什么闪失，而是因为她做事儿太过于毛手毛脚，男孩的智谋没有，女孩的细心聪慧又不具备，怕她进了警察队伍给组织添麻烦，给“警察世家”抹黑。

宫玥深知有魏小蔓在，根本不能绷着脸好好地质问苏诺为什么迟到，便把抱着的一叠稿件递给了苏诺，“以后你和魏小蔓跟我一组，我来带你们。这几篇稿件，你俩去会议室校对有没有语病和错别字，午饭前给我。”

“好的，老师。”苏诺接过稿件毕恭毕敬地说。

“宫玥姐，那你忙你的吧。报道新闻最重要。咱们新闻不是讲究时效性吗？我哥破获一起连环杀人案多不容易呀，别耽搁了稿件。”魏小蔓接着苏诺的话茬说。

宫玥白了魏小蔓一眼，就转身回工位了。刚走几步，又转过身来对苏诺说：“对了，我叫宫玥，还有，咱们的工作不要求穿正装。”

“谢谢宫老师。”苏诺不由自主地看了一下自己，尴尬地说。

平时苏诺都是一身休闲装，要么牛仔裤加 T 恤，要么一袭长裙，淡妆都不化。即便如此，走在校园里，也会招来无数男生的注目。苏诺长得虽不惊艳，却自有一种纯净的气质。苏诺这身正装是奶奶给她买的。

五一回老家看望奶奶的时候，奶奶得知苏诺要实习，非要带着她去商场给她买一身正装。她知道自己的职业用不着穿正装，但拗不过奶奶，便买了下来。苏诺跟奶奶的关系特别好，所以她想无论如何都要在进入职场的第一天，穿上奶奶给她买的这身衣服。

苏诺目送宫玥走远，转身就对魏小蔓说："小蔓，你怎么能这样跟老师说话呢？多不尊重呀。"

"我能，但你不能。如果你求求我，你也能。"魏小蔓满不在乎地说。

"我能不了。我身上可没散发着你那么自信的雌雄荷尔蒙，以为自己男女皆能吸引。"

"那我也不敢吸引她，我哪能跟我嫂子乱来呢，太大逆不道了。"魏小蔓笑嘻嘻地说。

"宫老师是你嫂子？！"苏诺惊叹道。

"她和我哥互有好感，叫嫂子不是早晚的事儿吗？"魏小蔓故作一副不可一世的表情，"记住，我是上面有人的人！"

"那以后还请魏小姐多多关照。"苏诺双手抱拳，故作恭维的口气说。

"想让我罩着你，你得老实交代路上遇到了什么事儿。"魏小蔓把脚搭在会议桌上，像是审犯人似的看着苏诺。

苏诺犹豫了一下，便把刚才跟踪那个男人的一幕告诉了魏小蔓。苏诺之所以犹豫，是因为她太了解魏小蔓了，她怕魏小蔓阻止她去寻找肇事逃逸者，担心她遇到危险。

果不其然，苏诺一说完，魏小蔓就开始阻止道："下了班，你不能一个人去，太危险了，要去带上我。"

"带上你就不危险了吗？再说了，我只是去找找，如果能找到，就说明他就住那附近，我就直接报警了。"苏诺说。

"反正你要去，必须带着我，不然你也别想去。"魏小蔓坚定地说完，弯腰从会议桌上抽走一叠稿件，"这事儿就这么定了，开始看稿子吧。"

魏小蔓握着稿子看着无奈的苏诺，突然扑哧一下笑了："诺，你奶奶给你买的这身职业装真好看，你穿着特别……特别像做房产中介的。”

苏诺遭到魏小蔓的戏弄，白了她一眼，开始低头看稿子，新闻的标题为：“315 连环杀人案 513 告破”。

2

下午六点，苏诺和魏小蔓准时走出了办公室。

她们俩脚步匆匆地走出报社大院，向公交站牌走去的时候，突然听到背后传来了呼叫苏诺的声音，她俩不约而同地转身，看到解家明正向她们跑过来。

“解家明，你怎么来了？”魏小蔓质问跑到她俩面前的解家明。

“你们第一天实习，我当然要来问候问候了。”解家明回答完魏小蔓，不由自主地把目光移到苏诺身上，目中含情地问，“苏诺学姐，第一天实习，感觉怎么样？”

解家明五官长得比较清秀，身材也算高大。只是因为从小体弱多病，那张清秀的脸看上去总是像大病初愈一样憔悴，细高的身躯也像是一棵营养不良，风一吹便会被折断的树。

“解家明，我今天也是第一天实习，你为什么不问问我呢？”魏小蔓不满地对解家明说。

“我这不是还没来得及嘛。”解家明有些尴尬地回应魏小蔓。

“算了算了，看在你年幼无知外加对我们家苏诺专注倾情的份儿上，就不跟你斤斤计较了。”魏小蔓说着冲苏诺眨眨眼。

的确如魏小蔓所说，解家明是一个对苏诺专注倾情的追求者，并且解家明能和苏诺相识也是因为魏小蔓。三年前，解家明刚考进江州大学，魏小蔓就受到哥哥的嘱托要她多多照顾他。魏小蔓是一个连自己都照顾不好的人，便严词拒绝。哥哥告诉她，解家明是他的师父老刑侦队队长的孩子，很小就失去了母亲，身体也不是很好。听完解家明的身世，魏小蔓对解家明萌生了同情之心，才一口应了下来。

开学后，魏小蔓就让苏诺陪着自己去看望解家明。然而，苏诺的出现一下就把解家明尘封了十八年的情愫揭开了，解家明对苏诺顿时倾了心。

解家明是一个单纯腼腆的男生，在此之前都没怎么和女生接触过，更没有对女生示过爱，所以他一直用自己笨拙的方式默默地喜欢着苏诺。

任何事情在时间的冲刷下都会昭然若揭。不久，苏诺就察觉到了解家明对自己的心思。但她对解家明没有丝毫男女之情，然而拒绝就意味着伤害，她害怕伤害解家明。她不想伤害一个和自己一样幼年丧母的男孩，她深知像他们这样没有母亲陪伴成长的孩子，内心深处是多么的脆弱。

倾情越久，伤害越大。苏诺为了让解家明尽快把情感从自己身上抽离出去，最终还是鼓起了勇气，用尽量不会伤害到解家明的语句，委婉地说出他们是不可能成为恋人的话。但这些话，不但没有让解家明产生丝毫挫败感，反而让他更加倾情。解家明借用莎士比亚的一句话说：爱情只是一种疯狂；我在你身上疯完了，也就自然而然地离开了。

迷恋这种无法名状的感受，别人是无法劝阻的，仿佛做梦一样，只能等做梦的人自己醒来。既然如此，苏诺便没有再说什么，这场爱情便成了解家明一个人的事情。

“你们俩演够了吗？”苏诺看看魏小蔓又看看解家明，一眼看穿了他们的把戏。

解家明不知所措地搔了搔头，嘿嘿笑着说：“是小蔓姐让我来的。”

魏小蔓对解家明这么快招供有些不满：“叛徒。”

“你把家明叫过来干什么？”苏诺质问魏小蔓。

“咱们不是有可能和坏人搏斗吗？我这不是叫一男丁壮壮胆嘛。”魏小蔓解释说。

“你不是跆拳道黑带吗？”苏诺嘲讽着说完就朝公交站台走去了。

“我十岁的时候黑带而已。”魏小蔓解释完白了解家明一眼，“叛徒，赶紧跟上。”

春末夏初，下午六点的江州刚刚夕阳西斜，从江边大桥路过的时候，那一抹斜阳投下来落到江面，波光粼粼，远远望去像是江面着了火，那艘过江的轮渡像是逃逸的纵火犯，急促地向东逃离。

此刻的闹市比上午的人更多了，苏诺、魏小蔓、解家明在人头攒动的人群里并肩而行，寻找着肇事逃逸者的身影。

他们沿着闹市一路向西大概走了半个小时，在天色暗沉的时候走到了闹市尽头，发现闹市旁还有一小片未拆的老弄堂。

一出闹市，就是弄堂口，这里已经没有闹市的人来人往。顺着弄堂口望去，里面只有稀稀疏疏几个人在走动。

“他应该是路过这里，或者来这里办事儿？”解家明看着有些失望的苏诺说。

苏诺环视四周，这个弄堂被闹市和一个高档小区夹在中间，像是一个被时代遗弃的孩子，看上去特别孤独。

“他有没有可能住在这里呢？”苏诺心有不甘地指了指弄堂口说。

“那我们进去找找。”魏小蔓附和道。

此刻的魏小蔓要比苏诺更加理智，她预感肇事逃逸者不会在这里。但为了不让苏诺留有遗憾，还是陪着苏诺走进了弄堂。

弄堂口像是装了一扇隔音门，一走进弄堂口，从闹市传来的嘈杂声就被削弱了，瞬间被坐在弄堂里几个聊家常的老人口里的吴侬软语替代了。弄堂上空晾着许多衣物，充斥着一股洗衣粉的味道，有些手洗的衣物往下滴着水，为了躲避水滴，他们三个像是玩跳房子游戏的孩子，走得特别小心翼翼。

顺着弄堂走了一会儿，苏诺突然停下了脚步，吃惊地望向一个水果摊。魏小蔓和解家明也停下脚步顺着苏诺的目光望去，一个二十多岁的帅气男生正在买水果。

这个年轻男人挑水果像是一个上了年纪的老年人似的，挑挑拣拣异常精细，和他那张五官分明年轻俊美的脸有些不搭。可能是他长得帅又常在这个水果摊买水果的缘故，卖水果的中年老板娘并没有对他挑挑拣拣感到不满，反而对他异常照顾，还帮他挑选。但这个青年男人并没有对老板娘报以感谢，一直不苟言笑，那对剑眉下深邃的双眸一直在寻找自己中意的水果。

苏诺看着这个青年人，感到非常惊讶，世界上怎么有这么相像的两个人呢？她疑惑着，忍不住举起手机偷偷拍了几张照片。

魏小蔓见苏诺拿手机偷拍，也举起手机偷拍起来，边拍边感叹着说："啧啧啧。没想到这么破的地方，竟然能遇到这么帅的男生。"

解家明看到苏诺和魏小蔓都用手机拍那个男人，便有些吃醋，喃喃自语道："不就比我壮一些吗？有啥了不起的。"

"只是壮一些吗？"魏小蔓听到解家明的喃喃自语，手中拍着照，习惯性地反击道。

"不然呢？"解家明和魏小蔓争执了起来。

"不然说出来，多伤害你的自尊啊。"魏小蔓看了一眼解家明说。

"我最不怕的就是伤害，伤害能让人内心变得强大。"解家明不甘示弱地说。

苏诺像是没有听到魏小蔓和解家明争执的声音，从拍摄的照片中找出一张最为清晰的放大看，越看内心的疑惑越重。

"既然你想变强大，那我就问你一个问题。你说我是不是该鼓起勇气，去加个微信？"魏小蔓花痴般看着拍下来的照片问解家明。

魏小蔓说完，见解家明没有回应她，抬头望去，才知解家明正醋意满满地看着苏诺；再看苏诺，正紧皱眉头一副疑惑的表情看着那个帅哥的照片。

"苏诺，这个帅哥不会是那个肇事逃逸者吧？"魏小蔓担忧地问。

“不是。他只是长得特别像一个我认识的旧人。”苏诺的目光没从照片上移开。

“不是就好。”魏小蔓舒了一口气，“这么帅的人如果成了逃犯，那就太可惜了。”

“旧人？什么样的旧人？”解家明猜测道，“前男友吗？”

“我认识的那个旧人已经去世了，但真的和他长得特别特别像。”苏诺的语气有些伤感。

“既然这么像，有可能他们有血缘关系呢？你那个去世的旧人叫什么名字？”魏小蔓像是逮到了什么机会，连忙问。

“鼎恩。”苏诺脱口而出。

“鼎恩。”魏小蔓点点头重复了一遍，“那我去帮你问问他认不认识鼎恩。”

魏小蔓说完，刚要迈步去问的时候，却发现那个像极了鼎恩的男人已经不见了，水果摊旁只剩下那个卖水果的中年女人。

“人呢？”魏小蔓四处张望着失望地说。

“既然人走了，那我们回去吧。”苏诺心事重重地说。

“你不想求证一下吗？”魏小蔓心有不甘。

“也有可能是我记错了。鼎恩去世那一年我才十二岁，都过去十年了。”苏诺不确定地说，“我们走吧，我有些不舒服。”

“好吧。”魏小蔓见苏诺的脸色变得有些难看，便点头同意了。

走出弄堂，夜幕已经完全降临。苏诺情不自禁转身回望了一下，弄堂里一头一尾的两盏白炽灯，像一双注视着她的眼睛。

“苏诺学姐，天网恢恢疏而不漏。命运使者为什么让你今天遇到那个肇事逃逸者呢？肯定是一种宿命的安排。我爸爸说，当隐藏很久的东西有浮出水面的迹象时，离真相就不远了。所以，那个逃逸者一定会得到应有的惩罚。”解家明见苏诺心事重重，安慰起了苏诺。

“一定会。”苏诺浅笑着对解家明说。

“我请你们吃饭吧。”解家明提议道。

“改天吧，今天我想带小蔓去一个地方。”苏诺若有所思地说。

“我不方便去吗？”解家明问。

“你哪儿那么多废话啊，赶紧走。”魏小蔓连赶带轰地对解家明说。

3

苏诺、魏小蔓乘坐出租车来到了一栋欧式别墅前。别墅坐落在一处园林里，周围环绕着几棵法国梧桐。这栋孤立的别墅虽然经历年代的洗刷，但并不破旧，在路灯和那轮刚刚升起的明月映照下，看上去反而有一种神秘的古朴感。

“这是哪儿呀？”从出租车上下来，魏小蔓环视着周围问苏诺。

“一会儿告诉你。”苏诺说。

走到别墅大门前，苏诺输入密码，大门瞬间就自动打开了。走进去，苏诺娴熟地打开了院灯，院内的景象瞬间在地灯的映照下清晰起来。地灯发出暖黄色的光，特别幽暗，院内虽然被归置得精致有序，但感觉还是有一丝萧索。

从大门通往别墅是一条铺满鹅卵石的小道，她们走到门前，苏诺再次熟练地输入别墅门的密码，门一开，房内的灯全亮了，房内的一切瞬间映入了她们的眼帘。

“这是我家。”

“哦。”魏小蔓盯着房门正对的墙上挂着的一张照片，照片是苏诺小时候和爸爸妈妈的一张全家福，“你和小时候真不像，都说女大十八变，你变得真好看。”

“小蔓，我从来没告诉过你，我在江州还有家，你不吃惊吗？”

“不吃惊。从在学校里见到你的第一天，我就从你眼里看出你有很多秘密。”魏小蔓很不生分地走进去坐在沙发上，“你爸爸没在家吧？要是你爸爸在家，我就假装矜持点儿。”

“我爸爸也去世了。实验室着火，爸爸和鼎恩没能逃出来。”苏诺坐到魏小蔓旁边淡淡地一笑，故作云淡风轻地说。

苏诺妈妈出车祸离世，魏小蔓听苏诺说过。但魏小蔓从来没有听苏诺提及爸爸，她一直以为苏诺和爸爸的关系不好，不愿意提及呢。

“诺，对不起。”魏小蔓心疼地看着苏诺，一把抱住了她。

“没事儿，都过去了，不是吗？”苏诺嘴上这么说，眼泪却不由自主地流了下来。

苏诺之所以情绪失控，是因为那个撞死妈妈的肇事逃逸者，以及和爸爸一块儿困在火海中丧生的鼎恩长得很像的男人，在同一天出现在了同一个区域。这种睹人思人的情绪，在回到这个曾经幸福无比的家后就再也控制不住了。

“苏诺，今天你不适合在家里待着，要不我们先回学校？”魏小蔓听到苏诺的哭泣声，提议道。

“我得找到鼎恩和爸爸的合影，我要看看这个男生和鼎恩到底有多像。”苏诺说完就起身奔向二楼的书房。

苏诺虽然情绪有些不稳定，但并没有完全丧失理智。爸爸、妈妈在同一天去世，没错，就是同一天。

十年前，苏诺和妈妈被撞后不到五分钟，爸爸的实验室就着火了。那个时候，警察是分别立案的，因为她和妈妈被撞，有目击证人看到那个逃逸司机曾经有过刹车举动，也从路上勘察到了刹车的痕迹，只是速度过快惯性太大，还是撞向了苏诺和妈妈，最后只是定案为一桩交通肇事案；而爸爸的实验室着火，警察勘察的结论是因为做实验时引起爆炸，瞬间引燃实验燃料造成火灾，实验室的门遇火变形打不开造成爸爸和鼎恩丧生火海。起初，有办案人员建议并案侦查，调查是否是一宗谋杀案，但侦查完得出的结论是只是巧合。

但十年后的今天，撞死妈妈的肇事逃逸者和“鼎恩”出现在同一个区域，这种巧合让苏诺再也无法淡定了。

魏小蔓见苏诺的情绪如此不稳定，也急忙跟了上去。

到了书房，苏诺就开始翻箱倒柜地寻找相册，终于在一个书架的角落里，找到了一本又厚又大的老相册。

苏诺坐在地上翻开相册，找出一张鼎恩和爸爸的合影，和今天用手机拍的照片比对发现，老照片上的鼎恩和手机里的那个男生太像了，简直就像一个模子里刻出来的。

魏小蔓双膝跪在苏诺旁边，比对完照片后，也是一脸不可思议：“世界上两片相同的树叶都不会存在，怎么会有这么相像的两个人呢？”

在弄堂里看到那个像鼎恩的男人的时候，苏诺的脑子里就有了一个想法，如果这个男生是鼎恩，那么爸妈十年前的两场事故真的就是一场谋杀，这场谋杀的制造者就是鼎恩，因为鼎恩活着。

虽然照片上的鼎恩和像鼎恩的男生一样年轻，但她刚才忽略了自然衰老的因素。如果鼎恩活着，现在已经是将近四十岁的中年大叔了，怎么可能还会如此年轻呢?

如果他不是鼎恩，撞死妈妈的肇事逃逸者和像鼎恩的男人出现在同一区域，又该如何解释呢？难道真的又是巧合?

“这个人会不会是鼎恩的亲人呢？”魏小蔓听苏诺说完困惑地问。

“不可能。鼎恩没有亲人，他是孤儿。”苏诺沉思了一会儿说。

“啊！那好诡异。”魏小蔓瞠目结舌地说完，肚子突然发出咕噜声。

苏诺听到魏小蔓肚子的叫声，愧疚了起来：“小蔓，对不起，我把吃饭的事儿给忘了。”

“要不是肚子提出抗议，我也想不起来。要不我们先弄点儿吃的？”魏小蔓大大咧咧地说。

二人从楼上下来，来到厨房，魏小蔓打开冰箱，里面整齐地摆满了各种食材。

“你买这么多，吃得完吗？”魏小蔓看到冰箱里满满的食材问。

“不是我买的，是腾乾叔叔买的。”

“就是那个总是去学校看你，长得像白面书生的中年男人？”

苏诺点了点头。

苏诺口中的腾乾叔叔，魏小蔓口中的白面书生，是苏诺爸爸的博士生。当时苏父有两个博学多才的学生，一个叫腾乾，一个叫鼎恩。苏父对腾乾和鼎恩都视如己出，对他们的才华总是赞不绝口。当年，在苏诺的眼里，总觉得爸爸和他们不像是师生关系，倒像是无话不谈的朋友。

父母相继离世后，有一段时间苏诺的起居都是腾乾在照顾。但没过多久，苏诺就被奶奶接回了老家读书。苏诺生在江州长在江州，自然无法割舍江州，在填写高考志愿的时候，毅然决然写上了江州大学。

在苏诺离开江州的那段时间，这栋房子一直是腾乾在打理，虽然后来苏诺回到了江州，腾乾依然在打理这栋房子。

“完了完了，这些食材要做成食物太考验厨艺，我恐怕难以胜任。”魏小蔓把目光从冰箱移到苏诺身上，“我的拿手厨艺是泡面。苏诺，还是你来吧。”

“我的拿手厨艺也是泡面。”苏诺笑着说。

“那你白面叔叔还给你买这么多食材，不是浪费吗？”

“他有时候会过来给我做。”

“那我今天尝尝你的手艺，你给我泡桶面吧。”魏小蔓无奈地把冰箱门关上。

“你没这口福，腾乾叔叔压根就不会买这种垃圾食品。”苏诺说着朝客厅走去，“我去买吧。”

“还是我去吧。”魏小蔓拦住苏诺，“我正好熟悉一下你们家的周边环境，预防下次独自来的时候走错路。”

苏诺觉得魏小蔓对周围的环境不熟悉，应该一起前往，但魏小蔓一意孤行，最后只得同意了。

魏小蔓如此强烈要求一个人去，是因为她要在买泡面的路上，给哥哥魏良易打电话，让哥哥过来一趟，帮助苏诺和她分析如此诡异的事情。

刑侦队队长魏良易接到魏小蔓电话的时候，刚参加完“315连环杀人案”告破庆功酒会，正在酒店门口和同事告别。魏良易身为这起案件的主要侦办人，在酒会上自然逃不掉被同事敬酒，所以酒会结束的时候，已经有些微醺，但脑子还很清醒。

魏小蔓在电话里说完事情的起因经过，魏良易便把所有的事件图像化，在脑袋里瞬间关联起来过了一遍。这是他的职业病。他像过电影似的过完，觉得的确有些疑点，但并没有在电话里说出来，因为他的原则不是觉得有疑点就说，而是必须做到说出来的疑点一定要通往真相。这是他对自己的要求。

魏良易挂断妹妹的电话，拦了一辆出租车，就往苏诺家来了。

魏小蔓给哥哥打完电话，便有些后悔一个人独自出来，因为苏诺家旁边根本没有便利店，它距离远处那片灯火通明充满人间烟火的地方甚远，中间只有几盏稀稀疏疏昏黄的路灯。

魏小蔓走在那条荒凉的小道上，为了给自己壮胆，又给哥哥打了一个电话，告诉哥哥自己要去便利店买东西，一会儿在便利店集合。

4

兄妹俩来到苏诺家，发现苏诺正和一个中年男人坐在沙发上，拿着老照片和手机里的照片专注地比对，连魏家兄妹走进来都没发觉。即便这个中年男人低着头，魏小蔓还是一眼就认出他是腾乾。

“苏诺，你看谁来了。”魏小蔓和哥哥走进来后喊道。

听到声音，苏诺和腾乾不约而同地抬起了头。苏诺忙站起来尽地主之谊请魏良易入座。

“良易哥，这是我叔叔。”魏良易入座后，苏诺给魏良易介绍腾乾，刚要继续给腾乾介绍魏良易时，腾乾很有涵养地站起来，从口袋里掏出一张名片递了过去。

魏良易接过名片扫了一眼，名片上印着的公司是鹏生生物集团，腾乾的职务是研究师。

“腾乾。久闻魏队长大名，总听苏诺提起您。”腾乾和魏良易握着手说。

“腾先生客气了。”魏良易握着手，目光打量着腾乾手里捏着的照片，“这是鼎先生的照片？”

“是。”腾乾把照片递给魏良易，“看来小蔓都跟您讲了。”

这时，苏诺也明白魏小蔓把哥哥叫来的目的了，忙把手机递过去，“良易哥，这是我今天拍的。”

魏良易接过手机，退到沙发前和那张老照片比对了起来。魏良易看着照片，也是一脸惊讶，因为两个人真的一模一样，根本看不出差别。这两张照片勾起了魏良易的好奇心。

“哥，你觉得会是一个人吗？”魏小蔓见哥哥盯着照片半天不说话，便开口问道。

“腾先生，你跟已故的鼎先生在一块儿相处了多长时间？”魏良易没有回答妹妹的问题，而是晃着鼎恩的照片开口问起了腾乾。

“我们从研究生到博士一直在一起，差不多快四年时间。”腾乾稍微想了一下。

“那你觉得他们像吗？”魏良易又问。

“像，像得我都不敢相信。”

“我也有点儿不敢相信。”魏良易把手机和照片放到茶几上，“鼎先生故去时多少岁？”

“我想想。”腾乾迟疑着。

“二十八岁。”苏诺插话道。

“这么确定？”魏良易问。

“因为鼎恩和我爸爸的生日差三天，他二十八岁的生日是和我爸爸四十五岁的生日一块儿过的。”苏诺说。

“如果鼎先生健在的话，现在将近四十岁。也不可能和这个年轻人一样啊。”魏良易自言自语地说完，又问苏诺和腾乾，“这位故去的鼎先生，你们清楚他家里还有什么亲人吗？”

“没有了，他是孤儿。唐山大地震的时候，父母都遇难了。”腾乾说。

“好蹊跷。腾先生的工作是研究哪个方向的？”魏良易问。

“以蛋白质为基础的药物，用以治疗和预防严重的人类疾病。”腾乾说。

“那从生物学上，两个人有可能长成一模一样吗？”魏良易好奇地问。

“从生物学传统繁殖角度上说，这是不可能的。”腾乾说。

“他们如此相像该如何解释呢？”魏良易继续请教腾乾。

“抱歉，恕我学识浅薄，无法给魏队长解释。”腾乾说。

“整容？克隆？”魏良易像是自言自语。

“整容不可能。你看这张脸根本不像整过的，再好的整容技术都能看出来。”魏小蔓拿起手机指着照片说。

“但克隆也不可能。”腾乾说。

“为什么？”魏良易问。

“因为至今根本没有哪个国家成功克隆出来过人。这个和鼎恩相像的年轻人，看上去已经二十几岁，二十年前的技术更没办法实现。”

“科学解释不了，难道是灵异事件吗？”魏良易漫不经心地问。

“有没有可能他就是鼎恩？只有这个结论能解释得通。”苏诺说的时候有些忌惮。

魏良易没有接苏诺的话，而是从魏小蔓手里要过来手机，又拿起老照片，问腾乾：“腾先生，假设鼎恩没有死，这个手机照片上的人是鼎恩，这张老照片上的也是鼎恩，从生物学上讲，有没有可能？”

“没有可能。时间对我们每个人都是公平的，它会在每个人身上留下应有的印记。刚才魏队长已经说了，如果我这位同学还活着，已经和我一样快要四十岁了。”腾乾说。

“哥，既然你现在也弄不清楚这个帅哥是不是鼎恩，去查查不就行了吗？在这儿问来问去的多麻烦。”魏小蔓口无遮拦地说。

“不懂办案程序就不要乱说话。”魏良易训斥魏小蔓，然后把目光投向了腾乾，“腾先生，十年前出事那天，你在哪里？”

“那天我重感冒发烧，在医院挂点滴。”腾乾说完突然意识到魏良易像是在审问他，“魏队长，你这是什么意思？”

“我就随口一问，腾先生不要多想，职业病，职业病。我先失陪一下。”魏良易说着站了起来，对苏诺说，“苏诺，你跟我来一下。”

苏诺跟随魏良易进了厨房。进厨房的时候，苏诺还是一脸茫然和失落，但从厨房走出来后，神情就舒展开了。

“够可以的，魏良易。”看到神情舒展的苏诺，魏小蔓对哥哥投去敬佩的目光，然后追问苏诺，“我哥给你说了什么，让你瞬间神清气爽？”

“不该打听的别打听。”在苏诺刚要开口的时候，魏良易抢先说，“苏诺，记住我说的话。”

苏诺有些尴尬，因为魏良易什么都没告诉她，只是安抚了几句，说会给她一个说法。魏良易这么说，她又不知道到底什么意思，只得配合地点点头。

这个时候，酒劲儿强烈地向魏良易袭来，让他特别想睡觉。在酒精的麻醉下，他也深知理不出头绪，便对站在他旁边的腾乾说：“腾先生，那我先撤了。刚才的莽撞，还请海涵。”

“魏队长不必介怀，很高兴认识魏队长。”腾乾和魏良易握着手说。

“小蔓，你是住这儿，还是跟我回家？”魏良易和腾乾寒暄完，问魏小蔓。

“我当然要陪着苏诺了。”魏小蔓说完，笑嘻嘻地抱住了苏诺。

魏良易从苏诺家出来，恰巧有一只夜归鸟从上空掠过，他抬头看鸟时发现明月已经挂上了枝头。

魏良易走在那条萧索的小道上，身后突然传来了一阵鸣笛声，还没等他完全转过身，腾乾开着车就停在了他身旁。

“魏队长，上车吧，我送送你。”腾乾打开车窗，探出头彬彬有礼地说。

“不用了。我打车回去就行了。”

“魏队长，不用客气。”

“真不是客气。酒劲儿上来了，就想走走。”

“既然这样，那我就先走了。”腾乾说完，关上了车窗驶离了。

第二章

在邂逅的眼睛里相遇，是一切故事的开始

1

苏诺的状态比昨天好了许多，在去报社实习的路上，魏小蔓一直好奇地追问，昨晚魏良易和她说了什么。苏诺并没有按照魏良易嘱咐的那样什么都不说，而是原原本本告诉了魏小蔓，但魏小蔓死活不信。

“我哥只跟你说他会给你一个交代？”

“真是这样，你不信我就没办法了。”

苏诺和魏小蔓一路上都在纠缠这个问题，到了报社魏小蔓本想继续审问苏诺，一进门却被大家忙得不可开交的气氛给吓坏了，今天办公室的记者们比昨天更加忙碌。他们都在忙着赶制新闻稿，替换“315 案”告破专题稿件。

苏诺和魏小蔓正在为替换专题稿件疑惑的时候，宫玥拎着一架单反相机急匆匆地往外走。

“宫玥姐，为什么要把‘315 案’告破的专题替换下来？”魏小蔓拦住宫玥问。

“又有新命案发生了，和‘315 案’的杀人方式一模一样。”宫玥说。

“凶手不是已经抓到，案件已经告破了吗？”苏诺不可思议地问。

“是啊，所有的作案动机和杀人经过，凶手不是都供认不讳了吗？”魏小蔓也疑惑地问。

“我今天一早就接到通知，要把有关‘315案’告破的稿子都撤下来，其他的我也不清楚。”宫玥说完就急匆匆地往外走。

“宫玥姐，你去哪里？”魏小蔓冲着宫玥的背影问。

“案发现场。”宫玥头也不回地说。

“宫老师，那我们俩呢？”苏诺问。

“你俩今天负责走访市民提供的新闻线索，资料我放在你俩的办公桌上了。”宫玥说完，就拉开门走出了报社。

现场在一个正在建设的汽车修理厂，被害者死在刚封顶一半的屋内。被害者是被一早来上工的建筑工人发现的。死者脖颈上有明显勒痕，窒息身亡后，被切下头颅，身首异处，凶手杀人方式与“315连环杀人案”一样。

宫玥来到现场的时候，已经勘查完现场的魏良易正站在警戒线外，边听同事给几个建筑工人做笔录，边四处观察着。

“你怎么跑过来了？”魏良易看到宫玥从车上下来，走过去问。

“当然是来采访了。”宫玥直言不讳地说。

命案消息被封锁，宫玥怎么会知道？魏良易不解，“谁告诉你们现场的地址？”

“当然是市民提供的新闻线索了。”

“到底是谁给你提供的？”魏良易不悦地问。

“真的是市民。我今天刚到社里就接到了电话，说这里有凶杀案。”宫玥见魏良易有些不高兴，赶忙解释。

知道这里出现新命案的人除了警察就是建筑工人，所以魏良易警惕了起来：“男的女的？”

“声音经过处理，我也没听出来。”宫玥如是说。

“来电号码给我一下。”魏良易对宫玥说。

从宫玥那里要过来电话号码，魏良易把一个同事叫了过来，让他赶紧去查这个可疑的来电号码。

“宫玥，你最好离我远远的，我今天很容易发火。”当同事拿着可疑电话号码走后，魏良易板着脸说。

魏良易的确心情很不好。毕竟昨天刚喝完庆功酒，今天又出现和“315连环杀人案”相同的杀人案，这种事情搁在哪个刑侦队长身上，都不会有好心情。

就在魏良易让宫玥离开的时候，一个警察拎着一个文件夹走了过来。

“魏队，死者身份查明了，叫钱立，四十岁，本地人，关于死者更详细的信息还在调查。”警察说完递给魏良易一张照片，“这张照片是在一个钱包里找到的。”警察又指了指一栋房子，“就在那栋封顶的房子里，像是故意放到那儿的。”

魏良易看着照片，照片是死者和一个年轻女人的合影。

“宫玥，现在别添乱好吗？”魏良易看照片的时候，发现宫玥正举着相机拍摄，忙收起照片，以命令的口吻对宫玥说，“把照片删了！”

“删就删嘛，至于发脾气嘛。”宫玥摁了一下按钮，佯装删除照片，“魏队长，我是一个遵守组织纪律的记者，再说就算我写了新闻稿，总编不批，也发不了。”

“如果你是一个遵守组织纪律的记者，就不应该跑过来。你现在可以走了。”魏良易轰宫玥走。

“那我以家属的身份在这儿不行吗？”宫玥赖着不走。

“你是谁的家属呀？”魏良易有些不耐烦。

“你的家属呀，我不是你女朋友吗？”宫玥反问道。

“谁同意你做我女朋友了？”魏良易问。

“你爸妈都同意了啊，还说今年十一让咱俩把事儿办了呢。不过你放心，我没答应他们，十一太急，春节办，时间比较富裕。”宫玥没脸没皮地说。

这时，突然驶过来一辆SUV停在了不远处，从车上跳下来一个微胖的中年男人，急匆匆地朝警戒线冲去，被两名看守的警察拦了下来。

“这是我盖的房子，凭什么不让我进。”被拦下的微胖男人挣扎着。

“案发现场，私人不得入内。请你不要妨碍我们办案。”其中一个警察说。

“不能乱拍照啊。”魏良易见这个微胖的中年男人在闹，嘱咐完宫玥，朝警戒线走了过去。

“好的，良易。”宫玥见魏良易没再坚持原则赶她走，得意地说。

“他妈的，老子刚凑钱盖的厂子，就他妈的被祸害了。老子要查出来是谁给我找不顺，非弄死他不可。”微胖男人气势汹汹地说。

“注意你的言辞！”魏良易走过去，厉声说。

“他妈的……”微胖男人转头一看是魏良易，马上换了一副嘴脸和气了起来，“魏队，是你呀。”

“老幺，这是你盖的厂房？”魏良易不苟言笑地问。

“可不是嘛魏队，我这从里边儿出来后，不是想改过自新嘛，好不容易找亲戚朋友凑钱，说开个厂子，你看这……”老幺诉着苦，忙向魏良易敬烟。

这个叫老幺的男人，曾因打架致人伤残，怕被追究刑事责任逃逸，后来被魏良易抓到了。那个时候的魏良易还是派出所的片警，刚从警校毕业，毛头小伙子一个。当时老幺遇到魏良易，看到是个乳臭未干的小伙子，以为出手就能打败他，再次逃跑。让老幺没想到的是，还没等他怎么还手，就被魏良易铐上了手铐。所以，老幺一见到魏良易就害怕。

“在这儿发生命案，这以后咋做生意啊。这种情况，政府能不能给点儿补助什么的？”老幺给魏良易敬烟。

“你想什么呢？”魏良易接过烟说。

“这不是在里边儿享受政府的关照习惯了吗？”老幺给魏良易点火的时候，瞅见了魏良易手里握着的死者照片，“魏队，照片上的人是被杀的那个人吗？”

“不该问的别问。”魏良易收起照片。

“魏队，我认识这个人。”老幺说。

“你认识？”魏良易有些惊讶地问。

“嗯。他叫钱立，我们都叫他甘蔗。因为他又黑又瘦。”老幺说。

“你们怎么认识的？什么时候认识的？”魏良易问。

“十几年前，打牌的时候认识的。”老幺说。

“你出来后你们联系过吗？”魏良易问。

“前两天还一块儿打牌呢。那天他输了五万，眼睛眨都没眨，拍拍屁股就走了。”老幺说。

“他很有钱吗？”魏良易问。

“他根本没工作，但就是不缺钱花。我很好奇他的钱是从哪儿来的。魏队，你说该不是他偷钱被人发现了，然后被杀了吧？我觉得这种可能性很大。”老幺像是对自己的分析很满意，情不自禁地点了点头，“肯定是这样。”

“分析能力不错。我给局里打个报告，把你调到队里？”魏良易抽了一口烟，调侃道。

“见笑了，见笑了，我这就是在关公面前耍大刀。”老幺意识到自己多嘴，忙打圆场。

“认识他旁边那个女的吗？”魏良易把照片拿给老幺看。

“见过一次，这个女的是一个 KTV 里的公主，也是他的女朋友。”老幺辨认完说。

魏良易听老幺说完，然后招手把一旁的同事叫了过来，指了指老幺说：“把他带到队里，做份笔录。”

“魏队，我知道的都跟你说了，还去队里干什么？我只是认识他。”老幺一听要去队里，有些慌张。

“配合警察调查是每个公民的义务。老幺，好好配合。”魏良易拍了拍老幺的肩膀说。

2

苏诺和魏小蔓拿到资料，发现走访的地方分别在三个区，如果她俩一块儿跑，一天才能跑完，所以她们决定把资料分成两份，分头跑，这样就能节约半天的时间。

在下午两点左右的时候，苏诺已经把宫玥留给她们的作业完成了。正准备打电话问魏小蔓进度的时候，腾乾的电话打了进来。

“诺，你在忙什么呢？”

“我在外边跑新闻呢，怎么了腾乾叔叔？”

“那你忙吧。今天下午我正好没事儿，还说陪着你去见见那个像鼎恩的年轻人呢。”

“良易哥说这事儿他会查清楚的，不是说不让咱们贸然行事吗？”

“我也就是想早点儿搞清楚，省得你胡思乱想。既然警察都这么说了，我们就按照警察说的做。对了，你下了班要是没事儿，就来家里吃饭，让你阿姨给你做点儿好吃的。”

“我一会儿看，如果回到社里没什么事儿，我就去家里。”

苏诺挂了腾乾的电话后，拨了魏小蔓的电话，问她走访的情况。魏小蔓是一个玩心特别重的人，边做边玩儿，一上午的时间，还没完成一半。苏诺虽然早就知道魏小蔓不可能完成，但没想到完成得这么少，便让魏小蔓把资料传给她，她接着跑。

魏小蔓接到苏诺电话的时候，正在星巴克悠然自得地喝咖啡，一听苏诺要帮她，对苏诺感恩戴德一番，急忙把资料用手机传了过去。

苏诺接到资料，在核实地址的时候，突然惊讶地发现，有一个地址是在撞死妈妈的逃逸者消失的区域，就在发现长得像鼎恩的年轻人的弄堂里。

苏诺回过神来，看了看市民提供的具体信息，大致的内容是昨晚有人在弄堂里被人袭击。

苏诺对这个地址感到匪夷所思，带着一种复杂的思绪打车来到弄堂口，沿着弄堂的窄道边走边寻找地址上的门牌号。

地址上对应的门牌号在弄堂的最里边。当苏诺到达时，发现目的地虽然在弄堂里，但根本不是弄堂，而是一个独立小院，院里坐落着一栋两层的古式小楼。这个小院虽然独立，却和弄堂相得益彰，丝毫没有突兀感。

苏诺站在这座小院的门前，摁响门铃。等着主人来开门的时候，她的脑海中情不自禁地闪过了很多画面，开门的是逃逸者，她该怎么办？开门的是那个像鼎恩的年轻人，她该怎么面对……身处这样的境况下，每个人应该都会产生这样的联想。

苏诺在思索这些问题的时候，一位老者打开门站在她面前，都没能让她回过神来。

“请问你找谁？”开门的老者问发呆的苏诺。

老者的声音把苏诺拉回了现实，她忙向这个看上去已经年过六旬的老者做自我介绍：“您好老先生，我是法制报的实习记者。”

“你有什么事儿吗？”老者问。

“我们接到市民的热线，说昨晚这里发生了袭击事件……”苏诺解释说。

苏诺的话还没说完，老者就表现出一副不耐烦的抗拒神情，打断了她：“没听说，去找别人问吧。”

老者欲要关门的时候，突然传来一个声音：“董伯，让她进来吧。”

苏诺听到声音是从楼上传来的，抬头去看，只见一个黑影从窗边消失了。

董伯听从了楼上人的话，让苏诺进来了。苏诺跟随董伯走进去，一进门就看到客厅的一角放着一台拉胚机，房子里也放满了陶瓷，但并不杂乱。

“姑娘，你先坐，我去叫小沈先生。”董伯请苏诺坐到沙发上，然后就上了楼。

这座房子虽然阳光充沛，但阳光从玻璃窗里折射进来变得很浑浊，让人有一种莫名的寒意。这种寒意让苏诺有一种置身在另一个时空里的错觉。苏诺独自一个人坐在客厅里，内心的疑惑及刚才的臆想，瞬间被油然而生的紧张感取代了。

等了一会儿，苏诺听到楼梯间传来了脚步声。楼梯是木制的老楼梯，走在楼梯上的人又穿着皮鞋，清脆的脚步声和楼梯被踩踏发出的吱呀声交织在一起。

苏诺盯着楼梯口，看到小沈先生和董伯并肩从楼梯间低声交谈着走出来。小沈先生侧着身子，看不到脸，只能看到他的脑袋上用纱布包扎了一圈。这个时候，苏诺才知道市民提供的线索是无误的。

小沈先生交谈完，看着董伯再次上楼，才转过身来和苏诺打招呼。

当小沈先生转过身的那一刻，苏诺便慌了神，因为小沈先生就是那位长得像鼎恩的年轻人。可能是昨晚遭受袭击的缘故，他那张白皙的脸看上去多了几分憔悴。

小沈先生朝着苏诺越走越近，让她越发觉得不真实。十年前，这张棱角分明充满笑意的脸的主人叫鼎恩；十年前，拥有这张脸的鼎恩曾辅导过她，陪她写作业，处在青春懵懂期的她，还曾为这张脸萌动过情愫；十年前，她熟悉的这张脸的主人和爸爸一起被警察开具了死亡证明。十年后，这张棱角分明、不苟言笑的脸出现在她面前，称为小沈先生。

“让你久等了。”小沈先生对苏诺说，虽然尽显绅士，但语气里充满了疏离感。

“你好，小沈先生，我是法制报社的实习记者。”苏诺站起来介绍自己，迅速地调整了一下状态，掏出一张名片递过去，“这是我的名片。”

苏诺觉得这是上天安排她接触这个让她充满疑惑的人的绝佳机会，她不能轻易错过。她要用记者的身份装成第一次偶遇，她想用自己的名字，探究这位沈先生的反应，来判断他到底和鼎恩有没有关系。

“苏诺。”沈先生接过苏诺的名片，扫了一眼，很随意地坐到沙发上，“苏小姐，称呼我沈遇就好，请坐。小沈先生是董伯对我的称呼。”

苏诺目不转睛地盯着沈遇，沈遇看到她的名片，说出她的名字，神情没有丝毫变化。

“谢谢。”苏诺坐下，“也谢谢沈先生接受我的采访。”

“我没说接受苏小姐的采访。”沈遇望着苏诺，目光凌厉，语气孤傲。

“沈先生不接受采访，为什么让我进来呢？”苏诺突然有些不知所措。

“苏小姐不用紧张。”沈遇捕捉到了苏诺转瞬即逝的紧张神情，“我只是想问问苏小姐是怎么知道我昨晚被袭击的。”

“热心市民提供的新闻线索。”苏诺如实回答。

“给你们提供线索的人，没告诉你们事发的经过吗？”沈遇平静地问。

“没有。”苏诺盯着沈遇说。

“苏小姐，恕我也不能告诉你，请回吧。”沈遇略微沉思了一下，说完就起身上楼了。

苏诺看着沈遇遽然离去的背影，有一种被戏弄的感觉，有些气愤，正要上前理论的时候，董伯突然从楼梯间走出来拦住了她。

董伯虽然年过六旬，但身材高大，站在苏诺面前像是一堵墙：“姑娘，回去吧。”

董伯把苏诺送走，回到屋里，看到沈遇正坐在沙发上发呆。

“小沈先生，昨晚你被袭击的时候，已经快到凌晨了，根本没人看见。你又没报警，记者怎么会知道呢？”董伯疑惑地问。

“我们没看到有人看到，不表示真的没有人看到。”沈遇沉思了一下。

“就算有人看到，为什么不报警，而是告诉记者呢？”董伯又提出了疑惑。

沈遇也正为这件事儿百思不得其解，他也想弄清楚这到底是为什么。

“小沈先生，你有没有发现这个记者姑娘对你有些敌意呢？”董伯见沈遇没说话，又问。

“没发现。”沈遇轻轻摇了摇头。

3

苏诺被董伯送出门，走出弄堂就给魏良易打电话。她想告诉魏良易刚才发生的一幕。这个时候，魏良易正在会议室和同事们开会，分析新命案。魏良易接通电话后，只告诉苏诺在开会，等忙完再给苏诺打过去，便把电话挂了。

就算魏良易听了苏诺今天和沈遇见面的经过，也没心思帮助苏诺整理思绪，他现在满脑子都是新命案。

在苏诺打电话之前，刚离开会议室的局长给魏良易施加了很大压力，说昨天刚开完“315 案”的庆功会，今天又出现与“315 案”一模一样的凶杀案，舆论导向很不好，上级领导震怒，要求尽快抓到凶手，只给了一周的破案期限。

因为这起命案很蹊跷，他们重新提审了“315 案”的犯罪嫌疑人，犯罪嫌疑人对作案动机、作案时间和作案地点依然供认不讳。

但魏良易又不能用“蹊跷”这个词向领导汇报，只能针对这起案件接着和同事们分析，查真相抓凶手。

死者在今天凌晨一点至三点之间遇害，发现死者的地方为第一现场，因为死者死前没有挣扎，所以指甲缝隙间没有凶手的皮肉组织，也没有被擦拭过的迹象，而现场也没留下任何足印和指纹。

死者没有工作，社交圈比较复杂，交往的人中流动人员居多。死者的亲属只剩下一个七十岁的老母，死者生前并不怎么回家，一两个月回家一次，扔下点儿钱就走。死者没有固定住所，以旅馆和借宿为主。死者只在一家银行开过一张银行卡，但开卡以后从来没有过资金流动。

死者的女朋友凌晨下班后没回过家，已经失联，正在寻找。

那个可疑的来电是从一个公共电话亭打给宫玥的，这个公共电话亭周边正好是监控的死角。

死者死在一个熟人的厂房里，那么凶手有可能知道死者和老幺认识，所以不排除熟人作案。魏良易首先调查了老幺，老幺昨晚和朋友打了一晚上麻将，除了上过几次卫生间，并没有离开过麻将桌。

死者的女朋友突然消失，也很可疑。

魏良易和同事开完会，就把任务布置了下去，对死者和老幺都共同认识的人做重点排查，加快速度找到死者的女朋友。

但让魏良易百思不得其解的是，是谁给宫玥打的电话，打电话的人又是怎么知道案发现场的？他和这宗杀人案有什么关系？

苏诺给魏良易打完电话，就再也没有心情接着走访，直接回了报社。

这两天发生的事让苏诺觉得很不真实，恍恍惚惚，总是有一种想睡觉的感觉。她本想回报社后，把今天走访的情况报告给宫玥，然后回学校好好睡一觉。但到了报社，发现宫玥还没回来，便坐在工位上等宫玥，结果不知不觉睡着了。

“跑完了？”回来的宫玥看到苏诺正趴在工位上睡觉，便把苏诺叫醒问道。

苏诺睁开眼睛，迷糊中看到是宫玥，便马上站起来说：“没有，还有两个地方没去。”

“小蔓呢？”

“还没回来。”

“那你帮我把相机里的照片拷进电脑，放到记者组的共享文件夹里吧。”宫玥说完就把相机放到了苏诺的工位上，“这相机以后你出去采访的时候用。”

“谢谢宫老师。”

苏诺目送宫玥离开后，就开始往电脑里拷贝照片。拷贝完，苏诺便想学习一下宫玥拍摄新闻照片的技巧，就在她一张一张认真看的时候，突然看到宫玥翻拍的死者和女朋友的照片，紧张了起来，因为这张照片上的男人就是撞死妈妈的肇事逃逸者。

苏诺忙把宫玥叫了过来：“宫老师，这照片您是在哪儿拍的？”

宫玥把头探到显示器前，看了一眼：“凶杀现场。”

“凶杀现场？是凶手留下的吗？”苏诺问。

“不是，这是死者的照片。怎么了？”宫玥见苏诺问得没头没脑，有点疑惑。

“死者？”苏诺吃惊地自言自语，说完便抓起放在办公桌上的手机往外跑。

“苏诺，你去哪里？”宫玥见苏诺举止莫名其妙，好奇地问。

“来不及和您说了，等我回来给您解释。”苏诺头也没回，说完就冲出了办公室。

昨天在撞死妈妈的逃逸者消失的区域，看到长得像鼎恩的沈遇，今天撞死妈妈的逃逸者就被人杀害，沈遇头上有伤还包扎着纱布；爆料人说沈遇被人袭击，沈遇却拒绝讲事发经过。种种疑点，不得不让她朝着沈遇可能就是鼎恩，他就是策划谋杀爸妈的凶手，他杀害这个撞死妈妈的人就是为了销毁证据的方向联想。

苏诺走出报社，就拨打了魏良易的电话，把死者是撞死妈妈的肇事逃逸者和今天见到受伤的沈遇，一股脑儿全和魏良易说了。

“苏诺，你在报社等我，我这就赶过去。”魏良易听苏诺分析完，也隐隐约约觉得事情发生得蹊跷 。

“良易哥，我们直接在他家门口会合吧。”苏诺迫不及待地要赶去弄堂，因为她担心沈遇会逃跑。

她之所以有这样的顾虑，是因为在跟沈遇说有人爆料他被人袭击时，沈遇表情有些惊讶。沈遇的这个表情，她当时没有觉得有什么问题，但当得知遇害者是撞死妈妈的肇事逃逸者后，她恍然觉得沈遇惊讶的表情，是因杀害肇事逃逸者败露得这么快而吃惊。

“苏诺，在没搞清楚怎么回事之前，你不要再接近这个人。”魏良易叮嘱苏诺。

“良易哥，我先去了。”苏诺听不进魏良易的建议。

苏诺现在脑袋里只有自己的主意，她不能容忍这个疑点重重、有可能策划杀害爸妈的人，再像昨天那个撞死妈妈的肇事逃逸者那样消失。

4

从报社到沈遇住的弄堂距离是13公里，从刑侦队到沈遇住的弄堂距离是17公里，所以，苏诺到达弄堂的时候，魏良易还在路上。

苏诺穿过弄堂，来到沈遇的住所前，看到紧闭的大门，觉得不应该再贸然敲门，便想躲在角落等魏良易来了再一块儿进去。

苏诺环顾四周正在寻找藏身的地方，突然有人从背后拍了一下她的肩膀，她转身一看，竟然是沈遇。

沈遇目光凌厉地注视着她：“苏小姐，找什么呢？”

“没……没什么……”沈遇的突然出现让苏诺有些紧张。

“哦。”沈遇点了点头，便要转身离去。

这时候，苏诺才发现沈遇拎着一个行李箱要离开，于是她急忙走上前去，慌乱地一把抓住了沈遇的胳膊：“你不能走。”

“苏小姐，这是何意？”沈遇不解地问。

沈遇拎着行李箱要离开，这更加让苏诺确定沈遇要逃跑的推测。苏诺深知不能暴露这次来的目的，便急忙解释说："你走了，我怎么办？你还没接受我的采访呢。"

"这和我有什么关系？"沈遇挣脱开苏诺冷冷地问。

"当然有了。沈先生，我是一个实习生，这是老师给我布置的任务，我要是完不成任务，会受到老师惩罚的。沈先生，让我采访完，你再走行吗？"苏诺为了拖延时间，故作哭腔。

"苏小姐，抱歉，我赶时间。"沈遇说完，欲转身走的时候，董伯突然从家里走出来，叫住了他。

"小沈先生，你忘记带手机了。"董伯走过来把手机递给沈遇。

沈遇刚要伸手去接手机，苏诺殷勤地从董伯手里接了过来，在还沈遇手机的时候，故意将手机掉在了地上。

看到落在地上屏幕已经碎了的手机，苏诺忙歉意连连地说："沈先生，对不起，对不起。"

董伯看到手机被摔坏了，心疼不已，指责苏诺，"姑娘，你怎么回事儿呀？怎么这么不小心呢！"

沈遇瞟了一眼苏诺，看穿了苏诺的一系列假动作，但并没有生气，而是很绅士地弯腰把手机捡了起来，说："董伯，没关系，你回去吧。"

"不好意思，不好意思。"苏诺依然歉意连连，"我赔你一个新的。"

沈遇抬起胳膊看了一下表，说："我没有时间让你现在赔我一个新手机。"说着又指了指门牌号，"可以把新手机快递到这个地址。"

沈遇说完迈开脚步朝弄堂口走去，苏诺正要去追，却被董伯拦住了。正当苏诺眼睁睁地看着沈遇离去无计可施之时，魏良易走了过来。

"良易哥。"苏诺看到魏良易喊了一声。

"先生，我们有一个案件需要你配合调查。"魏良易没有回应苏诺，而是径直走到沈遇面前，掏出警官证给他看。

"我没有时间，急着赶火车。"沈遇没有停下脚步。

“请配合。”魏良易跟上去横在沈遇面前，义正词严地说。

“你有什么要问的，就在这里问吧。”沈遇见魏良易态度坚决，放下了拎在手里的行李箱。

“我建议你最好改一下行程，今天出江州的哪一班车次都不太适合你。”魏良易说。

“怎么，你要拘禁我？”沈遇面不改色地说。

“你是受害者，怎么会拘禁你呢？拘留所是留给袭击你的人的。”魏良易说。

沈遇见魏良易目光坚定，没有再说话，拎起行李箱转身回家了。魏良易紧紧跟随在他身后。

“苏诺，你先回去吧。”魏良易见苏诺跟在他们身后劝阻道。

“苏小姐，这位魏警官建议我改变行程，如果真是这样的话，你就有时间赔我新手机了，还是进来等吧。”沈遇突然转过身开口说，像是有意和魏良易作对。

第三章

线索浮出水面，却让案件回到了起点

1

“先生方便出示一下你的证件吗？”魏良易被沈遇请进来，入座后问。

“喝点儿什么？”沈遇没搭理魏良易的话茬，能看出沈遇不喜欢魏良易这位不速之客。

“不客气，不喝。”魏良易说。

“苏小姐呢？”沈遇问苏诺。

“随便。”苏诺说。

董伯泡了一壶茶，拿着两个茶杯走了过来，放到茶几上。

沈遇慢条斯理地倒了两杯茶：“董伯，你回楼上吧。”

沈遇刚倒完，魏良易便伸手端起了一杯。

“魏警官，这是苏小姐的，没你的杯子。”沈遇放下茶壶说。

魏良易尴尬地把茶杯放下，沈遇把两杯茶放在苏诺和自己面前。

“良易哥，你喝。”苏诺见魏良易有些尴尬，把茶杯推了过去。

“我不渴，不喝。”魏良易又把茶杯推给苏诺，转向沈遇问，“现在方便看一下你的证件吗？”

沈遇从口袋里掏出一本护照递给魏良易。

“美籍华人？”魏良易接过护照翻开，名字是 Daniel · Shen，“丹尼尔先生，有中文名字吗？”

“沈遇。”沈遇抿了一口茶不紧不慢地说。

“沈先生什么时候去的美国？”魏良易问。

“出生日期就是去美国的时间。”沈遇说。

魏良易看完出生时间，算了一下年龄，27 岁，问道：“沈先生什么时间来的中国？”

“十天前。”沈遇说。

“这房子是你租的？”魏良易打量了一下房子。

“祖产。”沈遇说。

“沈先生这次来中国有何贵干？”魏良易问。

“祭祖。”沈遇说。

“我看你护照是第一次来中国，沈先生以前为什么没来祭过祖呢？”魏良易问。

“以前一直在读书。有什么不妥吗？”沈遇说。

“没有。沈先生昨晚在哪儿？”魏良易把护照递给沈遇。

“医院。”沈遇抿了一口茶。

“沈先生去医院干吗？”魏良易盯着沈遇继续问。

沈遇对魏良易的明知故问感到反感，有些情绪上的抵触：“魏警官，明知故问有意思吗？”

沈遇的抵触情绪并没有让魏良易改变谈话的方式，魏良易依然是公事公办的口吻：“沈先生，这是我们必须走的流程，这既是我们警方的职责，也是对你负责。”

“昨晚被人袭击，去医院包扎。”沈遇冷淡地回应。

“请沈先生说一下当时的情况。”魏良易说。

“我听到敲门声去开门，刚打开门就受到袭击，晕了过去。等我有意识的时候，已经被塞住了嘴，被人用头套罩住了头。这时候，袭击我的人接了个电话，说了些什么我没有听清，就听到接电话的人嗯了两声，然后就走了。”沈遇轻描淡写地把经过说了出来。

“你来到中国后，跟人有过什么过节吗？”魏良易问。

“没有。”沈遇说。

“那你觉得他们为什么要绑架你，最后又放弃了呢？”魏良易问。

“魏警官，这个问题貌似应该由我问你，你是警察。”沈遇逮住机会反击道。

“沈先生为什么不去报警？”魏良易被沈遇的话问得一时不知道该怎么回答，便转了话锋。

“因为不想。”沈遇孤傲地说。

“哦，这是你的自由，但我们中国警察必须对中华土地上的每个人的生命负责。”魏良易故作漫不经心地询问，“沈先生拎着行李箱是要去哪里？”

“去玩儿。”沈遇说。

“方便看一下你的火车票吗？”魏良易说。

沈遇从口袋里掏出火车票递给魏良易，魏良易看了一下火车票是到南京的。

“沈先生去南京干什么？”魏良易又把火车票还给沈遇。

“去看看。”沈遇说。

苏诺一直静静听着，目光一直注视着沈遇，观察着他的表情，生怕魏良易会漏掉什么细枝末节的变化。

魏良易问询沈遇的时候，把节奏拖得特别慢。苏诺能看出来，魏良易不时停顿像是在思考什么。他是想一边问询沈遇一边重新梳理新命案。

在来的路上，魏良易虽然已经梳理过一遍，但是有了新的信息后，他不得不再重新梳理。

死者和十年前的一起交通肇事案有关系。

死者在熟人正在建设的厂房里遇害。

行凶方式和刚告破的“315 案”一样。

死者女朋友失联。

死者是十年前撞死苏诺妈妈的肇事逃逸者。鼎恩十年前和苏诺爸爸一同丧生火海。

昨天死者和长得像鼎恩的沈遇出现在同一区域。

长得像鼎恩的沈遇头上有伤，他自己说遭遇绑架未遂，被袭击。

“神秘人”打电话给宫玥爆料案发现场。

有人又打电话爆料沈遇昨晚被袭击。

魏良易梳理完这些信息，又把它们串联在了一起。

十年前撞死苏诺妈妈的肇事逃逸者被害后，“神秘人”打电话给宫玥爆料案发现场，又有人打电话爆料沈遇被袭击，是要把注意力引向十年前，苏诺爸妈的两起意外事故。

如果他推测得没错，神秘人爆料死者遇害的电话和让苏诺再次来到弄堂走访的电话，一定是同一个号码。

这两个电话的意图，是让苏诺尽快知道撞死妈妈的肇事逃逸者被杀害，紧接着发现沈遇头上有伤。然后通过苏诺，把杀人的嫌疑指向沈遇。那两个电话显而易见是有人精心设计的。但按照沈遇目前提供的信息，死者被害的时间段，他在医院，有不在场的证据。既然是精心设计却这么容易看出破绽，神秘人的两个电话又有何意义呢？

除非沈遇在撒谎，他根本没有去医院，而被袭击是他自己导演的一场戏，为自己洗脱嫌疑。如果是这样，沈遇为什么要杀害那个十年前撞死苏诺妈妈的逃逸者呢？难道真的像苏诺分析的那样，沈遇就是鼎恩，苏诺爸妈的两起事故是鼎恩所为？

这在科学上根本解释不通，鼎恩是孤儿，是唐山人，如果他健在的话已经快四十岁了。这个坐在魏良易面前的年轻人，身上虽然散发着孤傲和阴郁的气质，但就是一个血气方刚的小伙子。

魏良易想着，突然意识到自己忽略了一个重要的问题。这两个电话都是打给宫玥的，然后间接地把被害人以及沈遇被袭的信息传递给苏诺。苏诺昨天第一天实习，既了解苏诺又知晓十年前的交通肇事案的，在魏良易目前了解的信息里只有腾乾。

十年前腾乾也是苏诺爸爸的得意门生，每天都一起在实验室里埋头研究的师生三人，苏诺爸爸和鼎恩丧生火海，而腾乾因为感冒去打点滴得以幸免。这真的是巧合？魏良易心里加深了对腾乾的怀疑，把腾乾和那个打电话的神秘人联系到了一起。

推测的前提，是给宫玥爆料案发现场以及爆料沈遇受袭的两个电话号码一致。

所以，魏良易为了尽快搞清楚这两个号码是不是一致，便谎称要方便，打算在卫生间里和宫玥核对这两个号码。

进了卫生间，魏良易就拨打了宫玥的电话，宫玥告诉魏良易两个电话是同一个号码。魏良易听到这个消息，有些兴奋，因为这起凶杀案除了让他明确了方向——和苏诺爸妈的两起事故有关，同时也让他得出了一个结论——这场命案虽然和“315 案”的作案手法一样，但绝对是一起模仿杀人案，“315 案”缉拿的嫌疑人并没有抓错。

凶手模仿“315”杀人案，是要制造舆论压力；死者女友失联，死者在熟人的厂房里遇害，都是凶手制造的陷阱。

魏良易有了新的侦查方向，就是把这起杀人案和苏诺爸妈的两起意外事故并案。但根据目前的信息，他觉得这起案件像是一团乱麻，需要他耐心地破解。

既然是一团乱麻，毫无头绪，魏良易决定对所有存在嫌疑的人统统进行调查，包括腾乾和沈遇。他要查腾乾昨晚的行踪，要查沈遇昨晚是否真的去了医院，要查沈遇和鼎恩是否有关系。

魏良易在卫生间和宫玥确认信息的时候，坐在客厅里的苏诺和沈遇都沉默着。苏诺不时会用余光瞟一眼沈遇，她时刻观察沈遇的举动有无异常，表情有无变化。沈遇却一直淡然地坐着，那张冷峻的脸不苟言笑，眼神却是那么深邃，不时端起茶杯抿一口茶。

“苏小姐学过表演吗？”苏诺在一次用余光瞟沈遇的时候，被沈遇捕捉到，他端起茶壶给苏诺加水，故作好奇地问。

“没有。”沈遇猝不及防、莫名其妙的问话，让苏诺有些摸不着头脑。

“那好可惜。”沈遇端起茶杯抿了一口茶。

“是吗？”苏诺淡淡地回应了一句。

“是的。如果苏小姐去演艺圈发展，或许会有更好的作为。刚才我真的被苏小姐的演技骗到了，真以为苏小姐在苦苦等待我，完成老师交给你的采访任务，原来是在等待魏警官。”沈遇嘲讽苏诺的语气特别正经。

苏诺这时才明白沈遇诱导性的问话是在借机嘲讽她。苏诺用一种毫不在意的微笑回敬完沈遇，便把头转向了别处。两个人再次陷入沉默的时候，魏良易从卫生间里走了出来。

“沈先生，今天我们之间的谈话到此结束吧。耽误了沈先生的行程，深表歉意。”魏良易从卫生间里走出来后，像换了一个人似的，语气变得极其柔和。

“魏警官在调查我被袭击的事儿，我可以原谅魏警官。”魏良易的客套，并没有得到沈遇相应的回应，沈遇依然神情孤傲。

“不过还需要沈先生配合一下。”魏良易说。

“魏警官请说。”沈遇说。

“你可能对中国的法律不清楚，我们执法询问的时候，都需要两个执法人员在场。刚才都是我一个人对你进行询问，既没做笔录也没录音。所以，需要麻烦沈先生跟我回一趟队里，再详细地说一下被袭的经过。”魏良易说。

魏良易把沈遇带回刑侦队，是因为他无法确定沈遇这次外出的真实意图，还要给自己留出时间，调查沈遇。魏良易之所以用这个借口，是因为沈遇目前只是一个潜在的嫌疑人，没有足够的证据带回队里审问。

目前只能用这个借口，让沈遇在队里先待二十四个小时。

魏良易说完，沈遇就痛快地答应了，这让魏良易有点儿意外。但在沈遇和魏良易要走出家门的时候，董伯突然从楼上下来，拦在了他们面前。

“警察不能随便抓人啊。”董伯说。

“董伯，没事儿，配合警察办案而已。”沈遇说。

2

魏良易带着沈遇来到刑侦队，刚下车，就有两个警察走了过来，其中一个警察把沈遇请了进去，另一个被魏良易叫到一旁交代事情。

魏良易把自己的用意跟同事说完，发现苏诺还站在车旁没有走。

“苏诺，还有别的事儿吗？”魏良易走过去问。

“没有。”苏诺说完又顿了顿，用一种很期待的眼神看着魏良易，“良易哥，我等你的消息。”

“有了进展，我一定会告诉你的。”魏良易的话音还没落，苏诺的电话突然响了起来。

苏诺掏出手机一看，是腾乾打过来的，问她去不去家里吃饭。苏诺有些累，本来不想去了，但腾乾说太太已经准备好饭菜，就等她过去了，苏诺便不好再拒绝了。

苏诺和腾乾打电话的过程中，魏良易听出了是腾乾。苏诺挂了电话后，魏良易问：“你腾乾叔叔的电话？”

“嗯，”苏诺点了点头，“让我去家里吃饭。”

“那我送你去吧。”魏良易正想借这个机会好好会会腾乾，“正好我也饿了，不知道腾先生欢不欢迎我去蹭饭。”

“腾乾叔叔特别热情，肯定欢迎的。”

苏诺带着魏良易来到腾乾家，腾乾对魏良易的到来虽然感到惊讶，但还是像苏诺说的那样，热情地把魏良易请了进去。

苏诺和魏良易一进家门，腾乾的女儿就跑过来黏住了苏诺，腾乾的女儿看上去三四岁的样子。

腾乾太太见苏诺还带着魏良易前来，便忙着要去加菜。魏良易看到桌子上已经摆满菜肴，便阻止了。

“腾太太，别麻烦了。我这不请自来，已经够不好意思了。”

“魏队长是稀客，怎么能怠慢，还是加两个菜吧。”腾乾对太太说。

“真别麻烦了。”魏良易再次阻止。

“顾阿姨，良易哥在来的路上已经吵着饿了，估计他已经等不及您加菜了。再说，良易哥不是外人，您也别跟他客气了。”在一旁和腾乾女儿玩闹的苏诺圆场道。

“那请魏队长赶快入座，咱们马上开饭。”腾乾说。

苏诺很喜欢腾乾的女儿，腾乾的女儿也很喜欢苏诺。在饭桌上，苏诺像回到了童年，无所顾忌地和腾乾女儿玩闹着，完全忘记了烦恼。

腾乾和太太顾夏也很恩爱，他们不时给彼此夹菜。魏良易在这个气氛融洽欢乐无比的饭桌上，心里却想着找一个机会旁敲侧击地问一下腾乾昨晚的行踪。

“腾太太做的菜真不错，真是羡慕腾先生。”魏良易边吃边想着如何把话题引到自己想问的方向。

“那魏队长以后常来。”腾乾回应着。

“我可是一个典型的吃货，既然腾先生这么说了，那我以后可真不客气了。”魏良易毫不见外地说，这么说是为了淡化自己的警察身份，让腾乾少一些顾虑。

“魏队长还没成家吗？”腾乾太太顾夏说。

“干我们这一行的，整天都不着家，成了家也不能像腾太太和腾先生这样每天朝夕相处，还是别耽误别人了。”魏良易说。

“我们也不是每天朝夕相处，腾乾多数的时候都是在实验室里，回来的时候也很晚。幸福并不是每天腻在一起，彼此体谅、彼此在意就可以了。魏队长说的耽误是多虑了。”腾乾太太说。

魏良易觉得机会来了，忙故作好奇地问腾乾：“是吧。感情的事儿，我还真不太懂。腾先生每天都很晚回来，不会吵醒女儿和太太吗？我就怕这个，还怕孩子每天见不到我，那心里该多愧疚啊。”

“太太比较支持我的事业，我每天都会在太太休息前赶回家。”腾乾说。

“昨晚回家那么晚了，腾太太依然在等你？”魏良易故作惊讶地说。

“昨晚他回来的时间已经算早了。”腾太太笑着接话，一副很幸福的样子。

“不能再探究这个问题了，你们的幸福生活如此让人向往，再说下去，我都要重新思考人生了。”魏良易终止了话题，因为他已经从腾太太的口中得到了答案，腾乾昨晚一直在家。

但魏良易并没有相信腾乾太太的一面之词，在腾乾家吃完饭出来后，去了物业，调出了监控。监控的信息显示，腾乾昨晚开车回家后，的确没有再出来过。

排除了腾乾的嫌疑，魏良易推测的一个环节就崩塌了，既对苏诺的行踪了解，又对十年前苏诺爸妈的两起事故了解的人，到底是何许人呢？

魏良易把这个疑惑留在了心里。第二天，他就去查沈遇了。既然两起电话都把嫌疑引到沈遇身上，那么查沈遇总会出现别的线索。

魏良易先去了医院，那天晚上沈遇确实在医院包扎过伤口，输了一晚上的消炎药，次日一早才离开医院。

沈遇被袭有人证，他没有撒谎。神秘人精心策划把警方的注意力引到沈遇身上，沈遇从动机到时间都不可能是凶手。神秘人为什么要陷害沈遇呢？

魏良易带着这个疑问，又开始查沈遇的身世，毕竟沈遇和鼎恩长得如此相像，也许可以从沈遇的身世上解开这个疑问。

魏良易在查沈遇身世的时候，得知那栋小楼是沈家的祖产，沈遇的确是沈家的后人。沈家曾确有一位少爷在1922年出国留学，留在了国外。

沈家在清末是大户人家，民国的时候开始没落。这位出国的少爷叫沈科，在沈家排行老三。

在抗日战争时期，沈家大少爷战死沙场，三少爷在外留学，二少爷被老爷强留在家中，这才留下一脉。国内革命战争的时候，沈家遭国民党迫害，二少爷暴毙，二少奶奶抱着最年幼的儿子藏了起来，躲过一劫。自此以后，沈家彻底衰败。二少奶奶开始靠三少爷漂洋过海的汇款过活，艰难地把沈家二少爷的后人抚养成人。

这些信息，魏良易都是从这位二少爷的后人口中得知的。二少爷的这位后人沈老先生，现在已经是年过八旬风烛残年的老人，他因身患重疾已经瘫痪，常年躺在二楼的主卧里，全靠沈老先生的好友董伯照料。

沈老先生虽然年过八旬瘫痪在床，但思维还算清晰，为了证明沈遇的清白，让沈遇尽快回家，他让董伯取来了一张老照片给魏良易看。

这是一张经过岁月洗礼已经发黄的黑白全家福，照片上面有六个人。一位老者戴着一顶瓜皮帽，身穿长袍，手持拐杖，坐在一张太师椅上，身后站着三男两女，其中两个男青年也身穿长袍，留着清朝发辫，和两个女人并排而站，一个年纪尚轻的孩子独自站在一旁；这个年纪尚轻的孩子十七八岁的样子，一脸书生气，从轮廓上一眼就能看出像是没有长开的沈遇。

沈老先生见魏良易对照片存有疑虑，犹豫了半天又让董伯取来了一份DNA鉴定报告，比对人是沈老先生和沈遇，鉴定结果为亲属关系，92%的吻合率。

在魏良易看鉴定报告的时候，沈老先生说，他是一个命不久矣的老朽，因为没有后人，本打算过世后把房子捐了做慈善，这当口突然有人找上门来认亲，担心是来骗房产的，才做了这个鉴定。沈老先生说这些的时候，愧疚中流露出一丝喜悦。魏良易猜测，这位孤独半生的老者，之所以愧疚是见到亲人却怀疑亲人，而流露出喜悦可能是在余生还能见到亲人的满足。

魏良易为了确认沈老先生所说的话，又走访了几位一直居住在弄堂里的长者，他们所说的和沈老先生讲述的大致相同。

这些信息足以证明，沈遇就是沈遇，沈遇和那个丧生火海、父母在唐山大地震罹难的鼎恩没有任何关系。

排除了腾乾和沈遇的嫌疑后，魏良易又陷入无比的困惑之中。

当他查完那些浮出水面的线索，排除了与苏诺爸妈事故有嫌疑的人，疑惑却越来越多，杀人案回到了起点，苏诺爸妈那两起接连发生的事故也越发变得蹊跷。

查完沈遇，魏良易带着这些疑惑，开车在江州的高架桥上快速地行驶着，向着夕阳西斜的方向，竟然不知不觉开到了解汉钢家楼下。

解汉钢是刑侦队的老队长，是一位经验丰富的老刑警，侦破过很多大案要案。几年前在他即将被任命为分管刑侦的副局长时，他却做出了解甲归田的决定。

魏良易是解汉钢一手带出来的，他辞职后告诉魏良易，以后欢迎找他喝酒，但如果带着案子，谢绝入门，因为亏欠太太和儿子太多，太太已经不在了，他要全心全意照顾儿子。魏良易也了解解汉钢说一不二的性格，所以在解汉钢离职后，从来没有和他聊过案子，只是遇到棘手的案子时，来他家坐坐。

“又遇到棘手的案子了？”解汉钢打开门，看到一筹莫展的魏良易便问。

“是啊。”魏良易很随意地躺在沙发上，哀叹了一声。

“那么按老规矩，陪我喝点儿。”解汉钢笑着说。

“好。”魏良易却有些兴致不高。

“任何案子都像是一道数学题，一时解不出来，有可能是公式用错了，也有可能是公式用多了。你审视一下自己到底是用错了，还是用多了。”解汉钢看着无精打采的魏良易笑眯眯地说。

“师父，你就不能不说公式，而是跟我聊聊解题方式？”魏良易说。

“我还是给你准备酒菜去吧。”解汉钢像以前一样，采取逃避的方式避免和魏良易聊实质的案情。

解汉钢刚进厨房一会儿，解家明背着双肩包开门进来了。

“家明回来了？”魏良易看到解家明进来，坐直了身子。

“良易哥，你来了。”解家明说着在魏良易旁边坐了下来，朝厨房看了一眼，“我爸又在给你捣鼓下酒菜呢？”

“你又不能陪你爸喝，只能由我代替你了。”魏良易说着拍了拍解家明的肩膀，“最近怎么样？追上苏诺了吗？”

“没有。”解家明有些尴尬地说。

“别急，你拿个学士学位证还需要四年的时间呢。想要从一个女生那里得到一辈子的感情，就要多花时间。”魏良易说。

“良易哥，你这年龄也不到四十岁啊。正值壮年，怎么感情观这么像我爸这个老年人呢。”解家明不屑地说着，一脸嫌弃地把魏良易的手从自己的肩膀上扫了下去。

“我的感情观怎么就老了？难道感情不该从一而终吗？”魏良易说。

“那你为什么还不娶宫记者呢？”解家明一副挑衅的口气。

“你年纪还小，即使我给你讲了，你也不会明白。”解家明的话像是一把钢刀扎到了魏良易的软肋，魏良易闪烁其词地说完，装作惋惜地哀叹了一声，“本来我还想告诉你一些关于苏诺的事儿呢，既然嫌弃我的爱情观太老，我可不能耽误你了。”

“苏诺的什么事儿？”解家明突然来了精神。

“良易，你就别撺掇他了。人家姑娘又不喜欢他，非给他上劲干吗呀。”解汉钢恰好端着一盘凉菜走过来。

“良易哥，刚才错怪你了，起码你还懂得从一而终。”解家明明褒完魏良易又暗讽解汉钢，“爸，你虽然是良易哥的师父，但我觉得你有必要向他请教一下什么叫从一而终。反正在感情上，我理解的从一而终就是，我一直爱着她就够了。”

“儿子你真伟大。你应该让你良易哥给宫记者打个招呼，给你写本书，表扬表扬你，你堪比当代的男杜十娘呀。”解汉钢漫不经心地开着儿子的玩笑，一下把魏良易逗笑了。

被爸爸嘲笑的解家明不再理睬解汉钢，对笑得合不拢嘴的魏良易说：“良易哥，别笑了，取笑别人的爱情才是最可笑的。你赶紧告诉我，到底是苏诺的什么事儿？”

“你爸是我师父，我得听师父的，不能撺掇你。”魏良易说。

“真够没劲的。你们喝酒吧，我看书去了。”解家明说着拎起背包站了起来。

“你不吃饭吗？”魏良易问。

“我在学校吃过了。”解家明说完回了自己的卧室。

师徒俩喝到晚上十点多，魏良易才起身告辞。有些微醺的解汉钢把魏良易送出门外，转身回来看了一眼餐桌上的残羹剩菜，摇晃着进了卧室，来到床头柜前，拿起了那张他们一家三口的合影，脑际情不自禁地闪现十年前见到妻子自杀的那一幕：

十年前，五月的一天，下午六点左右，本来万里无云的江州突然被一片片的乌云席卷，天色骤然变得像泼墨一般漆黑，顷刻间雷电交加，路上的行人还没来得及反应，倾盆大雨就泼了下来。路上的行人四处寻找避雨的地方，让本来井然有序的江州瞬间变得骚乱起来。

突然而至的鬼天气，让陕西路不到一分钟内就发生了三起交通事故，本来就拥堵的道路陷入了瘫痪。解汉钢开着队里分给他的车被夹在社会车辆里一动也不能动，他显得有些焦躁。他答应妻子一定要赶在六点前回到家，给儿子解家明过生日。其实，不用妻子嘱咐，他无论如何也要和儿子过一个生日的，因为儿子的生命已经开始倒计时了，余下的日子已经所剩无几。

解汉钢为了安抚妻子，拿起副驾驶座上的黑色诺基亚手机，拨打了家里的电话，但并没有人接听。他以为自己没有按时回家，妻子生气了，于是更加急躁了。他并不是怕妻子生气，而是觉得愧疚。自从做了刑侦人员，他甚少顾家，就连医生宣布儿子的生命进入倒计时的时候，都是妻子一个人在场，自己却在案发现场。要不是妻子用公用电话泣不成声地告诉他这一切，他还以为自己在江州地界上，永远是那个能给任何不公陨落的生命以公平交代的人。

陕西路是在半个小时后被交警疏通的，但瓢泼大雨并没有一丝停息的意思，依然浇灌着江州，像是要用这一场雨把江州这块大地给滋润透了。解汉钢开着车，在雨中缓慢地行驶着，到了家楼下，推开车门，伞都没撑就快速往楼道里跑去。

短短的几步路，解汉钢已经淋成了落汤鸡。他打开家门，看到客厅里放着一个生日蛋糕，却空无一人，他又看到紧闭的卧室门，抿嘴笑着走了过去，推开门看到妻子安静地躺在床上。他走到床边，呵呵地笑着，刚要伸手推妻子的时候，笑声像是卡在喉咙里再也发不声来，因为他看到床头那个安眠药的空瓶子，便赶紧用手试了一下妻子的鼻息，发现妻子已经没有了呼吸，身体也已经发凉，脉搏早已停止。

这个突如其来的变故，让解汉钢瞬间崩溃了，他号啕大哭，把妻子揽在怀里，从头发上淌下的雨水混着泪水滴到妻子的脸上，打湿了妻子左手握着的一张叠得整齐的遗书。

解汉钢从回忆里回过神的时候，已经泪流满面。他轻抚着照片上妻子的脸，喃喃自语起来："你为了儿子，用生命胁迫我，我遂了你的愿。"

3

苏诺从魏小蔓口中得知魏良易为新杀人案困惑不已，便没再打扰他。

苏诺也听从魏良易的话，静静地等着魏良易给她结果，没有再贸然去找过沈遇。但就在这起杀人案案发的第四天，下班后苏诺正准备去看望生病的魏小蔓，却在报社大厦门口被沈遇拦住了。

“苏小姐。”苏诺一出报社大厦，沈遇就上来打招呼。

“有事儿吗？”苏诺看到沈遇，有些惊讶。

虽然现在已经查明，沈遇就是沈遇，不是鼎恩，和鼎恩也没有任何血缘关系，苏诺却一直摆脱不掉沈遇和鼎恩是有关系的感觉，所以她对沈遇还是很有敌意。

“当然。”沈遇说着举起握在手里的碎屏手机，“你貌似忘记给我快递东西了。”

看到那个碎屏的手机，苏诺有些尴尬：“你被关在刑侦队……”

“我现在已经出来了。”

“明天我就给你寄快递。”

“你觉得让我一直用这样的手机合适吗？”沈遇不依不饶地说完，指着一个方向，“旁边正好有一个商场……”

“行，我现在就去给你买。”没等沈遇说完，苏诺就开口打断了他，说完就朝着商场的方向走去了。

沈遇看着对他异常冷淡的苏诺的背影，无奈地笑了笑，迈开脚步跟了上去。

沈遇一直跟在苏诺身后，保持着一定的距离，他像是在有意照顾苏诺的情绪。直到进了商场，来到一家手机专卖店，沈遇才稍微向苏诺靠近了一点。

苏诺想快速买完手机赔给沈遇就离开，进了专卖店，让店员拿了一款沈遇用的同款手机。

“开票吧。”店员取来新手机，苏诺接过来就递给沈遇。

“这位先生已经付过钱了。”苏诺正从包里往外掏钱包，店员指了指在给新手机开封的沈遇。

“沈先生，你这是什么意思？”听完店员的话，苏诺疑惑地看着沈遇问。

“等不来苏小姐的快递，就想从苏小姐手里接过新手机而已。顺便也想告诉苏小姐，承诺别人的事一定要及时兑现，不然就不要说出口。”沈遇淡然地看着苏诺。

“谢谢沈先生的提醒，我一定会铭记沈先生的教诲。”沈遇的语气虽然很淡，但在苏诺听来却不是很舒服。

苏诺勉强挤出一丝微笑，又对店员说：“麻烦你再给这位先生拿一部新的。”

店员听到苏诺要再买一部，兴奋得像是得到了上天的恩赐，急忙跑去库房取手机。

苏诺去收银台付款，被沈遇拦住了：“你这不是浪费吗？我也用不了两部手机呀。”

“那是你的事。”苏诺倔强地回应，错开沈遇，径直走向了收银台。

沈遇见苏诺如此倔强又对他充满敌意，便由着她去交款了。他想等苏诺交完款，再和她好好聊聊。然而，苏诺付完款便很快走出了专卖店。沈遇交代服务员一会儿来取手机，追出去却发现苏诺已经走进了电梯。沈遇快速跑过去的时候，电梯门已经关上了。

沈遇急忙转身跑去乘坐扶梯，在商场门口截住了苏诺。苏诺看到站在商场门外气喘吁吁的沈遇，转身想从另一个门离开，但没走几步，沈遇就跟了上来。

“沈先生，你还有事儿吗？”苏诺看着堵在她面前的沈遇。

沈遇上身穿着一件白色的衬衫，下身穿着一条淡蓝色的牛仔裤，脚上踩着一双棕色的牛皮鞋。沈遇是一个热爱健身的人，他的体型虽然不算魁梧但看着很结实，隔着衬衫清晰可见两块紧绷的胸肌。

“当然。”沈遇调整着呼吸，解开了衬衫上的第三颗纽扣。

“沈先生，请说。”刚才被沈遇戏弄，所以苏诺一直压着心里的火，说话不温不火。

“我没有戏弄苏小姐的意思，只是想借机把我们之间的误会消除了。”沈遇说。

“手机我已经赔给你了，我们之间貌似没有什么误会了。”苏诺勉强挤出一丝微笑，说完就转身朝商场门外走出去了。

沈遇无奈地看着苏诺的背影：“苏诺，22 岁，1994 年 7 月 6 日生人；曾就读江州的滨江小学；爸爸苏林森，教授，2006 年丧生于实验室的一次火灾……”

苏诺听到沈遇说出她的信息，立马停下了脚步，转身急促地朝沈遇走来。

“够了！”苏诺的目光像是一把刀子刺向沈遇，因为知道她如此详细信息的，只有几个亲近的人，所以她又开始对沈遇产生了怀疑，“你是谁？”

“苏小姐，我自我介绍一下。沈遇，1989 年 8 月 21 日生人，美籍华人，毕业于麻省理工环境工程专业……”沈遇不急不慢地说。

“你到底是谁？”苏诺打断沈遇的介绍，疑惑地看着沈遇问。

“苏小姐，我的自我介绍还不够清楚吗？”沈遇说。

“有病。”苏诺不想再跟沈遇纠缠下去，转身走了。

其实，沈遇是有话和苏诺说，但见苏诺如此排斥他，便没有再纠缠下去。

苏诺走出商场掏出手机拨打了魏良易的电话，她问魏良易有没有把她的身世告诉沈遇。

接到苏诺电话的时候，魏良易刚把车开进小区。魏良易从未和沈遇透露过这些信息，所以觉得苏诺问得莫名其妙。

魏良易问清楚苏诺这样问的用意，便让苏诺在商场门口等他，他要带着苏诺去找沈遇，问清沈遇是怎么知道苏诺如此详细的信息的。

“苏诺，你在商场等我，我这就赶过去。”魏良易说。

“良易哥，还是我过去吧？小蔓不是病了吗？我去看看小蔓。”苏诺说。

“病了？今天一早把小蔓送到报社的时候还好好的啊。”魏良易挂了苏诺的电话，自言自语地说。

4

苏诺来到魏小蔓家，魏小蔓正萎靡不振地躺在床上，她和魏小蔓刚聊了几句，就被魏良易叫到了客厅，让她复述一下事情的经过。

苏诺复述完，魏良易沉思了一会儿，就说带苏诺去找沈遇。在他们准备起身的时候，魏小蔓从卧室里走了出来，嘴里嚷着也要一起去。

“你生着病呢，在家好好待着。”魏良易拒绝带魏小蔓去。

“老爸老妈又不在家，你让我一个病人在家待着，你是我亲哥吗？”魏小蔓病怏怏地说着，朝苏诺使了一个眼色。

苏诺马上就领会了魏小蔓的意图：“良易哥，就带着小蔓去吧，她一个人在家也确实挺可怜的。”

无奈的魏良易只得带着苏诺和魏小蔓一块儿去了。

一行三人到了沈遇家，发现门是开着的，敲门无人应答。有沈遇被袭事件在先，这种情形让魏良易以为里边发生了什么状况，便让苏诺和魏小蔓在外面待着，自己小心翼翼地走了进去。

魏良易警惕地走进去，听到从厨房里传来炒菜的声音，才放松了下来，把苏诺和魏小蔓唤了进来。

“沈先生！沈先生！”魏良易朝着厨房的方向喊了几声。

“你们来了？先坐一会儿。”沈遇的声音伴随着爆炒的声音，传了出来。

“他怎么知道我们会来？”苏诺看了看魏良易问。

“他是在宴请人，误以为我们是他的客人了。”魏良易的目光投向餐厅上已经摆了几道菜的餐桌上。

魏良易这一天都在查凶杀案，没吃午饭，看到餐桌上丰盛的菜肴，还真有点儿眼馋，情不自禁地咽了一下口水。

苏诺、魏小蔓、魏良易在客厅里等待了一刻钟，沈遇才从厨房里走出来。沈遇身上罩着一个卡通图案的围裙，把他那张本来冷峻得毫无烟火气的脸，衬托出几分孩子气来。

“沈先生，家里有客人吗？”魏良易看着餐桌上摆满的菜肴问。

“没有。”沈遇说。

“那沈先生可够奢侈的。”苏诺嘲笑道。

“现在我可以把你们当作客人。”沈遇说。

“就不打扰你和沈老先生、董伯用餐……”魏良易说。

“我把爷爷送到医院了，家里就我一个人。你们确定不一起吗？”沈遇打断魏良易的话，摘掉身上的围裙。

“不了。我问你些事情，问完就走。”魏良易说。

“现在是我吃饭的时间，恕不能奉陪。”沈遇说完就转身去了餐桌。

魏小蔓看着沈遇独自用餐，把苏诺拉起来说：“他不吃，咱俩吃。”

“我现在不饿。”苏诺只想知道答案，并没有什么胃口。

“你们不吃，我吃。”魏小蔓扔下这句话，就向餐桌走去了。

魏良易看着用餐的沈遇和魏小蔓，饥饿感越来越强烈，但拒绝的话已经说出口了，只得咽着口水看着沈遇和魏小蔓吃着满桌子的菜肴。

“良易哥，要不咱们也去吃吧。你看他吃得那么慢，吃完这顿饭不知道什么时候了。”苏诺看到魏良易吞咽口水，又看到沈遇细嚼慢咽地用餐，便给魏良易找台阶下。

“就是，他这是诚心让我们受罪。”魏良易说完就站起身向餐桌走去。

苏诺看着朝餐桌走去的魏良易笑了笑，也跟了过去。苏诺坐下，发现餐桌上正好摆着四个人的餐具。这让苏诺有些疑惑，看来沈遇知道他们要过来。

魏良易在餐桌旁坐下来，拿起筷子就狼吞虎咽地吃了起来。苏诺怕魏良易没有注意到这个细节，便给魏良易示意了一下。魏良易在沈遇说请他们吃饭的时候，就知道这桌晚餐是给他们做的，餐具数量这个细节他根本无须注意，所以他对苏诺的暗示并不在意。

苏诺和魏良易坐到餐桌边，沈遇像没有看到他们似的，依然专注地吃着自己的饭。

“这个糖醋里脊做得特别地道。”魏小蔓给苏诺夹了一块糖醋里脊。

“谢谢。”苏诺对这桌丰盛的菜肴并不感兴趣，只是满心期待魏良易与沈遇的对话。

苏诺和魏小蔓吃得少，很快就放下了碗筷，而魏良易却一直不停地往嘴里夹菜塞饭，像是完全忘记了这次来的目的。沈遇吃完完全不顾还在继续奋斗的魏良易，便开始收拾碗筷。

“沈先生，我还没吃完呢。”魏良易在夹菜的时候，看到沈遇把一道清蒸鱼撤走了。

“你已经拒绝了我的邀请，让你坐到餐桌边，我已经算是尽了主人之谊了。”沈遇说着，手并没有停，继续收拾着。

“依然要谢谢沈先生丰盛的晚餐。”魏良易有些尴尬地放下碗筷，“没想到沈先生对中餐这么有研究。”

魏良易的客套并没有得到沈遇的回应，沈遇让他们去客厅就坐，等收拾完餐桌，再和他们交谈。

苏诺对如此怪异傲慢的沈遇越发不满，但她从这几次接触中，已经感觉出来这个像鼎恩的沈遇，是一个原则性很强的人，所以就算她此刻逼问沈遇，沈遇也不会如她所愿。

苏诺和魏小蔓、魏良易乖乖地回到客厅，等了将近半个小时，都没等来沈遇。魏小蔓和魏良易虽然也有些不耐烦，但并没有苏诺那么急躁。

又等了一会儿，苏诺见沈遇还没有回来，便起身去了厨房，却发现沈遇并没有在厨房。苏诺从厨房出来，刚要张口告诉魏良易的时候，看到沈遇不紧不慢地从楼上走了下来。

沈遇刚洗完澡，穿着睡衣，湿漉漉的头发拢成一个背头，虽然额头上贴着一块儿纱布，也遮盖不住他那张英气逼人的脸。每次下厨后必须洗澡，是沈遇的习惯。

“苏小姐，有什么需要吗？”沈遇问。

“没有。”苏诺冷冷地说，转身回到了客厅。

“沈先生，我们现在可以开始了吗？”魏良易看到走过来的沈遇问。

沈遇从容地坐下，很惬意地靠在沙发上，“魏警官是想问我为什么知道苏小姐的信息是吧？我现在可以很明确地告诉你，我不能回答。我和告诉我的人有约定。”

“沈先生不只是长得帅，还这么有原则……”魏小蔓崇拜地看着沈遇说。

从沈遇给他们留门，到饭菜做好的时间，然后邀请他们吃饭，再到桌子上摆着四副餐具，魏良易已经看出沈遇是一个极其聪明的人。沈遇知道了苏诺的信息，必然知道了他和鼎恩很像的事儿，那么故意找苏诺，就是为了让苏诺把这些信息传递给自己，然后来找他对质。既然用这么婉转的方式把自己叫来，他却什么都不说，这让魏良易很费解。

“小蔓。”魏良易喝止住魏小蔓，便直接说出了自己的疑惑，“沈先生既然这么有原则，为什么兜兜转转地把我叫来你家呢？”

“我不明白魏警官在说什么。”沈遇说。

“知道苏诺详细信息的人并不多，你这么大张旗鼓地去找苏诺……”魏良易目不转睛地盯着沈遇说。

“哦，原来魏警官是这个意思。”沈遇打断魏良易的话，“魏警官自我感觉良好，是一种自信的表现，但过度自我感觉良好就是自负了。我并不想让你们来我家，我也没有和警察交朋友的爱好。”

沈遇的毒舌让魏良易有些尴尬，魏小蔓却不由得笑了起来。

“那你怎么会知道我们什么时候会来，给我们留门不说，还在饭桌上摆好了餐具呢？你可以解释一下吗？”苏诺把自己的疑惑说了出来。

“因为我知道的关于苏小姐的信息并不多，所以在商场里，我并没有把话说完，但苏小姐走得很快。如果苏小姐听完我的话，我想就不会有接下来的事儿了。苏小姐没听完就走，必然会对我产生疑惑。苏小姐本来就对我有疑惑，肯定会给魏队长打电话。据我了解，杀人案没有任何进展，魏警官也对我有疑问，他肯定会带着你来找我对质。这是一个再简单不过的逻辑，苏小姐，我的解释你满意吗？”沈遇给苏诺解释的时候，语气放缓了很多，并没那么孤傲了。

“那沈先生找苏诺总该有缘由吧？”魏良易说。

“当然有。我对苏小姐的遭遇深表同情，找苏小姐，就是想解开和苏小姐之间的误会，希望能和苏小姐成为朋友。当然这是我一厢情愿的想法。”沈遇开诚布公地说。

苏诺笑了笑：“谢谢沈先生的厚爱，我不缺朋友。”

“苏小姐，我已经说了，这是我一厢情愿。”苏诺饱含敌意的话，并没有让沈遇觉得尴尬。

“既然沈先生这么有原则，那我就不问了。沈先生宴请的这顿饭虽然没吃尽兴，但还是要感谢沈先生。”魏良易说着站了起来，“那就先不打扰沈先生了。”

魏良易什么都没问就要走，这让苏诺很是不解：“良易哥，就这么走了吗？”

“沈先生不说，我也没办法。我们走吧。”魏良易说着就迈开了脚步，苏诺、魏小蔓没办法，只好站起来，和魏良易一块儿离开。

三个人从沈遇家走出来，一路沉默回到车上，苏诺终于还是没有忍住，再次问正在发动车的魏良易：“良易哥，他不说，你就不能继续问了吗？难道你一点儿都不疑惑，他是怎么如此清晰地知道我的信息的吗？”苏诺问。

“他不是说了，有人告诉他的吗？”魏良易挂着车挡说。

“那不应该问出来是谁告诉他的吗？”苏诺继续追问。

“你问你旁边的小姑娘，她会告诉你是谁告诉他的。”魏良易开着车说。

苏诺转身，疑惑地看坐在她旁边的魏小蔓，魏小蔓略显紧张地看着苏诺：“我怎么会知道是谁？”

“小蔓，你非要让我亲自把你揭穿吗？”魏良易略有不满地说。

魏小蔓一听哥哥这样说，知道自己隐藏不住了，便把实情一五一十地说了出来。今天哥哥把她送到报社门口，等哥哥离开后，她就打车来找沈遇了。魏小蔓认为沈遇不是鼎恩，又已经调查清楚沈遇和杀人案没有关系，那么沈遇就不是坏人；既然沈遇不是坏人，她就能追求沈遇，追求人就要真诚，沈遇问她什么，她只能坦诚相告。

魏小蔓爱犯花痴这个毛病，熟悉的人都知道，见到稍微有点姿色的男生就走不动路，所以魏小蔓做出这样的举动，苏诺一点儿都不惊讶。

“你这个见色忘义的小女人。”苏诺笑着轻推了一下魏小蔓。

“我就知道你不会生我的气。”魏小蔓见苏诺没有生气，反推了苏诺一下。

“小蔓，以后你再敢乱说话，我收拾不了，可就告诉咱爸了啊。”魏良易说。

“哥，我知道了。对了，你怎么知道是我说的？”魏小蔓说。

魏良易知道是魏小蔓所为，是在沈遇说自己遵守诺言的时候，他看到魏小蔓脸上的紧张瞬间消退了。根据他对妹妹的了解，马上就断定是魏小蔓所为。

“你是什么样的德行我还不知道吗？”魏良易哼了一声。

“良易哥，一会儿你把我放到地铁口吧。”苏诺说。

魏良易点了点头说：“好。”

“哥，我今天也回学校住。”魏小蔓说。

“你不是病了吗？咱还是回家住吧，有爸妈照顾着你多好呀。”魏良易嘲笑魏小蔓。

“哥……”魏小蔓有些不好意思地叫了一声。

第四章 被时间遗忘的孩子

1

第二天，苏诺到了报社没多久，就被宫玥单独叫到会议室，扔给她一堆资料。苏诺拿起资料看完，脸色瞬间煞白。

资料上详细记载了从苏诺第一天在实习的路上遇到撞死妈妈的逃逸者，到昨天她和魏小蔓坐地铁回学校宿舍。这些资料细致到苏诺的一颦一笑，像是上帝之眼在记录她的生活。

资料里还交代了苏诺爸妈十年前的事故，新杀人案的死者是撞死她妈妈的肇事逃逸者，以及鼎恩和沈遇十分相似的信息。资料最后还写道苏诺爸妈是被谋杀，希望记者登报，在舆论的压力下，让警察尽快破案，还苏诺一个真相。

“宫老师，是谁告诉您这些的？”苏诺只是简单地告诉过宫玥，当看完如此详细的资料，她有些紧张地看着宫玥。

“今天一早我在邮箱里看到的，难道不是你发给我的吗？”宫玥惊诧地问。

“我要是想告诉您，用得着发邮件吗？”苏诺慌张地说完，像是突然想起了什么，“不会是小蔓发给你的吧？”

以魏小蔓的性格，是能做出这种没头脑的事儿的。苏诺说完就跑出去把魏小蔓叫进了会议室，魏小蔓看完资料说：“不是我发的。”

魏小蔓的否认让会议室的气氛顿时紧张起来。

“真不是你发的？”宫玥再次向魏小蔓确认。

“宫玥姐不知道我的文笔，苏诺你还不知道我的文笔是什么样的吗？”魏小蔓把资料扔到了会议桌上。

“谁能这么详细地知道你的行踪呢？”宫玥盯着苏诺问，又像是自言自语。

“苏诺，你不会是被人监视了吧？”宫玥的话音还没落，魏小蔓便不假思索地说。

苏诺一听魏小蔓这么说，更加紧张了起来：“为什么要监视我呢？”

“这件事情太蹊跷了。”宫玥说。

“我们应该把这件事儿告诉良易哥。”苏诺紧张地提议。

“对，你赶紧给我哥打电话。”魏小蔓附和道。

魏良易接到苏诺的电话，听苏诺说完，就让苏诺转告宫玥把 E-mail 地址发给他，他这就赶去报社。

魏良易带着一位年轻警官一块儿来的报社。年轻警官叫韩洋，今天刚刚调入刑侦队。韩洋虽然穿着便服，但气场却很强大。韩洋的容貌身材绝对足以引发魏小蔓的花痴病，但当魏良易和韩洋走进会议室时，在为苏诺担忧的魏小蔓，并没有心情注意到韩洋。

魏良易来不及向大家介绍新同事韩洋，就开始看和苏诺有关的资料了。魏良易拿起资料还没看几行字，宫玥的手机突然响了起来。

“是上次给我提供凶杀线索的号码。”宫玥拿着手机给魏良易看，她对这个来电号码印象特别深刻。

“韩洋，给监视这个公共电话的小孙他们打电话，一会儿见机行事。你也过去帮忙。”魏良易对韩洋说。

韩洋听完魏良易的命令立刻离开会议室，去做安排了。

魏良易看着韩洋走出去后，对宫玥说：“接，免提。”

宫玥接起电话，还没等她开口说话，听筒里就传来了声音，和上次的一模一样：“宫记者、魏队、苏诺，你们好。”

苏诺听到自己的名字，不由得紧张地抬起头，朝会议室的四周观望了起来，像是寻找那双能洞察到她一切的上帝之眼。

魏良易看到苏诺有些紧张，便轻轻地拍了一下她的肩膀，示意她不要紧张，一切有他在。

“你是谁？”宫玥问。

“宫记者，我要是把身份说出来，游戏还好玩吗？魏队，建议你带苏诺去医院，有好戏看。对了，也带着宫记者，咱们能随时保持通话。”

“哪家医院？”魏良易见电话彼端的人知道自己在这里，便没有再隐藏。

“你说呢魏队？”电话彼端的神秘人反问道。

“江州这么多家医院，我怎么知道是哪家呢？”魏良易想故意拖时间，给队友赢得时间。

“魏队，打哑谜有意思吗？”

“只是不清楚而已。”

“我猜你已经让随你同去的警官打电话让人来抓我了吧？别来了，没用，还是赶紧去医院看好戏吧。对了，门诊楼二楼。”电话彼端的神秘人说完就冷笑几声挂断了。

魏良易只能按照电话里的嘱咐，带着苏诺、宫玥去了救治沈遇的那家医院。魏良易没有细想电话里的神秘人为什么非让他带着苏诺去，也没推敲具体是什么好戏。他现在清楚所谓的好戏肯定和沈遇有关，至于具体是什么好戏，到了医院就一目了然了。

到了医院，魏良易就带着苏诺、宫玥奔向门诊大楼的二层，来到了护士台，查询有没有一个叫沈遇的来就诊。护士查询完告诉魏良易，并没有名叫沈遇的患者。

护士的答复让魏良易和苏诺有点儿出乎意料。

“良易哥，那通电话到底什么意思？”走到一旁后，苏诺不解地问。

此刻魏良易也搞不清楚那通电话的真实意图。沈遇没有出现在医院，医院里秩序井然，所谓的好戏他也不知道是什么意思。

“我现在也想不明白。”魏良易摇着头，手机突然响了，拿起一看是韩洋打过来的，“打电话的人抓到了吗？”

“压根就没人用过那个公共电话亭。”韩洋说。

这个信息又让魏良易一阵失望：“好，我知道了。你们撤回队里吧。”

“良易，那个电话里所说的好戏，不会是要在医院里制造什么恐怖事件吧？”宫玥见魏良易挂了电话，猜测着说。

“不要妄自猜测，你和苏诺先回去吧。”魏良易说。

“那好吧。”这样的结局，让宫玥有些失望，“真像国产电视剧，虎头蛇尾，没劲儿。”

“非要出点事儿，让你有新闻写，你才满足是吧？”魏良易话里很明显有责备的意思。

“我哪有这意思。”宫玥狡辩说。

“你就是这意思，我还不了解你吗？”魏良易数落宫玥。

宫玥虽然知道魏良易对她莫名地发火，是因为案件没有任何头绪，新疑点又不断往外冒。“懒得搭理你，苏诺咱们走。”宫玥说完才发现苏诺不见了，“苏诺呢？”

沈遇没出现，医院秩序井然，苏诺却突然不见了，打电话也不接。魏良易环视四周，没看到苏诺的身影，他突然紧张了起来。

2

魏良易和宫玥开始在医院里分头寻找苏诺的时候，苏诺正按照她手机收到的一条短信指示的路线，从门诊楼去往住院楼。

这条短信是在魏良易和宫玥发生争执的时候收到的。短信的内容为：一个人来住院楼，否则你会后悔。

看到陌生号码发来的短信，苏诺没有丝毫的犹豫，趁魏良易和宫玥争执的时候钻进了电梯。哪怕遭遇危险都必须弄清楚十年前那两起夺去父母生命的事故的原因。这是几天来发生了这么多事儿，苏诺坚信父母是被谋杀后对自己的要求。

苏诺走进住院部，就给陌生号码发了一条短信："我到住院部了。"

片刻后，苏诺收到回信："13层。"

苏诺按照短信的要求来到13层后，再次给陌生号码发送已到达的信息。苏诺握着手机边等待回复信息，边四处寻觅用陌生号码给她下达指令的人。13层是甲状腺病症的病房区，走廊里全是做完手术，由家属搀扶着出来散步的病人。甲状腺患者的刀口全在脖颈处，他们的脖颈都被包扎着。这些还在疼痛阶段的病人在苏诺面前来回走动着，让她看着心里特别压抑，情不自禁地联想到"315案"那些被切断头颅的遇害者。

等了一会儿，苏诺的手机一直没有收到回复的信息，便又发了一条。片刻后，她见手机依然没有动静，便直接拨打了电话。电话拨打过去，便听到不远处传来了电话铃声，寻找声源，却发现是从一个病人家属口袋里传过来的。

"你是苏小姐吧？"家属搀扶着病人，看着打电话的苏诺问。

苏诺有些吃惊地点点头。

"你哥哥在15楼手术室门口等你呢，你姐姐马上就要开始做手术了，你赶快去吧。"病人家属说。

"哥哥？"苏诺疑惑了一下便明白了是什么意思，"好的，谢谢。"

苏诺致谢完，刚要转身去乘坐电梯，又被病人家属叫住了，他指着不远处的楼梯口说："苏小姐，走楼梯快。"

苏诺再次向病人家属致谢后，按照病人家属指的路，走进了楼梯。

因为是高层，楼梯间并没有患者和家属走动。楼梯间虽然开着灯，但每走一步就能听到脚步的回响声，让苏诺不由得产生了一种紧张感。

苏诺开始快速地踏着楼梯，前往15层。在苏诺走到14层，经过楼梯门的时候，突然一个黑影蹿了进来，一把拽住了苏诺。

这一拽，苏诺被吓了一个踉跄，不由自主地叫了出来。

“苏小姐真是一个讲诚信的人，说一个人就一个人。” 黑影说道。

苏诺一下就辨别出是沈遇的声音，瞬间镇定下来，转过身去，一副悲壮的神情：“说吧，让我单独过来，你想干什么？”

“不想干什么。苏小姐，我单独把你叫来，没有恶意，只是想问你，你是怎么知道我今天会来医院的。”沈遇收起了以往的孤傲，特别真诚地看着苏诺。

“再完美的演出都会有BUG。你一场一场地演绎，警方找不到证据，不表示你能洗脱嫌疑。我敢一个人来见你，就说明我已经做好最坏的打算……”苏诺像是一个马上就要就义的女战士，坚定而有力。

“苏小姐，你不用这么悲壮。”沈遇打断苏诺的话，“我对你的遭遇深表同情，但请你相信，我是不会害人的。”

“我凭什么相信你！”苏诺的情绪突然有些失控。

“因为我觉得自己是一个好人。”沈遇说。

“好人？哼，你是好人为什么要躲起来，不敢和良易哥见面呢。”苏诺追问。

“我有自己的难言之隐。”沈遇说。

“你用别人的手机发信息让我过来，也是难言之隐吗？”苏诺说。

“不是，因为我没有带手机的习惯。苏小姐，请你告诉我，你们是怎么知道我今天会来医院的？”沈遇说。

“凭什么告诉你，但我可以告诫沈先生一句，真相总会大白，杀人要偿命。”苏诺坚定地说。

“苏小姐既然不愿意说，那请回吧。”沈遇平静地说。

沈遇就这样放她走，让苏诺没有想到。她以为沈遇大费周章地把她叫到这里来是有别的企图，但现在就这样莫名其妙地结束了。

苏诺转身顺着楼梯回到13层的时候，沈遇突然叫住了她。

“苏小姐，我能否请求你一件事？”沈遇看着苏诺的背影说。

苏诺停下脚步，没有转身，背对着沈遇，也没有说话。

“苏小姐，我单独约你这件事，希望你不要告诉魏警官。我不是在逃避责任，魏警官越多地关注我，就会离真相越来越远，真相永远都不会有水落石出的那一天。苏小姐，请你相信我，我真的不是一个坏人。”沈遇的声音从苏诺的背后传过来。

沈遇的语气特别真诚。如果苏诺回头看一眼沈遇的话，她还能看到沈遇脸上流露出了一丝失落。

沈遇说完，苏诺没有任何回应，迈开脚步踏着楼梯回了13层，然后乘坐电梯回到住院部的大厅，遇到了赶过来的魏良易和宫玥。

“你怎么跑这儿来了？”魏良易看到苏诺，走过来就问。

“我……我刚才看到一个像沈遇的人，就追过来了。”苏诺撒了一个谎。

苏诺本想把刚才和沈遇见面的一幕告诉魏良易，但话刚到嘴边，突然想起沈遇跟她说的那番话，她也不知道为什么就鬼使神差地替沈遇打起了掩护。

“然后呢？”魏良易问。

“认错人了。”苏诺说。

“那你为什么不告诉我们一声呢。”宫玥抱怨，“我和你良易哥以为你出了什么事儿呢。”

“对不起。良易哥、宫玥姐，我错了。”苏诺连忙道歉。

苏诺一撒谎就会脸红，但魏良易满脑子都是案件和那个神秘电话，根本没有注意到苏诺的表情，更没有心情细想苏诺的话。

“没事儿就好，我们走吧。”魏良易说。

“那个电话所说的好戏到底是什么呢？”在回去的路上，宫玥疑惑地问开车的魏良易。

“我也不知道，只知道我正在被电话背后的人牵着走。”魏良易有些失落地说。

苏诺见魏良易如此失落，便想宽慰他：“良易哥，你现在不是已经清楚有人在背后操纵了吗？你找到这个人不就好了吗？”

苏诺的话音刚落，宫玥的电话再次响了起来，又是那个号码。

“良易，那个人又打电话了。”宫玥握着手机说。

“免提接。”魏良易说完打了一下方向盘，把车停在路边。

“魏队长、苏诺、宫记者，戏好看吗？”听筒彼端传来经过处理的声音。

“并没有阁下所说的好戏。”魏良易调整了一下情绪，很平和地说。

“那好可惜。不过没关系，更好看的戏在后面。如果宫记者把我发给你的资料整理成新闻稿刊登出来，我保证会有更好看的戏。对了苏诺，这场游戏是不是特别刺激，其实更刺激的还在后面，谢谢你的参与。再见，各位。”听筒彼端的神秘人笑着说完就挂断了。

魏良易听完这个电话，沉思了一会儿对宫玥说：“宫玥，你按照电话里说的，把他发给你的资料整理成新闻稿刊登出来。”

“这样不更让他牵着鼻子走吗？”宫玥说。

“不让他牵着走，他就不会有下一步动作，我就更不知道他的目的是什么了。”魏良易说。

“新闻稿我可以写，但刊登与否，总编说了算呀。”宫玥无奈地说。

“我会给局里打报告的。”魏良易说。

“好，我回去就写。”宫玥说。

神秘人的电话让魏良易开始担心苏诺的安全问题：“苏诺，这段时间你就不要去报社了，也不要住学校，暂时住在我家。”

苏诺点了点头。

苏诺当天就住进了魏良易家，魏小蔓怕苏诺一个人在家待着无聊，请假在家陪着。魏良易为了保护苏诺，还安排了韩洋去做安保工作。

3

宫玥写的新闻稿，第二天一早就铺满了大大小小的报摊。因这篇新闻猎奇性足够强，引起了各大新闻网站的转载，备受读者的关注。

沈遇是下午在报纸上看到这篇新闻，有关他和死去的鼎恩很像的信息也被写了进去。

沈遇坐在二楼的窗边，西斜的阳光投在身上，白皙的脸被照得异常通透。就在沈遇认真看这则新闻的时候，手机突然来了一条短信，他顺手拿起一旁的手机看完信息，脸色瞬间凝重起来，盯着手机屏幕足足沉思了一刻钟，便拨打了魏良易的号码。

魏良易的手机响起来的时候，正在和同事们开会，讨论杀人案之后又发生的一系列案件。

“沈先生，有什么事吗？”魏良易接听电话后问。

“魏警官，你现在方便来我的住所吗？有些事情，我想和你聊聊。”沈遇坐在窗边，语气凝重地说。

会议虽然进行了很长时间，但依然没有任何头绪，电话号码是虚拟的，发那封有关杀人案信息的邮件 IP 是境外的，死者的女友依然找不到踪迹，所以讨论来讨论去，依然在原地打转。

异常疲惫的魏良易挂断沈遇的电话，宣布散会，然后独自去了沈遇家。

魏良易刚到，沈遇就把他带到楼上的书房。这间书房并没有太多的书，只有墙角放着一个简易书柜，整齐地放着几套系列书籍，中文英文均有。书柜旁放着一个书桌，书桌上有一台电脑。电脑桌旁支着一个得力写字板，写字板上用水笔写满了黑压压的中英文夹杂的字。

魏良易一走进书房，就看到了写字板。写字板上写的都是关于十年前苏诺爸妈事故和新命案的信息。

魏良易正惊诧地看这些信息的时候，沈遇从书桌上拿起一本相册递给了他。

“这是什么？”魏良易接过相册问。

“打开看看。”沈遇从容地说。

魏良易打开相册，看到照片全部标了时间和地点，这些照片按照 1942 年到 2016 年的时间顺序排列着，照片有些是沈遇和别人的合影，有些是沈遇自己的独照；1942 年到 1967 年，沈遇像正常人一样随着时间的推移，容貌也自然地变老；然而从 1967 年直到当下，他的容貌再没有变过，一直是眼前的样子。

魏良易一页一页地翻着相册，越发觉得不可思议，眉头也越拧越紧。

“魏警官，你看明白了吗？”沈遇等魏良易看完最后一页，才开口问道。

“不明白。”魏良易木讷地摇着头说。

“这些照片每一张都是我。”沈遇说着又从桌子上拿起一张照片递给魏良易。

魏良易接过照片，照片上是沈遇和苏诺爸爸的合影，目瞪口呆地说：“这怎么可能？”

“没有什么不可能，这是事实。”沈遇异常平静地说。

“怎么会这样呢？”此刻魏良易对于沈遇身份的好奇，远远超出一直困扰着他的案件。

“我也不得而知，这也是这次我回到江州的目的。”沈遇说着脸上闪过一丝忧伤。

“你告诉我这些是什么意思？”魏良易疑惑地看着沈遇。

“我想帮助你，当然也是帮助我自己。”

“我不明白你想表达什么。”

“我曾经是鼎恩。”

“那你现在的身份也是假的？那份 DNA 报告也是假的？”

“不，这是真的。”

沈遇越说，魏良易越糊涂。沈遇见魏良易越来越疑惑，便把魏良易请回客厅，沏好一壶茶，讲述了自己的故事：

1942 年，我两岁，被一个传教士从美国带回中国寻找母亲。当时国家正被日本侵略，举国上下正在奋勇抗日。这位知道我身世的传教士到中国没多久就死在了日本人的枪下。我的身世成了谜，我成了教堂里被神选择的孩子。

后来抗日胜利了，新中国建立了。那年我 9 岁，我被送进了孤儿院。我幼年就开始漂泊，一直以为自己就是一个再普通不过的孤儿。然而，直到 1967 年，我的容貌不再改变，我才发现自己是一个异类。当时中国大地上正在发生轰轰烈烈的运动，因一直容颜不变，我被莫名其妙地戴上了阻碍社会主义发展的帽子，连续被批斗游街半个多月。有一天，我实在受不了了，就偷偷跑进了荒山野林，做了八年的野人。

1979 年，我再也受不了野人的生活，走出了荒山野林，才发现运动已经结束了。因为容颜一直没有改变，怕引起大家排斥，便选择离开南京，来到深圳。到了深圳，享受到了改革开放的红利。自此以后，我每隔七八年就会换一个地方，换一个名字。

这种特殊的体质并没有让我觉得是上天的恩赐，反而觉得是一种负担。违背自然规律和正常人不一样的我，特别孤独，特别没有归属感。不知道自己何时出生，出生在何地，父母是何人，不能像正常人一样交朋友，不能像正常人一样拥有情感。

每个人几乎都为了在这个世界上多待一些时间，锻炼、养生、保养，但终究逃不掉被时间车轮碾过的命运，新陈代谢渐缓，器官功能衰退，容颜变老。这一切却成了我渴望拥有的。

随着改革开放，中国开始和世界接轨，人们的意识逐渐变得多元化。我在蓬勃发展人文多元的时代，对文化的渴求逐渐变得强烈。我开始进行系统的学习，从医学到天文学，再到物理学……我如此迫切地吸收知识并不是单纯地对知识的渴求，而是想搞清楚自己为什么是这个样子，但我一直没有寻找到答案。

2000 年，我来到了江州，以鼎恩的名字成了苏教授也就是苏诺爸爸名下研究生物学的一名研究生，和腾乾成了同学，然后又开始攻读博士。我所做的一切都是为了破解困惑自己的密码。2006 年，我离开了江州，用提前预备好的身份去了美国。

说到这里，为了证实自己，沈遇把提前准备好的一张机票和一张身份证递给了魏良易。机票上的登机时间是 2006 年苏诺爸妈出事前半个小时，登机人的姓名为何冰。身份证上的名字也是何冰，身份证上的照片是坐在魏良易面前的沈遇。

“你把你这一切都告诉苏教授了吗？”魏良易看完这些证明沈遇身份的证据问。

“就是因为我告诉了苏教授，苏教授对我进行了实验，没有成功，才让我去的美国。那个年代，中国关于生物学的研究也不成熟，苏教授怕我身份暴露，引来不必要的麻烦，劝我赶快离开。”沈遇说。

“那你就这么凭空消失，不怕出现问题吗？”魏良易谨慎地问。

“苏教授说他会处理。”沈遇平静地喝着茶，仿佛刚才说的一切是在讲述别人的故事。

“你到美国后和苏教授联系过吗？”魏良易问。

“到了美国后，我给他发过电子邮件报平安，他一直没有回。我起初以为他是为了保护我，要和我断绝联系。等我这次回来后，才知道苏教授去世了。”沈遇语带悲伤，眼中渐渐泛起泪光，“在这些天的事情发生之前，我一直以为苏教授是为了让我的身份消失，在给我制造死亡现场的时候出了意外。”

泪水从沈遇的脸上滑落，魏良易从纸巾盒里抽出几张纸巾递给他。

沈遇接过纸巾点头道谢：“但经历过这些天的事情后，我才知道苏教授的死亡没有那么简单。”

“沈先生，你是怎么找到你现在的身份呢？”魏良易看着情绪低落的沈遇，有些于心不忍，但警察这个身份不允许他漏掉疑点。

沈遇稍微调整了一下思绪，便给魏良易讲起了找到身份的经过：

2006 年，我到达美国的曼哈顿，进入了哥伦比亚大学就读医学专业。名为何冰的我，在 2006 年只有 22 岁，为了不引起别人的注意，一直低调地生活着。2013 年，我又换了一个身份，辗转到马萨诸塞州剑桥市进入麻省理工学院继续进修。

2015 年的圣诞节，我被同学带去参加一个 Party。我不喜欢这种嘈杂的环境，所以显得格格不入，便坐在一个角落伺机离开。

我坐在角落里握着一罐啤酒，看着大家在热闹中兴奋地等待圣诞节的到来，皮特突然坐在了我的对面。皮特是麻省理工学院颇有名望的教授，多次斩获生物学术奖。他是一个特别怪异的老头，对待学生特别严苛，从来都是不苟言笑，也不轻易和任何人熟络。但皮特竟然坐下来和我很热情地聊了起来。

皮特问我是哪个国家的人，我说自己是中国人后，皮特变得更加热情，邀请我回家共饮，逃离这个嘈杂的地方去过圣诞节。我对科学家一向敬重，便跟随皮特回了家。

来到皮特家，和皮特共饮一番后，皮特端着我俩的酒杯去了书房，说要让我品尝一下他珍藏多年的好酒。

一刻钟过去了，皮特从书房里走了出来，但并没有端着酒杯，而是像个孩子似的欢快地捧着一个盒子走了出来，神秘兮兮地让我猜是什么。

我摇摇头。

皮特故作神秘地从盒子里拿出一张照片递给我，指着照片上一个年轻的犹太人说：“My father.”

顺着皮特的指引看完皮特父亲年轻的样子，再看皮特父亲旁边那个人，我无比惊愕，也瞬间明白皮特为什么如此热情地邀我来他家过平安夜，因为照片上皮特父亲旁边的那个人和我长得一模一样，但那个人看上去至少比我年长十岁左右。

我瞠目结舌。皮特哈哈大笑起来：“我父亲在 1990 年的时候去过中国首都。”

我对皮特的话感到不解。

皮特见我疑惑不解，便问：“难道你的长辈没有告诉你，在你出生那一年，有一个美国老头去探望过你吗？”

还没等我反应过来是怎么回事，皮特又从盒子里拿出一张已经泛黄的纸，上面有一个婴儿的掌印和几枚指纹。

皮特说：“掌印和指纹是在你刚出生时，我父亲用你稚嫩的小手留下的，刚才比对完指纹，一模一样。”

1990 年我确实去过北京。当时是去观看亚运会，当年我已经是现在的样子，怎么可能有一双稚嫩的小手呢？

当我从皮特手里接过那张泛黄的纸，看着幼小的掌印和几枚指纹，瞬间明白了。

皮特父亲口中婴儿的掌印是印在 1990 年的北京，但我更相信那个掌印是印在 1940 年至 1942 年之间世界的某一个角落。既然我的指纹和皮特拿出的泛黄的纸上的指纹一模一样，那么说明这张泛黄的纸上的掌印和指纹是我自己的，它只是在皮特父亲的口中少说了半个世纪。

皮特疑惑地看着我，我装出一脸的无奈，给皮特编了一个故事，告诉他，在我年幼的时候，我的父母就不在了。

欺骗皮特，是因为我意识到皮特的父亲也向他隐瞒了什么。能看出来皮特对他的父亲特别尊敬和爱戴，如果我继续否认，除了皮特父亲的谎言会被揭穿，影响皮特父亲在他心中伟岸的形象，我也担心会和找到自己真实身份的机会擦肩而过，毕竟目前皮特是知道关于我更多信息的人。

我编的故事骗了皮特，看到皮特流露出伤感的神情，我内心感到愧疚。皮特调整好情绪，便把他所知道的一切告诉了我。

皮特父亲和照片上那个像我的人是同学，两个人特别交好。后来那个像我的人因病去世了，那个人的妻子带着两岁的孩子回了中国。1990年，皮特父亲去中国探望朋友的妻子，留下了朋友后人也就是我的掌印和指纹作为纪念。

皮特给我讲的这段故事，和我记忆里的经历有些出入，因为我是被一个传教士带到中国去寻找母亲，并不是母亲带我回的中国。

皮特的父亲为什么把这段历史真假参半地讲给他？我正在为这个问题困惑的时候，皮特把那个盒子交给了我，说他父亲的遗愿就是让他把这个盒子交给朋友的后人。他为完成父亲的遗愿而感到兴奋，还说他为了完成父亲的遗愿去过中国，但无功而返。

我从皮特的手中接过盒子，看完盒子里那封父亲写给母亲的没有寄出的信，突然觉得皮特父亲的隐瞒对我来说不重要了。因为我在那封信里看到了自己的名字——沈遇，看到了母亲的名字——彭慧；我在信封上也看到了母亲的收件地址——中国南京，那是我被传教士带去的地方；我还在盒子里找到了厚厚一叠汇往弄堂小楼的汇款收据，在收据上找到了家的地址。

在这个圣诞节，见到了父亲的样子，知道了母亲的名字，有了属于自己的姓氏，有了父母给我起的名字，找到了家的地址，还有比这更好的圣诞礼物吗？我为什么还要像以往那样每天活在疑惑中，活在寻找里，我应该在知道自己真实姓名的这一天，像正常人一样尽情地欢愉。

我从来都没有像2015年圣诞节那一天那么高兴过。我和皮特站在窗边，端着酒杯，看着被烟花照亮的剑桥，听到不远处的教堂里传来圣诞的钟声那一刻，我特别意味深长地对皮特说了一句：Merry Christmas。

沈遇讲述自己七十六年的人生历程中，在说到知道自己身世的那一刻，脸上流露出了一种特别满足、特别幸福的笑容。

沈遇讲完，魏良易的思绪依然留在沈遇的经历里，没有回过神来。

魏良易能感觉出来沈遇不是在编故事，一个人准备得再好，也不可能如此娓娓道来，只有亲身经历过，才能讲述得如此云淡风轻。此刻魏良易有一种很强烈的不真实感，毕竟沈遇的经历太过神奇，神奇得不可思议。沈遇这样的经历，只有在小说和影视剧中才会存在，现在他却真实地坐在魏良易的面前。

“魏警官，这是我父亲写给母亲的信。”沈遇从一个小盒子里拿出一封信，递给魏良易。

“这是那封家书？”魏良易接过来问。

沈遇点了点头。魏良易从沈遇手里接过来，小心翼翼地从信封里抽出信件，看了起来：

慧：

一别几载未能相见，梦中始终有你。这话你应该听得起了恨意，总说归国与你朝夕相处，却从不兑现诺言，我也开始骂自己是一个无情无义的偷心贼。

我对你的承诺，变成了囚禁你的国，你以前总是在回信中提到。这次你回信说，我给你的国已经开始摇摇欲坠，我内心恐慌、忐忑不已。

我知你是一个特别爱国的女青年，我又何尝不为祖国的命运担忧。你说你已经参加了革命，你的举动让我感到羞愧，我竟然还蜷缩在异国他乡，为了完成自己的理想。你尽情地鄙夷我吧。

我深知再给你汇报我的生活细节，你会愤怒地把这封信撕掉，我能想象出来你撕信的样子。我不想让想象成为现实，这样我会心碎。你瞧，我是一个多么自私的人。

慧，我的挚爱，我的内子，我子沈遇的母亲，请你再给我这个食言的爱人、没尽义务的丈夫、不负责任的父亲宽限些时日，我定收拾行囊，与你们母子团聚。

沈科

信件上的字全是繁体，字也写得飘逸潇洒。从信件上能看出沈遇父亲对妻子爱恋的浓烈。

沈遇见魏良易看完信件，又把他父亲和皮特父亲的合影以及那些汇款收据全部交给魏良易。

魏良易验完这些信物，小心翼翼地还给了沈遇。

从情感上魏良易越来越相信沈遇。但在互联网时代，这些证明沈遇身份的信物被制造出来并不是多么困难的事情。核实这些信物的真伪，需要一些时间。为了尽快辨别，魏良易想到了一个最简单便捷的核实方法，就是去户籍库查沈遇曾经用过的身份。

“沈先生，你能把你曾经用过的身份信息给我罗列一下吗？”

“好的。”沈遇说完取来笔和纸，不假思索地把他用过的身份信息写了出来。

“我发给同事核实一下。”魏良易举着手机要拍照，被沈遇制止了。

“魏警官，关于我的身世，我不希望再让更多人知道，烦请魏警官亲自去核实吧。”沈遇说。

魏良易点头同意便起身离开，回了局里，在户籍库里查到了沈遇用过的所有身份，和沈遇写的信息完全相符。

盯着电脑显示器上沈遇曾经用过的那些身份，魏良易明白，如果沈遇不告诉他真实身份，这起新杀人案永远不会捋出头绪，就算这起杀人案已经和苏诺爸妈的两起事故并案，也只会在已有的线索里打转。那个神秘电话一直把疑点指向沈遇，就算自己一直怀疑沈遇一直查沈遇，也永远查不出沈遇和鼎恩是同一个人，因为沈遇现在的身份是真实的。

魏良易核查完沈遇的身份，又回到了沈遇家里，很是客气地对沈遇说：“谢谢沈先生能如此坦诚地告诉我你的身世，让我们及时调整侦查的方向。”

“魏警官，我告诉你我的身世，并不是简单地为了纠正你们侦查的方向，而是想让你和我合作，如果我不配合你，你不会查出真凶。”

魏良易对沈遇的话感到不解。

“魏警官，请跟我上楼。”沈遇说完便转身上了楼。

沈遇再次把魏良易带到书房，站在写字板前，把自己的分析结果说给魏良易：“我回到江州没几天，就遭人袭击。起初我以为是因为这处房产而遭人报复。在我没有回来之前，有很多人冒充我家的后人，想把房产占为己有。所以，那起袭击事件并没有让我把它和苏教授的事故产生关联。我刚才已经和魏警官说了，我一直以为苏教授是因为替我制造死亡现场出了意外。当年在爆炸现场一定是找到了我和苏教授的残骸，不然无法确定死亡人员，也就无法定案。后来苏诺来采访见到我，惊诧并有过激情绪，后来魏警官又来调查我，我觉得都符合逻辑。一个和死去的人长得一模一样的人突然出现，不管是谁都会对他产生怀疑，都会把他当成嫌疑犯。再后来，魏警官的妹妹小蔓告诉我撞死苏太太的肇事逃逸者被杀害，因为他在被害的前一天，和我出现在了同一区域，这才让我隐隐约约觉得事情不是我想的那样。当天我就以让苏诺赔我手机的名义去找苏诺。我找她的目的，是想化解她对我的误解，从而从她那里得知更多当年的细节，最后却事与愿违。接着我去医院，魏警官和苏诺跟去医院，我深知警察并没有对我进行监视，报纸上又把十年前苏教授的事故用一整版的版面报道，我就意识到这根本不是一起杀人案那么简单，也不是魏警官侦查的方向那样，单纯地掩盖苏教授被害的真相。”

“沈先生，那是什么呢？”魏良易有些不解。

“魏警官，冒昧地问一下，这篇报道是被人挟持发的吗？”沈遇说。

魏良易惊诧地点了点头。

“那我猜的就没有错。魏警官，你来看。”沈遇说着指向写字板，“我被袭击那晚，如果袭击我的人没有接到电话，我可能就被那个人带走了，而不是把我打晕。魏警官明白我在说什么吗？”

魏良易点了点头：“沈先生被袭击那晚，跟苏诺发现你是同一天。你被袭击的几个小时前，我也知道了你的存在。警方的参与打乱了幕后操纵者的计划。那个电话是在命令抓你的人放弃。”

“魏警官推测的和我想的是一样的。如果真是这样，袭击我的这个人就是那个被杀害的肇事逃逸者。幕后操纵者之所以杀害肇事逃逸者，并不是像魏警官开始侦查的方向那样，试图嫁祸于我，掩盖杀害苏教授和苏太太的两起事故。他杀害这个肇事逃逸者，也不是给你们制造侦查的障碍，只是单纯地想通过这起杀人案，把我迅速地带进警察的视线，让你调查我，让我因为担忧自己的身份会暴露而快速地离开中国。”

“沈先生，我有些跟不上你的思维。幕后操纵者想要抓你，为什么又让你离开呢？”魏良易说。

“因为我是以华侨的身份回的国。一个美籍华人在江州突然消失，肯定会引起使馆的追查，就不是一起简单的刑事案件了。如果我办理完离境手续，再神不知鬼不觉地把我带走，他会减少很多不必要的风险。”沈遇说着从口袋里掏出手机，打开一条短信递给了魏良易。

魏良易接过手机看到了信息内容：沈先生，你的身份暴露了，安全起见，该离境了。

魏良易看完短信，便明白是怎么回事了。那个打神秘电话的人就是幕后操纵者，他知道沈遇是一个什么样的人，他要抓沈遇去研究。沈遇遭袭那晚，是凌晨之前，他离开苏诺家时也差不多快到凌晨了，那么当天清楚地知道沈遇存在的人只有苏诺、小蔓、腾乾和他，所以腾乾有很大的嫌疑。

但他调查过当晚腾乾的行踪，腾乾回家后根本没有出过家门。

“沈先生，你现在是不是怀疑，你遭袭那晚知道你存在的人嫌疑最大？”魏良易问。

“如果按照推测来说，的确应该是这样。但现在事实不是这样的，因为那天只有腾乾嫌疑最大，我想我这位同学已经被你排除了嫌疑。不然你早就把他抓了。”沈遇说。

“那晚腾乾确实从苏教授家离开后直接回了家。”魏良易百思不得其解，“不是腾乾，那还有谁？”

“如果做局者这么容易就让你抓到，他就不用这么大费周章地做局了。”沈遇望着魏良易，“魏警官，我想拿自己当诱饵试试。”

“什么意思？”

“既然幕后操纵者是奔着我来的，那我就索性公开身份。”

“沈先生，你刚才不是还让我替你保守秘密吗？”魏良易有些费解。

“我不是让你真的公开，只是公开给那个想要抓我的人。从现在开始，就抽出几位警官，每天在家门口保护我，造成一种官方已经知道我的身份，但我不配合官方，官方出于人道主义又拿我没办法的假象，让想要抓我的人感到无望，他可能就会有更多的动作，动作越多，就越容易暴露。”沈遇说。

“明白沈先生什么意思了。”魏良易说着趁沈遇不备，猛然抬手在沈遇的头上重重打了一下。

沈遇疼得“哎呀”叫了一声：“魏警官，你这是什么意思？”

魏良易看着沈遇疼得直揉头，尴尬地挠挠头：“我以为沈先生会有特异功能或者神通呢。”

“我是人类，不是外星人。我要是会神通，还用坐在儿跟你分析呀。”沈遇很无奈地白了魏良易一眼，“你都这么大的人了，怎么还这么调皮呢。”

魏良易躲闪沈遇的目光，低头看手机：“我现在就安排人。”

魏良易刚和同事打电话交代完，魏小蔓的电话就打了进来：“哥，苏诺不见了。”

下午四点左右的时候，魏小蔓吵着饿，让韩洋出去买下午茶。韩洋不想脱岗，便说下厨给她们做。犯花痴的魏小蔓想看着韩洋做饭，便跟进了厨房。等韩洋做好下午茶，发现苏诺没在房间，魏小蔓和韩洋找遍家里，都没找见苏诺的身影，打苏诺的电话也无人接听。

魏良易刚把苏诺不见的事儿告诉沈遇，沈遇就接到了苏诺打来的电话。

“我已经到了我爸妈的陵园，你在哪儿？”苏诺的语气焦躁且不满。

沈遇从苏诺的语气中感觉出来，有人克隆了他的手机号，给苏诺发了信息，把她骗到了苏教授安息的陵园。

“你在那儿等我，我马上就到。”沈遇把电话挂掉，就对魏良易说，“有人克隆了我的手机号，给苏诺发信息，把她叫到了苏教授安息的陵园了。”

“啊！”魏良易神情一紧，豁然起身，“我马上过去。”

“苏诺应该暂时不会有危险。幕后操纵者把苏诺约到苏教授安息的陵园，就是在利用人性的弱点，让我对苏教授的离世产生强烈的愧疚感，再利用苏诺的处境威胁我，从而达到让我离开中国的目的。不过，我再不配合他，苏诺真的会有危险。”沈遇解释道。

“我们会保护好苏诺的。”魏良易说着就要转身离去，又被沈遇叫住了。

“苏诺这孩子太固执。为了找出真相，不顾自己的生命安危。不过魏警官，你见到苏诺，不要批评她，换作任何一个孩子，为了查出父母那么悲惨地离世的真相，都会这么做的……”沈遇说着也站了起来，“算了，我和魏警官一块儿去吧。”

第五章

他曾经和很多人告别，告别的方式都是自己默默地离开

1

沈遇、魏良易驱车到达苏教授安息的陵园，已是夕阳西斜。

进了陵园，远远地望去，苏诺独自站在萧索的墓碑群里，像是一个落寞的剪影。沈遇看到这一幕，心中不由得升起一种强烈的自责感。

“看到苏诺安全就行了，就烦请魏警官把她接回去吧。”沈遇看着远处墓群里的苏诺说。

魏良易看出了沈遇此刻不敢见苏诺是源于愧疚：“沈先生，苏诺不会有事儿的。”

“谢谢。”沈遇道谢完转身要走，像是突然想起了什么，又说，“对了，魏警官，关于我的身份，不要告诉苏诺。”

“为什么？如果苏诺知道了你的身份，不就不会被幕后操纵者利用，今天这样的局面也就不会出现了啊？”魏良易有些不解。

“魏警官，我有自己的理由，你就尊重我吧。”沈遇说。

沈遇之所以不说出理由，是因为那是他和苏诺的一个约定。

那是十年前的一个深秋，苏教授和苏太太都出差了，便把苏诺委托

给他照顾。周末的时候，他带着苏诺去游乐园玩。由于他有严重的恐高症，不能陪苏诺玩摩天轮，苏诺便惩罚他去买冰激凌。

买冰激凌的人多，需要排队，等他买好两个冰激凌回去，发现苏诺不见了。他便握着两个冰激凌四处寻找，终于在海盗船区域找到也正在四处寻找他的苏诺。

“你去哪儿了？”苏诺看到他奔跑过来，有些生气。

“你不是罚我去买冰激凌吗？”他见苏诺生气了便连忙道歉，并把冰激凌递给苏诺，“对不起，对不起。”

“都化了。”苏诺看到冰激凌已经化得只剩下了脆筒。

“我去给你买新的。”

“不要了，我们再走散了怎么办。”苏诺说完吃了一口已经化了的冰激凌。

“以后不会了。”他歉意连连地说。

“那我们拉钩。”苏诺幼稚地伸出小手。

他伸出手同苏诺拉钩，苏诺嘴里振振有词地说：“以后鼎恩和我走散了，就不和他做朋友了。”苏诺说着突然又反悔了，“以后鼎恩和我再走散三次，就不和他做朋友了。”

“为什么是三次呀？”他不解。

“我们是好朋友，我就多给你两次机会。”苏诺笑了。

第二次他和苏诺走散的机会，用在了十年前离开江州。

他知道等查完苏教授的案子，他还要离开江州，寻找自己的身世，所以他不想让鼎恩和苏诺第三次走散。

魏良易没有再追问，点点头，目送沈遇走出陵园，便朝苏诺走了过去。

苏诺看到魏良易，特别惊诧：“良易哥？！”

“给你发信息的人不会来了，跟我回去吧。”

“你来，我就知道他不会来了。良易哥，你把他抓了是吧？他认罪了吗？”苏诺问。

“我来谁就不会来了？我把谁抓到了？谁认罪了呀？”魏良易反问苏诺。

“现在叫沈遇以前叫鼎恩的啊。”苏诺有些不解，“你没抓到他，你是怎么知道我在这儿的？”

“你既然这么想让我抓到他，为什么接到信息，要独自来呢？”魏良易说着伸出了手，“把发给你的短信让我看看。”

苏诺把手机交给魏良易，有些失落地问：“他是不是跑了？”

魏良易没有回答苏诺，而是看克隆号码发给苏诺的信息：“苏小姐，想知道你爸妈死因的真相，就速来你爸妈的陵园。真相只有一个，我只想告诉你一个人。过期不候！”

看完信息，魏良易怒火中烧，想严厉地训苏诺一顿，他觉得苏诺被仇恨蒙蔽了双眼，连这样一条信息都无法辨别真伪，不顾自己的安危就来赴约。他刚要开口便马上压制住了自己的怒火，因为他突然看到了墓碑上苏教授和苏太太的遗像，就谅解了苏诺。如果他是苏诺，或许也会和她有一样的反应，一个藏了十年的有关自己父母生死的真相，总是影影绰绰地出现，是谁都无法理性。

“给你发短信的人根本不是沈先生，今天下午我一直和沈先生在一起。”魏良易特别平静地说。

“这不可能。”苏诺有些失望，“这个号码就是他的。”

“这是有人克隆沈先生的手机号码给你发的。苏诺，你现在一点防范意识都没有，你这是拿自己的生命开玩笑，知道吗？”魏良易责备苏诺的语气中带着一丝劝慰。

苏诺见魏良易不相信，突然想起医院遇见沈遇的事：“对了，良易哥，你还记得上次在医院里，我说看到一个像沈遇的人吗？其实，我和他遇到了。我当时不知道为什么鬼使神差地没有告诉你。”

“这个情况我知道，沈先生已经告诉我了。”魏良易哀叹了一声，

“好了。我们走吧。”

到车上没多久苏诺就睡着了，睡得特别香，像是几天几夜没睡觉似的。魏良易刚把收音机的广播关掉，同事就打电话来汇报工作，说安排盯着沈遇的人已经就位了，但参与调查杀人案的人手有些紧张。

人手紧张的问题，魏良易忘记考虑在内，正在思索怎么分配人员的时候，突然听到苏诺的声音：“我要是像小蔓那样有一个警察哥哥该多好啊。”

“等我回队里，再做人员安排。”魏良易降低声音说完挂掉电话，准备回应苏诺时，才发现苏诺是在说梦话。但从苏诺的梦话里，他听出苏诺是多么缺乏安全感。

车驰骋在路上，路灯已经亮起，灯光从苏诺那张熟睡的脸上不停地闪过。

“苏诺，醒醒。”魏良易把车停下后，摇醒熟睡的苏诺。

苏诺睁开迷离的双眼，一脸初醒的样子：“到了，良易哥？”

魏良易点了点头下车，苏诺也紧跟着从车里下来，打着哈欠，伸着懒腰，然后突然愣住了，因为车停在了沈遇住的弄堂口。

“良易哥，怎么来这儿了？”苏诺费解地问。

“找沈遇问一些事情。”魏良易说完，就转身走进了弄堂。

苏诺“哦”了一声，就跟了上去。

来到沈家门前，魏良易敲响门，沈遇打开门，看到门外的魏良易和苏诺，特别出乎意料。

“魏警官带苏小姐来，有什么事儿吗？”沈遇好奇地问。

“有件事儿想和沈先生商量一下。”魏良易说。

“请进。”沈遇把他们请了进来，突然想起厨房还烧着个菜，便脚步匆忙地朝厨房边走边说，“不好意思，你们稍等一下。”

苏诺一脸鄙夷地看着沈遇的背影，自言自语地说：“一大男人，整天跟厨房较劲。”

“你说什么？”魏良易问苏诺。

“没什么。”苏诺回应。

“那你先坐一会儿，我去找沈先生谈点私事。”魏良易说着就朝厨房走去了。

来到厨房，魏良易看到沈遇正在往菜盘里盛油焖大虾，不由得咽了一下口水，眼睛直直地盯着盘子里的大虾，仿佛忘记了有事要和沈遇说。

“魏警官，你怎么跑厨房来了？”沈遇盛好虾，看到身后的魏良易。

“沈先生，有件事想和你商量一下。”魏良易说完吸了吸鼻子，目光一直停留在那盘油焖大虾上，“沈先生，你这虾做得真不像话，香味直往我鼻子里钻，拦都拦不住。”

沈遇被逗笑了，伸手把虾端给魏良易：“说吧，到底什么事儿？”

魏良易迫不及待地接过来，捏起一只就往嘴里放：“在回来的路上，苏诺睡着了，说了一句梦话。”

“什么梦话？”沈遇看着魏良易狼吞虎咽地吃着虾问。

“说她要是像小蔓那样有个哥哥该多好呀。”魏良易嘴里嚼着虾含糊不清地说，“就是说要有个我这样的哥哥该多好。”

“苏诺现在很缺乏安全感。”沈遇有些担心地说。

“是的，她很缺乏安全感。所以，我想让你保护苏诺。”魏良易说。

“什么意思？”沈遇有些不解。

“今天收到那条短信后的反应，证明现在苏诺已经被仇恨蒙蔽了双眼，她已经丧失了判断力。我想让苏诺住到你这里。这样一是可以断了那个幕后操纵者利用苏诺来胁迫你的机会，二是可以降低苏诺的危险系数，三是我们的警力确实有限。”魏良易说着像是想起了什么，又说，“不过这样可能会给你造成很多不便。”

“我没有意见。你也不用担心我，我可以用现在的身份和苏诺相处。不过，你要先说服苏诺才行。”沈遇说。

“我这就去找苏诺。”魏良易说着就端着那盘虾走出了厨房。

苏诺看到魏良易端着一盘虾，吃得满嘴是油地走了出来，问："良易哥，虾好吃吗？"

"好吃好吃。"魏良易说着走到苏诺面前，把虾递给苏诺，"你尝一只。"

"良易哥，你带我来，就是看你吃他做的虾吗？"苏诺不悦道。

魏良易这才察觉出自己完全被美食诱惑了，正了一下语气说："我和沈先生商量的事情已经完了。"

"那我们可以走了吧？"苏诺说着就要走。

"你不用走了，这段时间，你就暂时住在这里。"魏良易说。

"什么意思？"苏诺像没有听清似的，皱着眉头疑惑地问。

"为了你的安全考虑，也为了案子尽快侦破，你需要暂时住在这里。沈先生已经同意了。"魏良易重复了一遍刚才说的话。

"良易哥，你怎么不问我同意不同意呢？"苏诺想不明白魏良易为什么会这样安排。

"苏诺，我知道你无法摆脱沈先生就是鼎恩的错觉，但我们已经调查清楚，沈先生就是沈先生。今天你收到了看似沈先生发的短信，但那短信不是他发的，难道你还不明白什么意思吗？真正的凶手不仅在利用你，也在利用沈先生，把他做的局变得更加复杂，让真相渐渐地远离我们。所以，只有你和沈先生住在一起，你才不会被利用，局面也才不再复杂……"魏良易还没说完就被苏诺打断了。

"良易哥，我知道你所做的一切都是为了尽快破案找到真相，我以后会注意的，我不会再贸然做傻事了，我以后做什么事情都及时告诉你还不行吗？我真的不想住在这里。"苏诺祈求道。

苏诺内心极度排斥沈遇，她并不是不相信魏良易的调查结果，而是她现在还无法说服自己沈遇只是沈遇，和鼎恩没有丝毫关系。所以，她无法听从魏良易的话住在这里。

魏良易料到苏诺会排斥，他本以为能动之以情、晓之以理地说服苏诺，然而当苏诺用祈求的语气求他的时候，他一时不知道该怎么劝说了。

在苏诺和魏良易僵持的时候，站在厨房门口的沈遇脑际间情不自禁地闪现出了十年前自己还是鼎恩，苏诺还是一个处在青春叛逆期孩子时，每当苏诺和苏教授或者苏太太闹矛盾的时候，自己总会用激将法去劝说苏诺，解决他们之间的矛盾，并且百试不爽。

想到这些，沈遇便从厨房走了出来："既然苏小姐不愿意，就不要为难她了。我也收回我刚才同意她住在这里的话。"

"你收不收回我都不会同意。"苏诺听到沈遇趾高气扬的口气便有些不舒服。

"谢谢你的体谅。"沈遇冷淡地说完，把目光转向了魏良易，"魏警官，那就请你带苏小姐离开吧，我要准备用餐了。"

魏良易看出来沈遇这是在用激将法，刚准备配合继续劝说苏诺时，苏诺却转身大步流星地朝门外走去了。

"沈先生，那回头再说吧。"魏良易无奈地看着沈遇，说完便追了出去。

"你个老朽，为什么总是忽略正常人的成长呢？事与愿违了吧？"沈遇看着苏诺离去的背影，无奈地皱了皱眉头，暗暗自责着回厨房了。

"苏诺！"走出门外，魏良易叫住了苏诺。

"良易哥，我相信你调查清楚了，他不是鼎恩，但我依然没有办法和他住在一起。"苏诺停下脚步，充满歉意地低下了头。

"我理解。你不愿意住在这里，那就和我回队里吧，你这段时间就住我们招待所里。"魏良易话音刚落，韩洋走了过来。

"魏队，不好意思，没站好岗，没看好苏诺。"韩洋面露愧色。

"那就将功补过，带着苏诺……"魏良易没有丝毫批评的意思，拍着韩洋的肩膀四处看了几眼，"老姜呢？"

"队里忙不过来，他回队里处理案子了，一会儿就回来。"韩洋说。

"我知道了，那你保护好沈先生。你应该会在这里待很久，这个过程会很煎熬，你要做好心理准备。”魏良易说。

“我一定会完成任务的。”韩洋坚定地说着，向魏良易敬了一个礼。

魏良易再次拍了拍韩洋的肩膀，便把目光转向了苏诺：“苏诺，我们走吧。”

想到魏良易要抽调人手很紧的警力来保护自己，苏诺有些自责。

“良易哥，对不起，我刚才有些意气用事，我决定听你的，住在这里。”苏诺对已经迈开脚步的魏良易说。

“想通了？”魏良易有些吃惊，“苏诺，如果你不想住在这里，就不要勉强自己。”

“我是心甘情愿的。”苏诺故作轻松地说着，并推着魏良易往前走，“良易哥，你赶紧走吧。”

“不用我把你送回去吗？”

“不用。我和小蔓朝夕相处这么久，已经耳濡目染她的特殊谈话技巧。”苏诺为了让魏良易放心，故作轻松地说。

“那行，有什么事儿给我打电话。”魏良易笑了笑，这时苏诺的电话突然响了起来，苏诺掏手机的时候，他看到屏幕上显示“腾乾叔叔”，便赶紧叮嘱准备接电话的苏诺，“不要告诉他你住在哪里。”

“为什么？”苏诺费解地问。

“因为……知道你住所的人越少越好。”魏良易斟酌了一下说。其实他是担心腾乾来看望苏诺，看穿了沈遇，再招来很多不必要的麻烦。

苏诺点了点头便接通了腾乾的电话，腾乾打电话来是问候苏诺近况的。自从苏诺回到江州读大学以来，每隔两天腾乾都会给苏诺打电话，询问她是不是需要些什么，过得好不好。

魏良易从苏诺和腾乾的对话里，听出他们只是聊了一些无关紧要的话，便在苏诺挂掉电话后说：“我走了。”

苏诺看着魏良易离开后，调整了一下心理状态，暗示自己要把沈遇当成沈遇，他不是鼎恩，便转身迈进了沈家老宅的院门。走进客厅，看到沈遇站在不远处的餐桌前正在进行极其讲究的摆盘，像是一个尽职尽责的佣人在等待主人的到来。

苏诺看到沈遇一个人吃饭却如此讲究，觉得他比自己还矫情。如果苏诺知道沈遇独自生活了七十多年，多数时间都是一个人吃饭，便不会觉得他矫情了，反而能从这饭桌上看出他的孤独和可怜。

苏诺在客厅站了片刻，发现沈遇并没有发现自己回来，但她酝酿了良久后仍然不知道该怎么开口说自己又决定回来住，便故意咳嗽了一声。

其实苏诺不咳嗽，沈遇也发现了苏诺，而且他看到苏诺进来后，虽然依然低着头摆弄自己的菜，却欣慰地笑了，因为他可以保护苏诺了。但就是因为要保护苏诺，所以接下来和苏诺相处的时间里，他不能流露出丁点儿和鼎恩相关的痕迹，必须用沈遇的身份和苏诺相处。

所以此刻，他必须表现出不太欢迎苏诺的样子，因为他们刚刚发生了争执。

沈遇听到苏诺用咳嗽吸引他的注意力，便配合地把目光投了过去。

苏诺看到沈遇看向自己，便连忙说："沈先生，接下来一段时间要借宿在贵宅，以后还请多包涵。"

沈遇故作高冷地把目光收了回来，不做任何回应地坐下用起了餐。

沈遇的高冷让苏诺意识到刚才的鲁莽让这位沈先生生气了，便略带歉意地说："沈先生，我为刚才的态度向你道歉。"

"我接受你的道歉。看在魏警官的面子上，我可以既往不咎，让你住在沈家老宅。不过，住在这里就要遵守我的规矩。"沈遇故作淡然地说。

"沈先生请说。"苏诺客客气气地点了点头。

"在这个宅子里，以后进任何门都要敲门，所以请你敲门再进来。"沈遇说罢，指了指大门。

一听沈遇这样说，苏诺有些怒火中烧，瞬间萌生了想要离开的冲动。然而这个想法刚在脑际闪现，耳边像是有另外一个声音在告诉她不能因为自己的任性给魏良易查案制造麻烦。

理性的苏诺劝说住了任性的苏诺，便按照沈遇的要求怏怏不快地走出去，敲响了门。

“进来。”

苏诺本来想和沈遇和平共处，但沈遇如此龟毛，让她的想法瞬间一扫而空。

“沈遇先生，请问我住在哪个房间？”苏诺走到饭桌前语气生硬地问道。

“我还没想好让你住哪个房间。”沈遇为了不让苏诺看到自己有一丝鼎恩的样子，故作冷淡地往嘴里送着饭菜，带着施舍的态度，“如果你饿的话，可以先坐下来吃饭。”

“我不饿。谢谢。”苏诺听到沈遇的语气更加不悦，说完便退回到沙发上。

看着坐在沙发上的苏诺，沈遇便有些后悔自己刚才的刁钻，暗暗地自责：“其实沈遇也不用这么各色，也可以让她好好吃一顿饭的。”

沈遇不时用余光看看苏诺，苏诺却突然站起来向门外走去了。

“苏小姐，烦请你给魏警官打个电话再离开，我可不想承担什么责任。”沈遇以为苏诺要离开，有些慌了。

“我去院子里透透气不行吗？”苏诺语气生硬地回应。

“这个可以。”沈遇满不在乎地点点头。

苏诺之所以去院子里，是因为她坐到沙发上没一会儿，肚子就提出了抗议，咕噜咕噜响了起来。她看着沈遇津津有味地吃着饭，又不想向沈遇低头讨饭，这才逃去院子里的。

2

“苏小姐。”

苏诺在院子里走来走去的时候，突然听到沈遇叫她。她转过身，看到沈遇靠在门框上，他的轮廓在光影的衬托下显得更加立体，被灯光映射出来的身影投在地上显得更加高大。苏诺站在不远处，看看沈遇，又看看沈遇的影子，十几年前鼎恩陪年幼的她玩踩影子的游戏那一幕，瞬间浮上了她的脑海。

那个时候，鼎恩在她眼里是一个超级要好的玩伴，无论她提什么要求，鼎恩都会答应她，只是答应之前都会让她做一道数学题作为交换，让她比较痛苦。但就是因为这样，本来厌恶数学的她慢慢喜欢上了数学。

“苏小姐。”沈遇见苏诺没有反应，又叫了一声。

苏诺有些恍惚地看着沈遇，还没完全从儿时的记忆里走出来，脱口而出道：“我们踩影子吧？”

踩影子？沈遇怎么会忘记和苏诺玩踩影子的游戏呢？但苏诺脱口而出玩踩影子的游戏，却让他警惕起来，他故作没有听清，问苏诺：“你说什么？”

沈遇的回应让苏诺瞬间清醒了过来，忙说：“我说，你想好让我住哪个房间了吗？”

“等我洗完澡，会给你答复的。”沈遇淡然地说着看向了客厅，“对了，餐桌上的饭菜我还没来得及收拾，你可以选择吃或者不吃。”

“谢谢，不饿。”苏诺再次听到沈遇施舍的口气，赌气道。

“不客气。”沈遇说完便去楼上了。

苏诺看着沈遇的背影无比抓狂，以至于回到客厅里，抓起抱枕不停地用力往沙发上摔，以发泄自己的不满。

“苏小姐，在锻炼身体吗？”

沈遇的声音突然传了过来，苏诺像是被武林高手点了穴道似的，尴尬地僵在了那里。

“如果需要锻炼的话，可以用旁边那台跑步机。”沈遇看着僵在那里的苏诺又说。

苏诺定了定神，把抱枕轻轻地放到沙发上，有些尴尬地说：“我担心沈先生一晚上都想不好让我住在哪个房间，我就先清理清理沙发，留作备用。”

“哦，原来是这样。苏小姐，你放心，待客之道我还是知道的，不会让你睡沙发的。”沈遇说着拿起茶几上的一瓶消炎水，转身上了楼。

苏诺为了不让沈遇再次看到自己尴尬的举动，便乖乖地坐到了沙发上，肚子却再一次叫了起来。肚子叫得越来越厉害，苏诺深知这个晚上肯定是熬不过去的，便决定出去买点儿零食。

“苏诺，晚上你不能一个人出去。”苏诺悄悄地走出沈家老宅，就被蹲守的韩洋和老姜拦住了。

“我要去超市买洗漱用品。”

“我们帮你买。”

“那也行。”苏诺万万没想到在去吃口东西的这条路上会被韩洋他们拦住，灵机一动，“那我告诉你买什么。算了，韩警官，我把需要买的东西发你微信上吧。有些女生用品给你们男生说了，你们也记不住。”

“不只买洗漱用品吗？”韩洋像是意识到了什么。

“当然不是。”苏诺故意把声音提高了一些。

“韩洋，那你陪苏诺去吧。”将近四十岁的老姜忙说。

韩洋点了点头。

苏诺为了尽快与肚子和解，到了超市，往购物车里先扔了一堆零食，进了女性用品专区，避开韩洋，便迫不及待打开一袋薯片享用起来。

“这会儿饿了？”苏诺正专注地吃薯片的时候，突然传来了沈遇的声音。

苏诺左顾右盼只看到不远处站着的韩洋，并没看到沈遇的身影。她以为自己出现了幻听，正疑惑地往嘴里继续塞薯片的时候，却发现沈遇站在货架另一边，正从货柜的缝隙中看着她。

“有正餐不吃，吃这些垃圾食品，跟饭有仇是吧？”沈遇像逮住孩子偷吃的家长似的，一副教训的口吻，说着突然意识到自己的失态，便马上调整了一下语气，“苏小姐，你放心，我不会在饭菜里下毒的。”

“我乐意，跟你有什么关系。你管得着吗？我要是怕你下毒，就不会住到你家了。不吃你的饭，是因为和你坐在一起没胃口。”苏诺隔着货架看着沈遇不满地说，“变态，一个男人在女生用品区转悠什么呀。”

“这一排摆的是生活用品。”沈遇说着举起两把勺子。

苏诺没有再回应沈遇，而是气愤地把薯片扔进了购物车，径直去了摆放方便面的专区，然后不由分说地把购物车装满了方便面。

“苏小姐，你这是要干吗呀？”韩洋不解地看着苏诺。

苏诺看到沈遇也走了过来，故意把嗓门抬高说：“吃呀。”

沈遇知道苏诺这是跟自己较劲，如果他用鼎恩的身份便会阻止苏诺，因为他必须对苏诺的身体负责。但此刻他是沈遇，一个美籍华人，他只能用沈遇的性格和苏诺相处。

“吃泡面还需要配榨菜、火腿肠或者卤蛋。”沈遇说着拿起一旁的火腿肠往购物车里扔。

“沈先生，请你有些自知好吗？这是我的购物车，此刻只有我有权利往里边放东西。”苏诺说着把沈遇放进来的东西全部拿出来，推起购物车就去收银台结账了。

“沈先生，苏小姐这是怎么了？”不知其中缘由的韩洋不解地问。

“我也不知道。”沈遇看着苏诺的背影摇摇头。

苏诺买的方便面装了七八个购物袋，加上其他乱七八糟的东西，一共装了将近十个购物袋。

沈遇看着这么多东西，刚要伸手去拎，却被苏诺阻止了。

“沈遇先生，请你不要碰我的东西。”苏诺说着把沈遇刚要碰到的袋子拎在了自己手里，然后转手递给了一旁的韩洋，“韩警官，帮忙拎几个吧。”

“如果不让沈先生帮忙，咱俩是拎不走的。”韩洋接过来，然后皱着眉头看了看地上的一堆袋子。

“能拎走的。”苏诺倔强地说。

很快就如韩洋所说，没有沈遇的帮忙他们的确拎不走，但即便如此苏诺也没有放弃，依然尝试着各种方法。

“你确定不需要我帮忙吗？”沈遇看着苏诺尝试了几种方法都失败后说。

“用不起。”苏诺有些焦躁地说完，把拎在手里的两袋东西像赌气似的往地上一扔，又走进了超市。

就在沈遇和韩洋不知所以然的时候，苏诺拎着一个拖把走了出来，结完账，直接用拖把把所有的袋子都串了进去。

“韩警官，咱们抬着回去。”苏诺说着得意地看了一眼沈遇。

苏诺和韩洋用拖把抬着装满的购物袋像逃荒似的，走在返回沈家老宅的路上，引来了很多路人的侧目。

“苏诺，我这样太丢人民公安的形象了，咱能不能请沈先生帮忙分担点儿？”在意自己形象的韩洋，低头劝说苏诺。

苏诺满不在乎地昂首往前走着：“韩警官你又没穿警服，别人怎么知道你是警察呢。再者说，人民警察为人民，你现在是在为人民服务，有什么可丢人的？”

进了沈家老宅，苏诺就盯着沈遇问：“沈先生，你想好要让我住哪个房间了吗？”

“随便你选。”沈遇说着看了一眼抬着购物袋的苏诺和韩洋，便坐到沙发上拿起茶几上的一本书看了起来。

苏诺不以为意地看了一眼沈遇，然后侧了一下身对韩洋客气地说：“麻烦韩警官再帮我送到楼上吧。”

“人民警察为人民，为人民服务是我的天职，哪有麻烦的道理。”心直口快的韩洋暗有所指地说。

苏诺听出了韩洋的不悦，忙说：“我刚才没有控制好自己的情绪，请韩警官见谅。”

“没事，没事。”韩洋摆摆手，“我还是赶紧为人民服务吧。”

楼上一共四间卧室，三间卧室亮着灯开着门，只有书房和一个房间紧锁着门。苏诺挨个看了房间，每个房间都换了新的床单被罩，床上铺得也特别平整，没有丁点儿皱褶。

刚才沈遇说要洗澡，其实是为了给苏诺收拾卧室。收拾完房间发现苏诺不见了，找到门外从另一个警察口中得知苏诺和韩洋一起去了超市。有韩洋相随，苏诺的安全肯定没有问题，但他还是莫名地担忧，便追去了超市，发生了刚才的那一幕。

苏诺对住处根本不挑剔，选了一个较为小点儿的有独立卫生间的房间。

“为人民服务完了，我先走了。”韩洋把东西放了下来。

“再次感谢韩警官。”苏诺有些不好意思地说。

“行了，你就别客气了。”韩洋笑笑，“走了。”

“我送送你，我送送你。”苏诺说。

苏诺把韩洋送到楼下，沈遇像是当他们不存在似的捧着一本书看。苏诺见沈遇如此，像主人似的把韩洋送到了门外，回来的时候也像沈遇不存在似的穿过了客厅，准备回楼上。

“苏小姐，我想和你谈谈。”在苏诺刚要上楼梯的时候，沈遇叫住了她。

经过超市的闹剧，沈遇见识了已经长大成人的苏诺的固执。所以，他想和苏诺聊聊，尝试着缓解一下他们之间的关系。

“困了，不想聊天。”苏诺脚步都没停地上了楼。

到了楼上回到房间，苏诺把门一关，就和魏小蔓微信视频聊起了天。

“苏诺同学，你吓死我了，知道吗？你以后再敢这样悄无声息地玩消失，咱俩必须友尽！”魏小蔓接通视频后不满地说。

“我错了还不行吗？”苏诺卖萌装可怜。

“下不为例啊！我哥把你放哪儿了？”魏小蔓问。

“良易哥没告诉你吗？”苏诺说。

“没有啊，他还没回来呢，就给我发微信说你没事儿了。”

苏诺慢慢转动视频，然后对准了一堆方便面：“看看这是什么？”

“怎么这么多泡面呀？我哥把你关起来了吗？”魏小蔓问。

“没有没有，是我自己买的。良易哥让我住在沈家老宅了。”

“啊！跟沈遇住在一起吗？”魏小蔓有些惊讶，“你住在一个那么会做饭的男人家里，买泡面干吗呀？”

“我宁可吃泡面，也不会吃他做的饭。”苏诺咬牙切齿地说。

“是不是他欺负你了。肯定是欺负你了，你等着，明天我去找他算账。你不用拦着我，我非打他个满地找牙不可。敢欺负我家苏诺，这是不想活了。”魏小蔓语速像机关枪似的不给苏诺任何插话的机会。

“行，那明天你就来给我出气。”

“必须的。那我去练练我的跆拳道，挂了啊。”

“我一个人待着无聊，你再陪我聊一会儿。”

“不聊了。还想不想让我给你出气呀，现在练跆拳道比较重要。”魏小蔓说完就把视频关了。

“欸，魏小蔓。”苏诺对着已经挂掉的视频说，“你这个花痴。”

魏小蔓对每个男生犯花痴的时候，见这个男生前都会精心装扮一番，苏诺早已经见怪不怪了。所以，魏小蔓那么匆忙地关掉视频，苏诺已经猜出来她是去翻箱倒柜地找衣服了。

第二天一早，魏小蔓果真是精心装扮而来。但让苏诺没想到的是，魏小蔓竟然穿着一身她以前非常排斥的色彩靓丽的熟女装，脚上还踩着一双高跟鞋。魏小蔓从来不穿高跟鞋，走起路来一晃一晃的，跨门槛的时候要不是去开门返回来的沈遇扶住了她，险些就摔倒了。

“魏小姐，没事儿吧？”沈遇关心地问。

“没事儿，没事儿。”魏小蔓有些羞涩地看着沈遇，“沈家不愧是深宅大院，门槛就是高。”

坐在沙发上吃泡面的苏诺看到这一切，很鄙夷地对魏小蔓说：“小蔓同学，昨天跆拳道练得很卖力呀，腿都开始发软了。”

“为了你我容易吗？”魏小蔓说着给苏诺使了一个眼色，“你还不赶紧来扶扶我。”

苏诺起身走过去扶魏小蔓的时候，用一种很排斥的眼神看了一眼沈遇，沈遇却像把她当空气似的，转身走了。

“你们俩真的吵架了？”看到这一幕的魏小蔓关切地轻声问。

“我根本就不会和他有什么交流。”苏诺说着扶住魏小蔓，“你是来看我，还是来走秀的？”

“废话，你见过我这样一晃一晃的模特吗？当然是来看你了。”

“那你穿成这样。”苏诺白了她一眼。

“咱们即将从校园走向社会了，我尝试着穿成熟点儿不行吗？你不能只允许自己穿职业装，不允许我穿熟女装吧。”魏小蔓为自己辩解。

“当然可以了，小蔓长大了嘛。”见魏小蔓打死都不承认自己是来犯花痴的，苏诺看了一眼坐到沙发上看书的沈遇，刁难起了魏小蔓，“你不是说来替我出气吗，他就在那儿，赶紧准备准备吧。”

“他现在在看书，不方便对他动手。”魏小蔓满眼桃花地看着沈遇。

“花痴。”苏诺说着把魏小蔓松开，拿起茶几上的泡面向楼梯走去，边走边说，“我回楼上了。”

就在此时，门铃响了起来，沈遇刚要放下书起身去开门，却被魏小蔓阻止了：“沈先生，外面的人是来找苏诺的，让她去开门就行了，你安心看书。”

沈遇一听魏小蔓这样说，便真的坐了下去。

“你怎么知道是来找我的呀？”苏诺对魏小蔓的重色轻友表示不爽。

“外面摁门铃的是解家明，不是来找你的，难道是来找沈先生的吗？”魏小蔓说。

“你怎么知道是解家明呀。你什么时候学会隔空看物了？”苏诺质问魏小蔓。

“解家明跟我一起来的。刚才他去停车了，我当然知道是他了。人家是你的追求者，别怠慢了人家，乖，赶紧去吧。”魏小蔓对苏诺做了一个鬼脸。

沈遇听到门外是苏诺的追求者，便情不自禁地看了一眼门外，但很快就把目光收回，继续看书了。

苏诺端着泡面无奈地打开门，门外果真站着解家明。

“苏诺学姐，你怎么一大早的就吃方便面呀？”解家明看到苏诺端着一桶泡面问。

“就是想吃了。”

解家明“哦”了一声，像是突然想起了什么，说：“昨天小蔓告诉我你不见后，我一直很担心，后来良易哥告诉我你没事儿了，我才放心了。”

“不好意思，让你担心了。”苏诺说着和解家明经过小院走进客厅。

“你没事儿就好。”

“谢谢你，家明。”苏诺对解家明礼貌性地道谢。

听到苏诺和解家明的声音，沈遇和魏小蔓不约而同地把目光投了过去。沈遇不由得多看了几眼站在一旁的解家明，他想用一个长者的姿态替苏诺审视一下这个追求者。

“你站都站不住，怎么不坐呀？”苏诺看到魏小蔓还一动不动地站在那里。

“沈先生还没请我入座呢。”魏小蔓彬彬有礼地说完，却让苏诺和解家明不约而同地皱起了眉头。

“魏小姐，不好意思，我一直以为你的性格很豪迈，不用请。请坐。”沈遇说着站了起来，“苏小姐的男朋友，你也坐。”

“好的，谢谢。”解家明听到沈遇说自己是苏诺的男朋友有些高兴得不知所措。

“是朋友，不是男朋友。”苏诺对沈遇乱定她和解家明的关系，表现出明显的不悦。

苏诺的话一出口，高兴得不知所措的解家明有些尴尬地笑了笑：“对，是朋友，不是男朋友。”

沈遇对苏诺的解释完全不理睬，走过去很绅士地和解家明握手：“你好，沈遇。”

“沈先生你好，我叫解家明。”

“你们玩儿。”沈遇说完就转身上楼了，边走边欣慰地笑着自言自语，“苏诺真长大了，都有追求者了。”

“沈先生，中午能在你家蹭顿饭吗？”魏小蔓看着沈遇的背影问。

沈遇像没有听到魏小蔓的声音似的，头也没回径直上了楼。

“这种阴晴不定的范儿真让人着迷。”魏小蔓看着沈遇走上楼梯，陶醉地说。

“你给一百个男生这样定义过了。”苏诺看着犯花痴的魏小蔓说。

“我这次是发自肺腑的。”魏小蔓异常认真地回应。

“你这句话也说过一百次了。”解家明也毫不客气地回击。

“哎呀，你俩真讨厌。让人家在美好的幻想里沉醉一下下，会死吗？”魏小蔓说着把鞋从脚上踢了出去，瞬间破功回到了自己原本的样子，“这破鞋真要人命，姑奶奶以后再也不穿了。”

魏小蔓生气的样子把苏诺和解家明逗得哈哈大笑。

3

沈遇虽然没有回应魏小蔓是不是同意留她吃饭，但临近中午的时候，还是做了一桌子菜，其中有几道是苏诺最爱吃的菜。

沈遇做得如此丰盛，并不是为了招待魏小蔓和解家明，而是因为心疼苏诺已经连续吃了两顿泡面，他想趁魏小蔓、解家明蹭饭这个机会，让苏诺正儿八经吃顿饭。

“沈先生，要开饭了吗？”魏小蔓看到沈遇在饭桌上摆盘，忙问。

沈遇微微抬头看了一眼魏小蔓，点了点头。

“开饭喽。”魏小蔓看到沈遇点头，便兴奋地朝苏诺和解家明喊了一声。

“苏诺学姐，咱们去吃饭吧。”解家明对苏诺说。

“你先去，我去趟楼上。”苏诺说完起身向楼梯走去。

坐在餐桌旁的沈遇看到苏诺要去楼上，明白她要去楼上取泡面，便明知故问：“苏小姐，是去楼上取泡面吗？”

“是，怎么了？”苏诺停下脚步，理直气壮地说。

沈遇淡淡地“哦”了一声，然后对已经落座的魏小蔓和解家明说，“你们俩是苏小姐的朋友，正好你们也在场，我明确地告诉你们，她已经连续两顿吃泡面了。你们也看到了，不是我不照顾她，是她太倔强，所以，有一天，苏小姐如果因为饮食出现了健康问题，我概不负责。”

“我是一个成年人，我会对自己负责的。”苏诺不屑地说。

“好的。苏小姐的话，我记住了。”沈遇淡然地对苏诺说完，目光落在魏小蔓和解家明的身上，“你们俩也听到了，以后魏警官追究起来，给我做个证。”

“苏诺学姐，你不能一直吃泡面，真的会影响身体健康的。”此刻，明白了一切的解家明有些惊讶。

“吃两顿没事儿。你们赶紧吃饭，不用管我。”苏诺说完又迈开了脚步。

“沈先生，她就是这种性格，认定的，八头牛都拉不回来。别因为她影响了你的食欲，我回头慢慢劝她。”魏小蔓说着拿起了筷子。

沈遇依然没有劝说住苏诺，苏诺径直回了卧室，在取泡面的时候，解家明跟了进来。

“你怎么来了？”苏诺有些惊讶。

“我要陪你一块儿吃泡面。”解家明说着从购物袋里取出来一桶泡面。

“家明，你真的不需要这样。”

“我不能看着你一个人受罪。既然你和沈先生住在一块儿不舒服，就应该告诉良易哥的。”解家明说着像是想起了什么，“是不是良易哥非要让你住在这里？如果这样，我可以告诉我爸，他特别听我爸的话。”

“家明，真的谢谢你的关心，但不是你想的那样。”

“那为什么这样？从一进门，我就看出来，你特别排斥他。你是不是心里一直摆脱不了他就是造成你爸妈事故的凶手的阴影？如果真是这样，你就不能住在这里，这样真的是一种身心的折磨，即便一直吃泡面，身体不会出现问题，长期待下去，心理也会出现问题的。”解家明异常关心地说。

解家明说得特别对，苏诺排斥沈遇，摆脱不了沈遇就是鼎恩，就是造成父母离世的凶手的阴影。但是她内心深处又极其矛盾，因为魏良易调查了沈遇，他根本就不是鼎恩，魏良易也不可能置自己的生命于不顾而把自己放在一个凶手身边。所以，她深知摆脱不了沈遇就是鼎恩的想法，只是自己的一种心理暗示罢了。

“家明，你不要让你爸爸找良易哥，要让他安心查案。”

“我可以不告诉我爸，但你必须答应我一件事情。”

“什么事？”

“让我每天给你送饭。”

苏诺听到解家明这样说，一时不知道该怎么拒绝。

“苏诺，你真够没劲的，好不容易和帅哥共进午餐，都被你搅黄了。”魏小蔓突然闯进来。

“小蔓姐，你应该体谅苏诺学姐。再说了，你吃就行了呗。”解家明替苏诺鸣不平。

“吃吃吃，吃你个大头鬼啊。沈先生说了，他这顿饭是为苏诺准备的，苏诺不吃，我也别想动筷子。”魏小蔓不爽地说。

“为了不让你留下遗憾，我吃还不行？”苏诺意识到因为自己的任性，影响了大家的心情。

“这才对嘛。”魏小蔓说着兴奋地挽住了苏诺的胳膊。

苏诺、魏小蔓、解家明来到楼下，看到沈遇已经离开餐桌，正在往一个保温盒里装饭菜。

“沈先生，你这是要干吗？”魏小蔓问。

“去医院，给爷爷送饭。”沈遇头也不抬地说。

“你不吃吗？”魏小蔓看到一桌子菜根本没有动过的痕迹。

“我已经吃完了，你们吃吧。”沈遇说着便拎起保温盒朝门外走去。

4

沈遇拎着保温盒并没有去医院，而是进了弄堂不远处的公园。

五月中旬的江州，中午已经极其闷热。并没有几个游人的公园里，蝉鸣声让人更加烦闷。

“沈先生。”

沈遇坐在一条有树荫笼罩的长椅上正津津有味吃饭的时候，突然听到有人叫他，抬头看去，魏良易正向他走来。

“你怎么知道我在这儿？”沈遇说着挪了一下身体，给魏良易腾了一下位置。

“我这不要去你家吗？停车的时候看到你进了公园，就跟过来了。”魏良易坐了下来。

“哦，吃了吗？”

“没有，这不正要去你家蹭饭嘛。”

“你妹妹和家明在呢，你可以去吃。”

“那算了，我就不去了。你怎么打包来这儿吃了？”

“苏诺已经两顿不吃正餐了，只有我离开，她才会和其他两个小朋友吃得开心。”

“苏诺对你的敌意，应该一时半会儿化解不了。”

“她敌视的是鼎恩。但我现在是沈遇，让她慢慢地相信我是沈遇就行了。”沈遇往嘴里送了一口饭菜。

“希望接下来那个隐藏起来的凶手有新的动作，出现新的线索，赶快让案子水落石出，还所有的冤魂一个公道。”

“会的。”沈遇说着把保温盒收了起来，“我去医院了。”

“那我去和苏诺聊聊，希望她逐渐减少对你的疑虑，能和你和平共处。”魏良易说。

“并不需要，让苏诺对我有些疑惑未尝不是一件好事。”沈遇说着站起来向公园外走去。

“为什么？”魏良易和沈遇并肩走着不解地问。

“又不能让她独自一个人出去。在一个环境中待久了，会无聊的。就让她把搞清楚我的身份当作一件事情做，打发无聊的时间吧。”沈遇边走边说。

“你不怕她真的看出点儿什么吗？”

“我有那么弱吗？”

“我现在越发喜欢你这个自信的年轻老头了。”

“谢谢魏警官的赏识。”沈遇说着跨出公园的门，摆摆手，“走了。”

“沈先生，去医院的车应该在那个方向。”魏良易叫住沈遇，指着沈遇相反的方向说。

“我先找个地方，把饭盒洗了。”沈遇摇了摇饭盒，说完就走了。

“还真讲究，自信怪异的年轻老头。”魏良易无奈地笑着。

沈遇在一家麦当劳把保温盒洗好，便直接去医院看望沈老先生了。

到了医院，护士告诉他沈老先生一个小时前醒过一阵子，这会儿又睡着了。沈老先生因为不能进食，身体越来越虚弱，全靠点滴葡萄糖维持生命，多数时间都在昏睡，几乎没什么清醒的时候。

他在护士那里了解了今天沈老先生的身体状况，又走到病房的门前隔着小玻璃窗看了一会儿。自从前些日子沈老先生的身体突然变糟糕后，不管沈老先生清醒还是昏睡，他每天都要来医院陪一会儿沈老先生，因为从没有和亲人相处过的他，看到沈老先生就觉得踏实和满足。

“小沈先生。”

沈遇落寞地看着躺在病床上一动不动的沈老先生，听到有人喊他，转过身看到董伯站在身后。

“董伯，您来了？”沈遇调整了一下情绪。

“我来看看老沈。”

“您以后就别总往医院跑了。”

“以后想来恐怕也难了。”董伯面露伤感。

“怎么了？遇到什么事情了？”

“我儿子要离开江州了，他想让我和他一块儿去。”董伯的脸上露出欣慰的笑容。

“您儿子同意了……”沈遇觉得自己说得不妥，又赶紧找补，“董伯，恭喜您。”

“谢谢小沈先生。”董伯说着，脸上的笑容瞬间又被忧愁替代了，“老沈先生这样，真的有些放心不下。”

“董伯，爷爷这辈子能交上您这样的朋友，我挺替他欣慰的。”

“老沈一辈子一个人生活虽然挺不容易的，但老了能有亲人在身边，他应该很知足了。等老沈醒了，替我和他告个别。”董伯说着拍了拍沈遇的胳膊，“小沈先生，多在中国待一些日子，替我把老沈送走。”

沈遇点点头：“董伯，那您保重。”

董伯又嘱咐了沈遇几句，然后隔着门上的玻璃看了一会儿沈老先生，就转身走了。沈遇看着董伯离去的背影叹息了一声，他叹息自己活到现在都不能有这样一个朋友；他哀叹自己拥有比常人更长的生命，却活得如此残缺。

董伯走后没多久，沈遇到护士站告诉护士，等沈老先生醒了打电话通知他，然后就回了沈家老宅。

在沈遇回沈家老宅的路上的时候，解家明到了家。

“你怎么这个点儿回来了？”正躺在沙发上睡午觉的解汉钢看到儿子开门进来问。

“下午没课，回来看看您。”解家明说着把背包往沙发上一扔，去冰箱里取西瓜了。

“别来虚的，说什么事儿吧。”解汉钢坐了起来。

“给我增加点儿生活费。”解家明吃了一口西瓜。

“说理由。”

“苏诺被良易哥关在一个她不愿意相处的人家里，每天靠泡面度日，我要给她送饭。”

“好的，批了。”

解汉钢的干脆让解家明有些吃惊：“爸，不应该是这样的啊。”

“那应该怎样？”解汉钢不解。

“你应该劝我，让我好好学习，然后我会提出新的要求，让你告诉良易哥把苏诺放出来呀。”解家明笑嘻嘻的。

“儿子，你能成熟一点吗？你良易哥在办案，不是在过家家。我不能干涉他办案，也没有权力干涉他办案。”解汉钢义正词严地说。

“但苏诺真的很可怜。”解家明不满地说。

“这个世界上可怜的人多了去了，你可怜得过来吗？”解汉钢情绪有些激动。

“但我爱她，我眼里只看到了她的可怜。”解家明辩解道。

“家明，你爱一个人没有错，我也不应该阻止你爱上谁，因为这是你自己的权利。但我希望你正视自己，你经历过九死一生，体会过生命的来之不易，所以我希望你不要把爱浪费在一个不爱你的人身上。”解汉钢语重心长地劝解道。

“正因为我知道生命来之不易，我才应该爱我所爱的人。在爱苏诺这件事情上，对不起爸爸，我不能听你的建议。”解家明激动地说完，把吃了一半的西瓜扔到了茶几上，正准备拿背包走人的时候被解汉钢一把抓住了手腕。

“家明，如果你妈妈还在的话，她也不想看到你爱上不爱你的人，最后被伤得痛不欲生。”

“爸，你就让我任性一回吧。”解家明说着挣脱开解汉钢，拎着包走出了家门。

解汉钢看着儿子决绝的背影，倍感无助，并不是因为儿子爱上了一个不爱他的姑娘，而是他担心有一天他所做的事情败露，单纯善良的儿子会受不了，从此一蹶不振，因为那个时候他已经不能在身边照顾儿子了。

想到这些，解汉钢愤怒地抓起解家明吃剩下的半块西瓜用力地摔到地上，然后回到卧室，鞋都没脱便跳到床上，把挂在墙上的他和妻子的结婚照取下来，接着拆开相框，从夹层里取出妻子留下的那封已经泛黄的遗书拿到厨房烧了。

解汉钢看着燃烧的火苗，目露凶光，喃喃自语道：“你的胁迫，该死的宿命，把我仅存的一点儿良知都要吞噬了……家明，你现在又让我无路可退。”

5

沈遇回到家，听到厨房有洗碗的声音，走过去发现厨房里只有苏诺一人站在洗碗池前洗碗，他欣慰地笑了笑，因为苏诺住进沈家老宅后终于正儿八经地吃了顿饭。他盯着苏诺的背影看了一会儿，本想趁着没被发现，转身退回客厅的时候，突然听到苏诺哼唱起了《一江水》：风雨带走黑夜，青草滴露水，大家一起来称赞，生活多么美，我的生活和希望，总是相违背……

这首歌苏诺曾教他唱过，所以苏诺的哼唱一下子就把他拉进了记忆的旋涡：

那是在他还不知道自己即将离开中国去美国前夕的某一天，苏太太出差了，苏诺放学后就会来实验室。那个时候，他正在和苏教授废寝忘食地破解自己，根本顾不上苏诺，等他们忙得告一段落，发现苏诺不见了。

在夜色里，他和苏教授分头寻找苏诺。他穿过大街小巷，走进各种美食店，在穿过公园准备去另一条马路寻找的时候，突然听到了像是苏诺的笑声。他急忙走过去，看到在一盏昏黄的路灯映照着的一张长椅上，天真烂漫的苏诺正哈哈大笑着和一个拾荒者忘我地聊天。

“苏诺。”他走过去叫了一声。

“鼎恩叔叔，他唱歌可好听了。”苏诺抬头看到他，依然沉醉在和拾荒者欢愉聊天的氛围里，并没有意识到自己贸然离去造成了他和苏教授的担忧。

拾荒者看到他的出现，突然紧张起来，捡起脚下的编织袋就要离去。

“他是我的好朋友，你不用怕。”苏诺抓住拾荒者，然后望向他，“鼎恩叔叔，他已经一天没有吃饭了。我身上的钱只够给他买一个面包，但我觉得他没有吃饱。你能请他吃顿饭吗？”

面对如此善良的苏诺，他并没有在拾荒者面前批评苏诺，只是点头答应并带着拾荒者去吃饭了。陪拾荒者吃完饭，苏诺又要求他给拾荒者一些钱，之后才有些不舍地和拾荒者告别。

“苏诺，以后不能不辞而别了，去哪里都要和家长打招呼，不然会让家长很担心的。以后你再这样，我就不和你做朋友了。”他在和苏诺返回实验室的路上时，用一种极其柔和的语气教育苏诺。

“对不起，对不起。我不是有意的，我看到爸爸和你在忙，我饿了，就出来吃饭了，然后就找不到回去的路了。”苏诺愧疚地说。

“既然这样，那我就原谅你了。”

“那我们还是好朋友吗？”苏诺担忧地问。

“因为你不是有意的，所以我们还是好朋友。”

苏诺高兴地牵住了他的手：“好朋友，你会唱歌吗？”

“不太会。”他有些难为情地说。

“那我教你一首吧，特别好听。我唱一句，你跟着唱一句，刚才那位叔叔就是这样教我的。”苏诺兴奋地说着就哼唱起来，“风雨带走黑夜，青草滴露水……”

沈遇深陷记忆旋涡，目光涣散，神情恍惚。苏诺洗完碗，转过身看到沈遇的样子，发现沈遇像色狼一样目不转睛地盯着自己。

“沈先生。”苏诺唤醒深陷记忆里的沈遇，用一种很鄙视的口吻说，“请让一下。”

“哦。”沈遇回过神儿，有些慌张地躲开了。

“沈先生，以后不要贸然出现在一个人身后，这样很吓人的。还有，盯着一个女生看，是很不礼貌的。”苏诺说完，白了沈遇一眼，就走出了厨房。

“苏小姐，我想你是误会了。”沈遇见苏诺这样理解自己，便赶紧解释。

“沈先生，我没有误会你什么。我只是给你提个建议，告诉你一下中国的国情而已。”苏诺说完便上了楼，留下沈遇尴尬地站在厨房门口。

“一不留神，在苏诺面前成了一个轻浮的人了。”沈遇看着苏诺上楼后，自嘲地一笑。

苏诺回到卧室本想睡个午觉，导师却打来电话，让她去学校取毕业论文的修改意见。

挂了导师的电话，她用清水洗了把脸，就下了楼。沈遇在楼下看书，苏诺仿佛当他不存在，穿过客厅急匆匆地朝外走。

“苏小姐，我有必要给你解释一下咱俩的误会。”沈遇叫住苏诺。

“我没有时间。”苏诺往外走着，头也没回。

“你要去干什么？”沈遇问苏诺。

“你管得着吗？”苏诺不耐烦地回道。

“管是管不着。不过苏小姐以后白天去哪里，我都必须跟着一块儿去。”沈遇说着放下书站了起来，跟上了苏诺。

“你跟着我干吗。”苏诺停下脚步，无奈地看着沈遇。

“我不是跟着你，是我需要警察的保护。”

“我又不是警察。”

“外面的警察是保护我们俩的，但白天通常只有韩警官在。你要出去，韩警官就要陪着你去，谁来保护我呢？”沈遇故意耍赖。

沈遇和韩洋跟随苏诺去了江州大学。

苏诺知道韩洋是来保护她的，但她并不知道沈遇其实也是来保护她的。

自从她决定住在沈家老宅那一刻，沈遇就暗自告诉自己，以后不会让她再出丁点儿意外，只要她迈出沈家老宅，就必须在自己视线范围内。

两个男人跟在自己身后，总让苏诺觉得怪怪的，在路上她便提议，为了让老师和同学对自己不会有什么看法，他们俩必须和自己保持一定的距离。

沈遇和韩洋倒也遵从了她的意见，他们为了照顾苏诺的情绪，看着她进了导师的办公室，就退出了办公楼，在外面等了。

苏诺的毕业论文题目为《自媒体新闻传播对传统新闻传播的冲击及影响》。她的论文观点虽然很新颖，但论据有些中庸，导师建议她把举例部分替换掉，这样才能让她独特的论点更加有的放矢。

苏诺和导师讨论完论文从办公楼出来，看到魏小蔓和两位女同学正在争执什么，沈遇和韩洋像两个呆子似的站在一旁，便急忙走了过去。

“怎么了，怎么了？”苏诺走过来，把魏小蔓拉开问。

“这两个姑娘缠着沈先生和韩洋不放，非要他们的电话，加他们的微信。”魏小蔓异常生气。

“跟你有什么关系，又不是你男朋友。”其中一个女同学不屑地说。

“谁说不是我男朋友了。”魏小蔓挣脱开苏诺，气势汹汹地走到两位女同学面前。

“你管男朋友叫先生呀。”另一位女同学反击魏小蔓。

“我愿意，你管得着吗？”魏小蔓轻笑一声。

“小蔓，算了算了。”苏诺再次上前拉魏小蔓，又劝两位女同学，“为了不让矛盾继续激化，你俩赶紧走吧。”

“我们追求爱情为什么要走呀。”

“就是，我们凭什么走呀。两位帅哥都没发话，你们有什么权力。”

“还爱情呢？我呸！你们俩看见帅哥走不动的段位，在我面前就是毛毛雨，知道吗？”魏小蔓反击道。

“你俩惹出的麻烦，你俩倒是解决啊。”苏诺见劝阻不住魏小蔓和两位女同学，便看向沈遇和韩洋。

沈遇和韩洋显然并不知道怎么处理这种事情，两个人都像是被人打了一记闷棍，早已经不知道东南西北了。

“两位姑娘，是这样的。”沈遇见苏诺发号施令，便硬着头皮上前劝解，“这位先生，他真的有心上人，这才是造成今天误会的主要因素。”

“那他的心上人是她，还是她？”其中一位女同学指了指苏诺和魏小蔓。

“这有必要告诉你吗？”魏小蔓极为不爽。

“当然有必要了。如果不是你，你就没有权力指责我们，你必须向我们道歉。”另一位姑娘也不退让。

当两位姑娘说完，沈遇便明白现在的情况已经不是开始的那样了，她们现在完全是在和魏小蔓较劲了。

“是这位同学。”沈遇为了赶紧结束这种尴尬的局面，把魏小蔓和韩洋乱点了鸳鸯谱。

韩洋一听自己被点给了魏小蔓，刚想辩驳，却被沈遇一把拉过并趁机递了眼色：“是不是？”

“是。”韩洋坚定地点了点头，便一把揽住了魏小蔓的肩膀，“她是我女朋友。”

魏小蔓被韩洋猝不及防地一揽，脸上竟然泛起了红晕，原本气势汹汹的她靠着韩洋竟然有一种安全感，便不自觉地羞涩地把头低了下去。

但魏小蔓的变化，并没有被陷在解决这场无聊闹剧里的其他人发觉。

“那你呢？你没女朋友吧。”就在大家以为可以收场的时候，其中一位女同学又提出了疑问。

“我……”女同学的问话，让沈遇一时不知道该如何回答。

“她是他的女朋友。”韩洋像有意反击似的，把一旁的苏诺私自“许配”给了沈遇。

韩洋的搭配让沈遇有些尴尬，大家都以为苏诺会配合的时候，苏诺却转身走了。

“男女朋友会这样吗？”两位女同学还在质疑。

“两位同学，不要闹了。你看你们都让人家闹矛盾了，咱们到此为止好吗？”韩洋对两位女同学说完，又暗示一旁的沈遇，“你还不去追。”

沈遇听到暗示，忙转身去追苏诺。

“真没劲。”其中一位女同学说完就拉起另外一位女同学走了。

韩洋看着两位女同学离开后，才察觉到自己还揽着魏小蔓的肩膀，连忙松开了。

“你们学校的女生真够彪悍的。” 韩洋为了化解尴尬，笑着对魏小蔓说。

“是呀。”魏小蔓很配合，为了躲避韩洋的目光便转而看向已经走了很远的苏诺，“我去找苏诺。”

6

沈遇刚跟上苏诺，准备开口和苏诺说话时，魏小蔓突然冲了上来挽住了苏诺的胳膊。

“沈先生，我有些话想和苏诺聊，你回避一下好吗？”魏小蔓拉着苏诺快步向前走去。

沈遇点了点头，便把脚步放慢了。

“我决定不喜欢沈遇了。”和沈遇拉开一段距离后，魏小蔓说。

苏诺淡然地“哦”了一声。

“你是不是我的闺密，怎么这种反应呀？”

“那我换一个反应好吗？你又决定喜欢谁了？”

“韩洋。除了我哥，我从来没有被男生揽过肩膀。”魏小蔓陶醉地说，“苏诺，你说他承认我是他的女朋友，会不会对我真的有点儿意思？”

“小蔓，咱能不能现实点，把花痴病改了，好好地爱一个人。”

“我这次是发自肺腑的。”

“你上午刚说了这句话。”

“上午韩洋没有揽我的肩膀呀。”

“我也揽了你的肩膀。”苏诺说着揽住了魏小蔓的肩膀。

“咱俩都不是那一挂的。你揽不揽我，我都会爱你一辈子。”

“小蔓，有你真好。”魏小蔓一句随意的话，却打动了苏诺。

“此刻咱俩不宜一往情深。我问你，沈遇怎么跟你来学校了？”

“我来学校，韩洋就要跟着我来，没有人保护他了，他自然而然就来了。”

“苏诺，我虽然花痴，但我眼不瞎。有件事儿跟你说，你别真戳瞎我的眼啊。”

“你什么时候学会卖关子了。”

“其实，我觉得沈遇对你挺有意思的。以前我不舍得对你说，因为在韩洋没揽我肩膀之前，我觉得我可能会和沈遇发生什么故事。但现在我不是心属韩洋了嘛，所以，我再不说，我就对不起……”魏小蔓没说完就被苏诺打断了。

“小蔓！”苏诺吼住魏小蔓。

“不说了，不说好吗？”魏小蔓说着挽住了苏诺的胳膊，突然严肃起来，“亲爱的，我知道你一直放不下你爸妈的案情，你现在对沈遇的戒备之心也依然没有彻底放下。你现在和沈遇住在一块儿，只是相信我哥，其实你一直在委屈自己。”

“我没有。”苏诺矢口否认。

“这是我哥跟我说的。我哥是一个刑侦警察，你骗不过他的。今天和你吃完饭，我就慌张地走了，你知道我为什么不陪着你吗？我去找我哥了，我对我哥发火了，因为我看到你住在那里一点儿都不快乐。苏诺，你受一点儿委屈，我都会难过的。但我哥说，沈遇只是沈遇。就算沈遇真的就是鼎恩，你能找到鼎恩残害你爸妈的理由吗？你恐怕找不到吧。所以，我哥让你放下你内心的执念，相信现实，这样你才能和沈遇好好地相处，才能真正地开心。”魏小蔓说着突然调皮了起来，“我也希望你这样，因为这样我就不用再为你担心，我就能好好地喜欢韩洋了。”

“小蔓。”这时，一个声音从不远处传了过来。

苏诺、魏小蔓随着声源望过去，看到一个将近五十岁、身材魁梧的男人正朝她们走来。这个人不是别人，正是解汉钢。

“解叔叔，你怎么在这儿？”魏小蔓看到解汉钢有些惊讶。

“我在等家明。”解汉钢走了过来，又看向苏诺，“你好。”

“你好，叔叔。”苏诺很客气地寒暄。

“这是我的好朋友苏诺。”魏小蔓赶紧介绍。

“总听家明提起你。”解汉钢毫不避讳地说。

苏诺一听解汉钢这样说，有些不好意思了。

“解队长。”这时候韩洋走了过来，很激动地和解汉钢握手。

“你是？”解汉钢有些诧异地看着韩洋。

“解队，我是魏队的下属，总听魏队提起您。”韩洋还握着解汉钢的手，不愿放开。

“我已经不是什么解队了，叫我老解就行。”解汉钢笑了笑，又看向走过来的沈遇，“你也是良易队里的人？”

“不是。”沈遇说着很绅士地和解汉钢握了握手，“但和魏警官有些交情。”

“哦，原来这样。”解汉钢若有所思。

就在这时，解家明跑了过来：“你们怎么都在？”

“我们来陪苏诺讨论毕业论文。”韩洋说。

“哎呀，我忘记去找导师讨论毕业论文了。”魏小蔓听到韩洋的话，猛然想了起来。

“你都想什么呢？还不赶紧去。”苏诺催促魏小蔓。

“解叔叔再见。”魏小蔓和解汉钢告别后，又看了一眼韩洋，“韩洋，我走了。”

“再见。”韩洋点了点头。

“我爸刚才没乱说什么吧？”魏小蔓走后，解家明问苏诺。

苏诺不知道该说什么，只是笑了笑：“叔叔，你们聊，我就不打扰你们了，先走了。”

解汉钢看着他们三个离去的背影，刚才目光中的平和突然消失不见了，内心深处涌出了一个他自己都无法控制的声音：“鼎恩，只有你离开，大家才都会相安无事。”

“爸，你看什么呢？”解家明问。

“我觉得你小子的眼光还行。”解汉钢马上恢复神态，故意岔开解家明的问话说。

“这么说，你同意我追求我的爱情了？”解家明喜出望外。

“我敢不同意吗？你都摔门而出了。”解汉钢一脸无奈，“我来学校是给你道歉的。”

就在解汉钢和解家明讨论苏诺的时候，还没走多远的苏诺、沈遇、韩洋又撞见刚才和魏小蔓发生冲突的两位女同学。

“怎么少一个呀？不会一会儿就分了一对吧？”其中一位女同学阴阳怪气地调侃。

“假的哪有持久的。”另一位女同学附和着。

“你俩没完了是吧？有意思吗？”苏诺看看这两位阴阳怪气的女同学，极为不爽。

“当然有意思了。”其中一位女同学横在苏诺面前。

“两位同学，你们应该把时间用在学习上，为祖国实现现代化做贡献，而不是用在乱七八糟的事情上。”沈遇见两位女生不依不饶，便开口解围。

“大叔，你是21世纪的人吗？祖国已经实现现代化了。再说了，我们要你电话号码怎么就是乱七八糟了？”另一位同学说着指了指苏诺，“你不是说她是你女朋友吗？你们不也在乱七八糟吗？不能只许自己放火，却不让我们点灯吧？”

本来就不擅长和女生打交道的沈遇被说得不知道该怎么应对。就在这时，看到他们出了状况的解家明走了过来。

“怎么了？”解家明看着苏诺，关心地问。

不依不饶的两位女同学把解家明当成了看热闹的人，不等苏诺开口便迫不及待地诉说缘由，想拉解家明站到自己的队列，“刚才他们说他们是男女朋友，但……”

“怎么可能，他们不是男女朋友！” 解家明还没等其中一位女同学把话说完，便反应激烈地将其打断了。

两位女同学意识到不了解情况的解家明和他们认识，便忙问：“你怎么知道？”

“我当然知道了。”解家明说着看了看沈遇，最后把目光落在了苏诺身上，他像和情敌站在心爱的姑娘面前，等待心爱的姑娘抉择似的问，“苏诺学姐，你们是男女朋友吗？”

苏诺被解家明问得不知道怎么回答。这时候，如果把沈遇换成别的男生，她会毫不犹豫地说是，因为这样就能打消解家明心中的念头，让解家明别在自己身上浪费时间，然而这个人却是沈遇。但如果说不是，又会给解家明很大的信心，还招来这两个女生的嘲笑。

“家明，是不是你心里还不清楚吗？”沈遇看出了苏诺的为难，也看出了解家明的迫切，便赶紧打圆场。

“无聊。”在场面陷入尴尬的时候，苏诺瞥了一眼两位女同学，便转身走了。

“家明，别胡思乱想。” 看着苏诺离开的背影，沈遇拍了拍解家明的肩膀，说完便去追苏诺了。

“你们两个姑娘怎么能这样呢？”韩洋埋怨了两个女生一句，也迈开脚步去追沈遇了。

7

回到沈家老宅，苏诺说要改论文，便把自己关进了房间。

其实苏诺根本没有心思改论文，她的思绪特别混乱，满脑子都是魏小蔓说的那些话：“沈遇只是沈遇。就算沈遇真的是鼎恩，你能找到鼎恩残害你爸妈的理由吗？你恐怕找不到吧。所以，我哥让你放下内心的执念，相信现实，这样你才能和沈遇好好地相处，才能真正地开心。”

这些话在她脑际缭绕的时候，和鼎恩在一起时的残缺画面，又和沈遇短暂相处的时光记忆交织在一起，像放电影似的在她眼前叠加着闪现。

“是啊。鼎恩那么随和、热心、善解人意，和爸爸的关系那么好，他怎么会伤害爸爸妈妈呢？这个像极了鼎恩的沈遇，孤傲、各色，和鼎恩一点儿都不一样。”苏诺自言自语地说完，便拿起一旁的电话拨打了魏良易的电话。

“良易哥，对不起。我一直在给你添麻烦。”电话接通后，苏诺说。

“苏诺，你这是怎么了？”魏良易不解地问。

“小蔓把你说的话都告诉我了。”

魏良易明白了苏诺打电话的意图，呵呵地笑着说：“在你决定住在沈家老宅的那一刻，我就看出来了，你是因为顾忌我的工作才委曲求全的。但我为了自己的便利，并没有顾虑你的感受。应该我说对不起才对。”

“良易哥，谢谢你，遇到你和小蔓真好。”苏诺眼里含着泪光。

“苏诺，不要这样说，我和小蔓一样希望你好。我听说了，这两天你和沈先生相处得不是太愉快。沈先生性格有点儿孤傲，毕竟是在美国长大的嘛。”魏良易再次强调沈遇的美国身份，又用侦察心理学开始引导苏诺，“苏诺，你和沈先生只是近距离地相处了不到两天，但你认真地回忆一下，沈先生虽然性格孤傲让你觉得不舒服，但是不是也因为你对他有敌意，无意中加深了你们俩相处的不愉快。”

苏诺觉得魏良易说很对，在两人相处的时光里，她确实在自己和沈遇中间竖起了一道无形的屏障。

“良易哥，我以后会和他好好相处的，你就不要为我担心了。”

“那好，你有什么需要就给我打电话。我一会儿还有个会，我去准备一下，先不和你说了。”

魏良易挂了苏诺的电话，赶紧给沈遇拨了一通电话。

“沈先生，你现在说话方便吗？”魏良易说。

沈遇正在院子里浇花，停下手中的动作忙说：“方便。”

“苏诺刚才给我打了个电话。”

“怎么了？她想搬走吗？”沈遇拎着喷壶紧张地问，“是不是我和她相处的模式，让她觉得很不舒服。我也没办法呀，沈遇就是这样的性格，要不然我稍微收敛一下。”

“沈先生，你能不能让我说句话。”魏良易无奈道。

“你说你说。”

“你是让她觉得不舒服。但她给我打电话是告诉我，以后要和你和平共处了。”

“怎么突然发生了这么大的变化？”沈遇不解地问。

“因为小蔓来找我了……说来话长，你就记住她要和你和平共处，你不要觉得奇怪就行了。”

“我知道了。谢谢魏警官。”

“沈先生，我还是想知道，为什么不能把你的身份告诉苏诺呢？”

“……因为我自私。我不想让苏诺知道是因为我，苏教授和苏太太才出的事。”沈遇沉默了一会儿说。

沈遇和魏良易通完电话，便把浇花的喷壶放到一旁，去了楼上一直紧锁的书房取了笔记本电脑，敲响了苏诺的卧室门。

“你不是要修改论文吗？”苏诺打开门，沈遇把电脑递过去，“借你用。”

“谢谢。”苏诺接过电脑。

“如果今天你用到很晚，就给我放到楼下客厅，我明天一早要用。”

“行。”苏诺点了点头，见沈遇还没有要走的意思，便问，“你还有什么事儿吗？”

“没了，希望你修改顺利。”沈遇其实想和苏诺聊聊她和解家明。他之所以突然改口，是因为他怕这个话题把他和苏诺刚构建起来的薄弱的友好关系破坏掉，说完便转身走了。

“你做的西红柿炒蛋很不错，晚上能做一个吗？”苏诺看着沈遇离去的背影说。

沈遇没有停下脚步，也没有回头，但他那张棱角分明的脸上露出了一丝满足的笑容：“好。”

晚上，苏诺和沈遇坐在饭桌上开始和谐地吃饭了，虽然并没有太多的语言交流，但能够看出来，两个人都很自然。

就在他们融洽吃饭的时候，解家明突然来了。

“苏诺学姐，你已经和他一起吃饭了啊？”解家明和去开门的沈遇走进来后，看到苏诺正坐在饭桌前津津有味地吃饭。

苏诺看着解家明手里拎着打包的饭，有些尴尬，不知道该说什么。

“是魏警官下命令让她吃的。”沈遇见气氛有些尴尬，替苏诺解围。

“哦。”解家明一时不知道该把自己拎着的饭放在哪里。

“你吃了吗？坐下一块儿吃。”沈遇邀请解家明。

“我吃过了。看到苏诺学姐吃饭，我就放心了。”解家明说着凑到沈遇耳边，“我想和你谈谈。”

“谈什么？”沈遇和解家明走出房间，来到小院。

“你喜欢苏诺学姐吗？”解家明顾虑重重地看着沈遇问。

“不喜欢。”

“你们这样相处，我怕你会慢慢地喜欢上她，我不希望你喜欢她。”

“等不到你说的慢慢，我就要离开中国了，所以你不用怕。”沈遇喜欢解家明的单纯。

“我真的很喜欢苏诺学姐。”解家明极其认真地望着沈遇。

“我看出来了，你要加油。”沈遇说着拍了拍解家明的肩膀，给他鼓气。

“谢谢，那我走了。”

“你不进去和她打个招呼？”

“不了。苏诺学姐会觉得尴尬的，让她好好吃饭吧。”谢家明说完便转身走了。

沈遇看着解家明拎着打包的饭盒转身离去的有些落寞的背影，叹了一口气，进了房间。

“家明呢？”苏诺看到沈遇一个人回来后问。

“走了。”沈遇说，“苏小姐，我有个建议……”

“你等会儿说。”苏诺说着站起来，就去追解家明了。

“家明。”苏诺走出院门，叫住了解家明。

“怎么了，苏诺学姐？”解家明转过身来，勉强挤出一丝笑容。

“家明，以后不要这样了好吗？”苏诺犹豫了一下，盯着解家明手里拎着的饭盒。

“好的。你都吃沈先生做的饭了，我就不用担心你了。”解家明故作开心地说。

“家明，你这样做，我真的不知道该怎么办。我不想伤害你……”苏诺有点不知所措。

“苏诺学姐，我知道你不喜欢我。在你没有喜欢别人之前，先让我喜欢你好吗？”解家明的口气带着乞求。

面对在自己面前如此卑微的解家明，苏诺除了点头真的不知道该说什么好。你可以不喜欢一个人，但你真的没有剥夺一个人喜欢你的权利，尤其这个人喜欢得如此纯净。

“苏诺学姐，你赶紧回去吃饭吧，小心一会儿凉了。我也该回家了。”解家明故意转移了话题。

苏诺看着解家明走在被昏黄的白炽灯照耀的弄堂里，突然觉得很酸楚，这种酸楚不是爱，而是同情，但这种同情又无法给予关怀。

“能看出来家明那个小伙子真的很喜欢你，人也不错，很单纯，你真的可以认真地考虑考虑。”苏诺折回来时，靠在院门框上的沈遇说。

“你怎么这么多废话，跟你有什么关系？”苏诺本来为不知道怎么处理与解家明的关系发愁，沈遇这样一说，让她动了怒。

“我希望有情人终成眷属。”沈遇说的是真心话，他打心眼里希望苏诺幸福，希望苏诺身边有一个爱她、呵护她、照顾她的人。

“你是月老吗？你说眷属就眷属？”苏诺不满地说。

“好吧，就当我没说。”沈遇意识到苏诺并不想讨论这个话题，便马上结束了。

“我不是有意的。”苏诺意识到自己的态度，马上转换语气道，“对不起。”

“傻……sentimentalist，去吃饭吧。”沈遇其实想说，傻丫头，我怎么会生你的气呢。

8

吃完饭，苏诺就去楼上修改论文了。修改到十点左右，困意袭来，便按照沈遇的要求把电脑放回了客厅。

从客厅回来，路过沈遇房间的时候，发现沈遇房间的灯已经灭了，看来沈遇已经睡觉了。突然想起在吃饭的时候沈遇说过，晚上超过十点在走廊里走动要轻一点，便蹑手蹑脚地回了房间，然后随意地洗漱完，便睡觉了。

或许是因为自己调整了和沈遇的相处方式，也或许是因为渐渐熟悉了沈家老宅的这张床，这一晚苏诺睡得特别香甜，一觉睡到了早上九点。

醒来后，下楼来到客厅，发现沈遇不在家，留了一张纸条：我去医院了，早餐在厨房。

苏诺吃完早餐，收拾好餐桌，盘腿坐在沙发上打开电脑，准备继续修改论文，发现放论文的文件夹里多出了很多参考资料，以及自己昨晚根本没有找到的论据。看到这些，苏诺连忙打开自己的论文，发现文档里也被标注了很多导师都没有提出来的错误。

“他怎么会懂新闻？”苏诺疑惑地看着文档自言自语，不由自主地笑了，“很厉害嘛。”

沈遇是临近十一点的时候回来的。他走进来，发现苏诺盘腿坐在沙发上，端着电脑，正疑惑地看着他。

“我早晨用电脑，看到了你放论文的文件夹，好奇心迸发，就点进去了，发现有些问题，就加了一点儿个人建议供你参考。”沈遇说完，见苏诺依然盯着他不说话，便有些做贼心虚地继续说，“你这论文论点不错，其实除了你导师给你指出的问题外，还有些别的问题。”

“你怎么懂新闻的？”苏诺终于开口好奇地问。

“我修过两个学科，修过一次传播，对新闻略知一二。”沈遇把自己早就准备好的理由说了出来。

“是吗？虽然你提的建议不错，但还是有一个地方有问题。”苏诺提出了自己的质疑。

“怎么可能。”面对苏诺的质疑，沈遇有些不相信，“哪里有问题？”

“在这里。”苏诺说着用鼠标选中了一处。

沈遇走过去，坐到苏诺身旁，看着选中的地方，认真地看完说：“这有什么问题？”

“你说在信息的生产组织和传播组织方式上，新媒体与传统媒体也显现出很大的不同，新媒体是一种‘游牧文化’，传统媒体则是一种‘农耕文化’。这个比喻未必恰当。”

“怎么不恰当了。新媒体一定程度上是一种数量庞杂的自媒体的聚合体，这个聚合体表现为很强的‘游牧性质’，不确定、不稳定，聚散飘忽，步调各异，但反应快速，响应云集，包罗万象，攻击迅猛。传统媒体的特点则在于权威性和稳定性，这是‘农耕文化’的特征啊。”认真讲解的沈遇并没有发现苏诺其实并没有认真听，而是有些游离。

“但是，在当前社会，反权威思潮在青年人中更容易被接受，他们不喜欢四平八稳的生活，而倾向‘游牧生活’，并且更重要的原因是，他们的现实生活就是一种游牧状态。现代社会是个多元化的不确定社会，人们流浪于一种‘陌生人社会’中，游荡于一种‘边缘化状态’下，新媒体更能迎合人们的生存状态……”

在沈遇讲解的时候，苏诺思绪游离，因为她感觉到这一幕特别熟悉。在她儿时，鼎恩就是这样给她讲题的。

就在儿时记忆在苏诺的脑际闪现的时候，沈遇的电话突然响起，打断了她的思绪。

“不好意思，我接个电话。”沈遇说着从口袋里掏出了手机，接通后，只“喂”了一声，之后脸色就突然变得极其苍白，神色异常。

“我出去一下。”沈遇挂掉电话说。

“怎么了？”苏诺看到沈遇情绪反差如此大，好奇地问。

“没事儿。”沈遇说完就急促地朝门外走去。

电话是医院的护士打来的，说沈老爷子离世了。沈遇到了医院，发现老爷子的病房门外竟然站着魏良易和其他两名警察。

“魏警官，你怎么在？”沈遇强忍着悲伤的情绪，走过去问。

“沈先生……你先进去见见沈老先生吧。”魏良易支支吾吾地说。

已经被悲伤裹挟的沈遇，并没有细想魏良易为什么会出现在沈老爷子的病房外，点了点头便推开门走了进去。

以前沈遇觉得自己是一叶浮萍，四处飘荡，无依无靠，但自从找到沈老爷子，这样的感觉再没有出现过。因为他找到了家，有了自己的亲人，他也知道了自己并不是一个无根可寻的怪人。但现在，这个亲人和他相处不到一个月就离开了他。

沈遇看着安详地躺在病床上宛如他刚刚来探望时昏睡一般的沈老爷子，眼泪肆无忌惮地从脸上滑落，那种四处飘荡、无依无靠、悲凉的孤独感再次在他内心深处升腾。

就在他陷入悲伤不能自拔的时候，手机不停地响起，是短信提示音。

他无奈地掏出来看到数条一模一样的信息：亲人离开的滋味不好受吧？如果你不想让其他无辜的生命离去，包括苏诺，只有你离开！

逐条看完这些一模一样的信息，沈遇把目光再次转向了沈老爷子，然后看到氧气管被划开了一道口子，便瞬间明白沈老爷子并不是自然去世，而是被人谋杀，也突然知道魏良易为什么会出现在病房外了。

“沈先生……”魏良易走了过来，“节哀。”

沈遇眼角含着泪水，把手机递给了魏良易。魏良易拿到手机看到信息，刚想说话就被沈遇打断了。

“魏警官，送我回趟家。”沈遇哽咽着说，“先让我把人送走。”

正在客厅里改论文的苏诺看到沈遇神色凝重地走进来，连忙把电脑放下问：“出什么事儿了？”

沈遇像没有听到苏诺的话似的，径直上了楼。

不明所以的苏诺刚要跟上楼去，魏良易也脚步匆忙地走了进来。

“良易哥，出什么事儿了？”苏诺问。

“沈老先生……”魏良易刚想说沈老先生被人割断氧气管去世了，突然意识到不能给苏诺制造恐惧，便赶紧改口，“沈老先生去世了。”

“沈老先生去世了？”苏诺感到特别惊讶。

魏良易点了点头问：“沈遇呢？”

“在楼上。”

苏诺跟着魏良易上楼，看到沈遇坐在沈老先生生前住过的房间发呆。

苏诺和魏良易走进去，坐在床上的沈遇像是没有察觉到他们进来，目光一直盯着沈老先生挂在墙上的画像，脸上的表情特别痛苦和自责。

“沈先生，赶紧取沈老先生的衣服吧。”魏良易轻声地说。

魏良易唤醒了专注地盯着沈老先生画像的沈遇：“好。”

沈遇来到衣柜前，从衣柜里取出一套新衣，小心翼翼地托在双臂上，眼泪夺眶而出，刚走两步突然失声痛哭起来。苏诺从没有见过一个男人如此悲伤地哭泣。

“沈先生，节哀顺变。”沈遇的哭声让苏诺不由心生悲悯。

苏诺对亲人故去特别能感同身受，但如果她知道沈遇生平的经历，一个孤单生活了将近八十年的人，历尽沧桑，受尽苦难，好不容易找到亲人，和亲人团聚不到一个月，又因自己的出现导致亲人提前离世，或许便能听出沈遇的哭声中还有一种孤绝的悲凉和愧疚。

“沈先生，节哀……我送你去医院给沈老先生换新衣吧。”魏良易说。

沈遇渐渐止住哭声，抽泣着点了点头。

那件寿衣像是有千斤重，沈遇用尽全身的力气托着，慢慢地往前走，步履蹒跚地下楼。

他那双深邃的双眸在泪水的浸泡下变得黯淡无光，那张棱角分明的脸布满悲伤。他走出小楼，走过小院，突然在门口驻足。苏诺和魏良易都能看出来，沈遇是那么不愿意相信也不能接受沈老先生的故去。

9

沈老先生是在次日被送走的。

沈遇曾给董伯打过几次电话，想告诉他沈老先生离去的消息，但董伯的手机一直关机。

沈老爷子只有董伯一个朋友，董伯却通知不到。苏诺和魏良易为了不让沈老爷子走得太过孤单，便陪着沈遇把沈老爷子送走了。

“苏诺，你先回车上等我们。”魏良易见沈遇立在沈老先生的墓碑前一直不肯离去，便对苏诺说。

苏诺点了点头，便朝一辆警车走去。

“沈先生，节哀。”魏良易待苏诺走远后对沈遇说。

“我又害死了一个人。”沈遇看着沈老爷子墓碑上的遗像自责地说，“他本来可以活着的。”

“沈先生，我很理解你的心情。我知道这个时候和你谈论案子，很不合时宜……”

“魏警官，我想我该离开江州了。”沈遇打断魏良易的话。

“什么？”魏良易像是不相信自己的耳朵似的。

“现在一点儿线索都没有。你也看到那条短信了，如果我继续在江州待着，只会让更多的人陷入危险。我不想因为我让苏诺有一点儿差池。”

“是没有线索，但现在罪犯已经又有所行动了。”

“动了又如何？你查出什么了？你让罪犯每动一次都死一个人做交换吗？我必须离开江州，看看他让我离开的目的到底是什么。”沈遇情绪有些激动。

“沈老先生遇害，我理解你的心情。如果你现在盲目地顺从罪犯，离开江州，最后并没有得到答案，自己又搭上了性命，罪犯可就真的逍遥法外了。”

“即便我遇害了，总比让苏诺，让更多的人遇害要好。”

“年轻的老头，你这样做是不负责任的。”

“我已经决定了，后天就走。”沈遇坚定地说。

“你走你走！沈遇，没有你，我依然要查出真相，不会让苏教授、苏太太，还有沈老爷子不明不白地离开人世的。”魏良易很生气地说。

“祝你早日查出真相。”沈遇说完就朝警车走去。

在车上，沈遇和魏良易都一言不发，情绪低落。苏诺理解沈遇情绪低落的原因，但对沮丧的魏良易她有点儿摸不着头脑。

进了沈家老宅，魏良易就让苏诺收拾东西离开。

“苏诺，你收拾一下东西离开这里，沈先生要离开江州，已经不需要我们保护了。”魏良易生气地说。

“哦。”依然不知道发生了什么事情的苏诺只得点了点头，然后乖乖地上了楼。

在苏诺收拾东西的时候，沈遇走了进来。

“我来帮你。”沈遇说着开始帮苏诺收拾。

“沈先生，要离开江州回美国吗？”苏诺抬起头看了一眼沈遇。

“嗯。没有亲人了，就不在江州待了。”

“订好机票了吗？什么时候走？”

“明天就走。”沈遇说着停了下来，“我来不及处理这栋房子了，你就帮我处理吧。捐了，还是你自己留着，你自己决定。”

“你不回江州了吗？”苏诺也不知道为什么突然对沈遇的离去觉得伤感。

“不回了，江州不是我待的地方。”

“那这个房子我处理不来，你还是交给良易哥吧。”

“也好，我会留下字据的。”沈遇说着，眼泪竟然不由自主地在眼眶里打转，便低下头继续收拾东西。

他是多么想查出真凶，给苏教授和苏太太一个交代，但他不敢再冒险留下，拿苏诺的生命做赌注。死者虽未安息，但活着的人更需要他负责。

苏诺和沈遇一阵沉默，眼看东西都要收拾完了，沈遇总想送点儿什么给苏诺留作纪念。他思来想去，决定把跟随自己很多年的行李箱送给苏诺。

“我给你拿个箱子。”沈遇看着已经归拢好的东西，去自己房间取箱子。

就在沈遇回到房间，从行李箱里往外取东西的时候，突然传来苏诺的一声尖叫，随后又传来玻璃瓶在地上打碎的声音，便急忙跑了过去。

“扎到哪里了？”沈遇走进去看到苏诺蹲在卫生间门口，一瓶护肤品碎在地上，苏诺左手攥着右手直吹气。

“刚才关门的时候夹到手了。”苏诺忍着疼痛说。

“让我看看。”沈遇说着牵过苏诺的手，看到苏诺右手的中指和食指已经充血了。

“不要用手碰。”沈遇嘱咐完苏诺，刚要起身去取冰块和医药箱，听到叫声的魏良易也跑了上来。

“怎么了？”魏良易走进来问。

“门夹到手了。赶快去我房间拿医药箱，再从冰箱里取点儿冰块。”沈遇说。

魏良易急忙跑到楼下取来冰块和医药箱。

“没什么事儿吧？”魏良易把冰块和医药箱递给了沈遇。

“应该没什么事儿。”沈遇说。

“我又没问你。”魏良易白了沈遇一眼。

“良易哥，我没事儿。”苏诺见场面有些尴尬，忙打圆场。

“那我在楼下等你。”魏良易想给沈遇留下告别的空间。

魏良易虽然生沈遇的气，但他也能理解沈遇。如果他没有穿警服，是一个没有公职的人员，或许可能会和沈遇做一样的决定，毕竟死者已死，不能拿生者的生命冒险。

沈遇让苏诺坐到床上，然后蹲下身子小心翼翼地帮苏诺冰敷消肿，细致入微地给她破皮的伤口消毒。苏诺的身体仿佛突然有电流流过，随着血液在身体里乱窜，最后到达心房生出一种暖暖的感觉。自从爸妈去世后，除了奶奶，苏诺第一次被人这样呵护，所以这种暖暖的感觉让她有一种从未有过的感动。

“你和良易哥吵架了？”苏诺看着魏良易走出去后问。

“没有。”沈遇矢口否认。

“沈先生，你马上要走了，我能问你一个问题吗？我知道这个问题问起来特别傻，但我一直想问。”苏诺看着给她处理伤口的沈遇问。

“你问吧。”沈遇仔细地处理着苏诺的伤指。

“你是好人吗？”苏诺犹豫了一下说。

“……好人的定义是什么？”沈遇略微沉思了一下反问苏诺。

“没有害过人。”

“那我是好人……”沈遇给苏诺的伤指缠紧了纱布。

“沈先生，你和鼎恩真的没有关系吗？”

沈遇从苏诺的语气里能感觉出来，她不是在审问自己，而是像在做最后的验证。

“没有。”

“你长得真的和他一模一样。”

“这个世界上有很多奇特的事情，我们都无法解释清楚。”

“他是孤儿。”苏诺像是在说给沈遇听，也像是说给自己听。

“我不是。”沈遇开始用胶带固定纱布。

“有爸妈看着自己成长是一种怎样的感觉？”

“成长的过程中，父母或许是一条束缚的绳索……”沈遇说着笑了笑，“我也答不上来。我们拥有什么东西的时候，总是无法正确地诠释它。”

“其实，就在沈老先生去世的时候，听到你的哭声，不知道为什么我就彻底放下心来，开始相信你不会是坏人了。”

“谢谢你的信任。苏小姐，不要试图打开自己尘封的记忆了。给自己的心装上一扇门，然后再给它上把锁，锁住那段千疮百孔的记忆吧。我想你天上的父母更希望看到你快乐地生活，而不是为他们寻找真相。”沈遇说完用剪刀把胶带剪断，“好了。”

“谢谢。”苏诺说着站了起来。

“不客气，我去给你拿箱子。”沈遇说完又回卧室去取箱子。

沈遇取完箱子，帮苏诺一件一件往里装东西的时候，突然看到一支高级钢笔。这支钢笔是他十年前即将离开中国去美国时，让苏教授转交给苏诺的。那支钢笔他用了将近二十年。

“这是我爸爸留给我的。”苏诺见沈遇拿起了钢笔。

“哦，这钢笔不错。”沈遇说着把钢笔放进了行李箱。

苏诺却从箱子里拿了出来，说：“送给你吧。”

“我不能要，这太贵重了。”沈遇拒绝道。

“你送给我一个行李箱，我送给你一支钢笔，当作交换了。”苏诺说着把钢笔递给了沈遇。

“我的行李箱又不值钱，我真的不能要。”沈遇再次拒绝。

“你权当替鼎恩收的吧，我曾经欠鼎恩一个礼物。”苏诺说着把行李箱合上了。

没错，在他即将离开江州的时候，他曾给苏诺辅导过功课，苏诺答应他如果考到一百分，就送他个礼物。那次苏诺真的考了满分，然而他却出了意外。

“你送一个你怀疑是伤害你爸妈的人礼物？”沈遇故作惊讶地问。

“即便他真的是伤害我爸妈的人，这个礼物我也要送，这是我对他的承诺。何况他现在已经不在了。”苏诺把箱子拎了起来，“再见沈先生，祝你旅途愉快。”

“谢谢苏小姐，很高兴见到你。不，很高兴认识你。”沈遇微笑着伸出手摆了摆，“再见。”

苏诺拎着行李箱下楼，沈遇看着她的背影，心里有点儿落寞。他知道这一别就是永远了，他不可能再回江州。

在这漫长的将近八十载的时光里，他曾经和很多人告别，但告别的方式都是自己默默地离开，接着走进另一个陌生的环境，然后开始熟悉再默默离开，周而复始，但从未像今天这样和苏诺说再见。

苏诺踩着老地板发出的吱呀声在他的听觉里渐渐地远去，他拧开了顶帽上的螺丝，笔帽脱落，一张已经泛黄的小纸条掉在了地上，他捡起来看到小纸条正反面都写满了密密麻麻的小字：

苏诺，以后要好好学习。鼎恩。2006 年 5 月。

原来钢笔是你送的。我一定会好好学习。好朋友，你和我爸妈，在那里还好吗？苏诺。2007 年 3 月。

好朋友，我现在还没有新的好朋友。苏诺。2009 年 9 月。

好朋友，咱们不是拉过钩，不走散吗？苏诺。2010 年 6 月。

好朋友，我又回江州了，今天去看你和我爸妈了。苏诺。2012 年 9 月。

好朋友，我去游乐场吃了一个融化的冰激凌。苏诺。2013 年 7 月。

好朋友，今天在校园里看到一对恋人在路灯下相互踩彼此的影子，想起了你。苏诺。2014 年 2 月。

好朋友，我马上要毕业了，今天要去实习了。祝福我吧。苏诺。2016 年 5 月。

你到底是不是我的好朋友？苏诺。2016 年 5 月。

他看着纸条上苏诺一条条的留言，心里异常酸楚。

第六章

既然你不舍得离开，那只有让杀戮开始

1

魏良易看到苏诺独自一个人下楼，连忙走过去帮她拎行李。

“良易哥，我接下来去哪里？”苏诺问。

“我还没想好，你暂时和我回队里吧。”魏良易推着行李箱往外走。

苏诺和魏良易刚走出房间，身后突然传来一阵急促的脚步声。

苏诺和魏良易转过身去，看到沈遇站在他们身后。

“沈先生有什么事儿吗？”魏良易看着急促跑下来的沈遇问。“最近没有飞往美国的打折机票……”沈遇一只手插在裤兜里紧紧地攥着钢笔，支支吾吾地说。

“沈先生，钱不够了吗？”苏诺天真地问。

“不不。我的意思是，等有打折机票的时候再走。”沈遇尴尬地说。

“我可以借钱给沈先生，买不打折的机票。”魏良易看穿了沈遇的心思，故意逗他。

“我只买打折的机票，这是我的原则。”沈遇说着从口袋里掏出几张机票，幼稚地自我证明，“你们看，我坐的都是打折的航班。”

“沈先生这么节省呢？”魏良易接过机票看了看，阴阳怪气地取

笑他。

“一向如此。”沈遇故作理直气壮，“如果魏警官愿意，苏小姐还可以继续住在这里。”

“苏诺，你愿意吗？”魏良易看向苏诺。

“我听良易哥的安排。”苏诺说。

“那你把行李拿上去吧。”魏良易说着把行李箱还给苏诺。

苏诺点点头，拎着行李箱回了楼上，魏良易趁机把沈遇拉到院子里。

“是什么原因让你突然决定留下的？”魏良易问。

“这不重要。”沈遇把手插在裤兜里紧握着钢笔。

“你不是在改革开放的时候，在深圳挣了很多钱吗？怎么还这么抠门。”魏良易见沈遇不肯说缘由，便扬着手里的机票换了话题。

“魏警官，你能不能别这么八卦。”

“年轻老头还挺注重隐私。不八卦了，去我车上说点儿重要的。”

“你能不能不叫我年轻老头。年轻就年轻，老头就老头，什么叫年轻老头啊。”沈遇和魏良易并肩走着。

“你长得是年轻，但你的年龄就是老头呀。我叫错了吗？”

“随便你吧，幼稚。”沈遇不屑于和魏良易争执。

“我一个三十多岁的人，在你这位将近八十岁的老人家面前，幼稚不是很正常吗？”

沈遇很无奈地瞥了一眼魏良易便不再说话，径直向警车走去。

“什么重要的事儿？”沈遇坐在车的副驾驶位置上问坐在旁边的魏良易。

“如果最近有打折机票，你还离开江州吗？”魏良易异常认真地问。

“不离开。”沈遇无奈地说。

“我知道你不会离开，但我还是想和你确认一下。”魏良易突然笑了起来。

“有意思吗？”沈遇好气又好笑地看着魏良易，“这就是你说的重要的事情吗？”

“你知道为什么打不通董伯的电话吗？”魏良易突然严肃起来。

“为什么？”

“因为切断沈老先生氧气管的人有可能是董伯。”

“这怎么可能？”沈遇不敢相信，“不不不，一定是你们搞错了，怎么可能会是董伯呢？”

“医院的监控里虽然没有查出来就是董伯，但我们调取医院周边方圆一公里的监控，在监控里确实看到了一个像董伯身影的人。”魏良易看着不肯相信的沈遇继续解释，“我们昨天就查到了，但一直没有找到机会和你说。”

“董伯跟随他儿子离开江州了。不可能是他。”沈遇还是不肯相信。这样的事情放在任何一个人身上都会难以相信，董伯和沈老先生可是忘年交啊。

“我们查了董伯，他根本就没有儿子。”

“他有儿子。沈老先生说他有儿子，只是他从没有和儿子一起生活过。”沈遇斩钉截铁地说。

“但我们调查过，他和沈老先生一样，根本没有成过家，怎么可能有儿子。”

“沈老先生说这是董伯最不愿意提及的事情。他年轻的时候拜一位画家为师，吃住都在老师家，时间长了，就和师娘产生了情愫，后来被老师发现了，可这时候师娘怀了孩子。老师把他赶了出来，不久后老师和师娘也离开了江州。他后来多方打听，才知道师娘把孩子生了下来，但他从来都没有再去打扰过师娘和老师的生活。他之所以一辈子没有成家，是因为心里一直装着师娘和儿子。董伯是有儿子的。”沈遇情绪激动地说。

魏良易知道沈遇无法接受是董伯谋害了沈老先生，便换了一种说辞：“那我们再调查调查。”

“魏警官，你们一定是搞错了。董伯没有任何理由加害沈老先生，那些短信足以说明是那个幕后操纵者害的沈老先生。”

“我也希望是我们搞错了。但找到董伯，一切不就都真相大白了吗？”魏良易只能安抚沈遇。

“那我回去了。”不愿意再继续这个话题的沈遇说着就推开车门下了车。

沈遇失魂落魄地走进沈家老宅的时候，苏诺正好收拾完行李从楼上下来。他不想让自己焦躁的状态影响她，便调整了一下情绪。

“良易哥走了？”苏诺看到沈遇走进来问。

“走了。”沈遇挤出一丝微笑。

“我把你的行李箱放到你的房间门口了。”

“好的。”沈遇说着从口袋里掏出钢笔递给了苏诺，“那我也把钢笔还给你。”

“你可以不还给我。”

“这可不行。你把我送你的还给了我，我就要把你送给我的还给你。这样才公平。”

“非要这样讲原则吗？”

“这样我心里会舒服一些。”

“那好吧。”苏诺接过了钢笔。

“我上去休息会儿，有点儿累。”沈遇说完便上了楼。

沈遇虽然故作轻松，但苏诺还是看出了他难以掩盖的失落。沈遇上楼不一会儿，苏诺便也上了楼。路过沈老爷子生前住过的房间时，看到门虚掩着，从缝隙中可以看到沈遇正坐在床边悲伤地看着挂在墙上的沈老爷子的照片，还不时擦拭从眼眶溢出来的眼泪。

苏诺本想推门进去安慰一下沈遇，但刚伸出手就缩了回来，因为她不知道这种亲人离去的悲伤除了用“节哀”这两个字来宽慰，还能再说什么。

到傍晚的时候，沈遇都没从沈老爷子的房间走出来，苏诺从门缝里看到他依然坐在床边盯着沈老爷子的照片发呆，便蹑手蹑脚地下楼，走进厨房打开冰箱，查看了食材，开始用手机查找菜谱。她想把饭做好，然后再把沈遇叫出来。

她把所有的食材一一摆到了案板上，准备从最简单的西红柿炒蛋做起。右手两根手指缠着纱布，只能用左手从冰箱里拿鸡蛋打鸡蛋。当把鸡蛋放入碗中用搅蛋器搅拌的时候，从来没用过搅拌器的她，一下便把鸡蛋全部搅了出来。她赶紧手忙脚乱地去救，却把碗一下推到了地上，“哐当”一声碎了，鸡蛋洒了一地。

听到声音的沈遇匆忙跑下楼，看到苏诺正蹲着清理地板，赶忙把苏诺拉开了：“小心别伤着了，我来清理吧。”

“不好意思。”苏诺有些愧疚地看着沈遇清理。

“饿了？”

“我看你心情不好，就想给你做顿饭，没想到弄成了这样。”

“你都受伤了，就别想着照顾我了。”沈遇将收拾好的残片扔进垃圾桶。

“我总该做点儿什么吧。”

“你现在就去客厅等着我叫你吃饭就行了。”沈遇去水池边洗了手。

“这个时候，我不想给你添麻烦，要不我们叫外卖吧。”苏诺看沈遇并没有做饭的兴致，便提议道。

“也行。”沈遇确实没什么心情做饭，便点头同意了。

2

苏诺和沈遇就这样吃了两天外卖。在第三天的时候，沈遇的状态才逐渐恢复，开始下厨做饭。

第三天他们正在吃午饭的时候，门铃突然响了。

“我去开门。”沈遇站起来说。

沈遇打开门，看到门外站着的竟然是腾乾，非常吃惊。

沈遇意识到自己的反应漏出了破绽，马上转换了表情：“请问你找谁？”

然而，腾乾看上去比沈遇更为惊讶。沈遇只是有些轻微的反应，而他却是瞠目结舌，就连沈遇的问话都像没有听到似的，更别说注意到沈遇转瞬即逝的轻微反应了。

“先生，请问你找谁？”沈遇提高分贝再次询问。

“鼎恩？”腾乾回过神来，一脸的不可思议，像是喃喃自语，又像是询问。

“你认错人了。”沈遇冷静地说完欲要关门的时候，腾乾伸出一只手支撑住了门。

沈遇有些不耐烦：“先生，你摁错门铃了。”

“苏诺不在这里吗？”腾乾上下打量着沈遇，试探着问。

“苏小姐，有人找。”沈遇得知腾乾是来找苏诺的，不满地喊了一声。

“腾乾叔叔？”苏诺从房子里走出来，看到腾乾站在门外，感到惊喜。

“苏小姐，老宅不欢迎陌生人进入。”沈遇看到苏诺走出来，在回房间和苏诺擦肩而过的时候，很不高兴地说。

相比沈遇的不高兴，苏诺更吃惊腾乾的到来：“腾乾叔叔……”

“你怎么住在这里？”苏诺还没说完，腾乾便疑惑地问。

“腾乾叔叔，进来说。”苏诺说。

“我不进去，他说不欢迎陌生人。”腾乾不悦道。

“他就是这样的性格，你不要在意。”苏诺说。

“你是住这里吗？”腾乾依然立在门外，脸色阴沉地问苏诺。

苏诺点了点头。

“你怎么和他在一起？为什么不告诉我！”腾乾脸色越来越难看，

语气越来越生硬。

苏诺决定再次回江州时，腾乾受苏诺奶奶的嘱托照顾苏诺。腾乾便把自己当作监护人一样来照顾苏诺。这种照顾像是一列火车，一旦行驶起来就成了一种习惯，让腾乾无法停下来。

“是良易哥……”苏诺从来没见过腾乾对自己发火，所以有些不知所措。

“魏良易安排你住在这里？”腾乾越来越生气。

“腾乾叔叔，其实这几天发生了好多事情，但……”苏诺欲言又止。

“但魏良易不让你告诉我。”腾乾打断了苏诺的话。

“不不不，腾乾叔叔，你不要误会，良易哥是不让我跟任何人说。”苏诺继续解释。

“我没什么好误会的。”腾乾说着蛮横地往外拉苏诺，“苏诺，你不能住在这里。”

“腾乾叔叔，你听我解释……”苏诺试图挣脱腾乾的手。

“有什么想说的，回家再说。”腾乾拉着苏诺不放。

“腾乾叔叔，我不能离开这里。”苏诺用力挣脱了腾乾。

“苏诺，你听叔叔的话，为了你的安全，离开这里好吗？”腾乾用近乎乞求的语气劝说苏诺。

“腾乾叔叔，这里很安全。”

“你了解清楚这个人是谁了吗？”

“良易哥已经查清楚了，他和鼎恩没有关系。”

“我不管他查没查清楚，你都不能在和他住在一起。”腾乾情绪激动地说。

就在苏诺和腾乾僵持的时候，韩洋走了过来：“腾先生，你不能带苏诺离开。”

“你是谁呀？”腾乾不满地看着韩洋。

韩洋掏出警官证示意腾乾：“请你配合，我们魏队马上就过来。”

腾乾的情绪也稳定下来，发现苏诺的手腕都被自己攥出了红印，忙说：“苏诺，对不起，你没事儿吧？刚才我有点儿失控。”

“腾乾叔叔，我没事儿。”苏诺说。

“魏队说让你去里面等他。”韩洋对腾乾说。

“正好省得我去找他。”腾乾说着便大步迈进了院内，苏诺也忙跟进来。

坐在沙发上的沈遇听到脚步声，转头看着走进来的苏诺和腾乾，一脸严肃地说：“苏小姐，魏警官不是嘱咐过，你现在的住址不能告诉别人嘛！”

“我一直在遵守嘱咐。”苏诺小心翼翼地说，生怕说错什么。

“那这位先生为什么会出现在这里？是我？还是魏警官告诉他的？”沈遇漫不经心地看着腾乾，但从语气中能听出来是对苏诺的指责。

“那为什么一定是我呢？”苏诺说着看向腾乾不解地问，“腾乾叔叔，你是怎么找到这里的？”

“不是你给我发的短信吗？”腾乾也很疑惑，说着从口袋里掏出手机递给了苏诺。

苏诺有些不敢相信地接过手机，确实看到一条由她的号码发出的信息：腾乾叔叔，你现在方便过来看我一下吗？地址在……

“这怎么可能？”苏诺吃惊地看完短信，很不可思议地说，“我根本没有给腾乾叔叔发过短信。”

其实沈遇已经知道腾乾的出现是幕后操纵者所为了。因为在他返回来没多久，手机就收到一条信息：见到老同学高兴吗？他应该对你很熟悉，在你亲爱的苏小姐面前揭穿你的身份，我想是一件很好玩儿的事情。不过，这只是一个小插曲而已。既然你不舍得离开，那只有让杀戮开始。替我问候苏诺。

沈遇本来最怕的就是和腾乾见面，因为他们曾朝夕相处将近四载，腾乾对他身上的一些特征特别了解。

本来就怕，看到这条信息就更怕了，因为如果腾乾把他揭穿，就算他和苏诺说清楚，苏诺依然不会马上相信他，也会对魏良易产生不信任，势必会和腾乾离开。

幕后操纵者要的就是让苏诺离开。

所以他现在要做的，就是不能让腾乾带走苏诺。

“腾先生，方便给我看一下你的手机吗？”沈遇故作好奇地站起来问腾乾。

“私人物品，不方便。”腾乾对沈遇有些抗拒，严词拒绝。

“腾先生，这也是私人宅邸，你不也不请自进了吗？”沈遇不甘示弱。

“是良易哥让他在这里等的。”苏诺替腾乾解围。

“沈先生？”腾乾审视着沈遇很不客气地一屁股坐到了沙发上，“沈先生，打扰不了你多久。等魏良易来了，咱们对质完，我自然会离开。”

“悉听尊便。”沈遇说完，拿起茶几上的书看了起来。

沈遇捧着散发着墨香的书，却再也看不进去一个字。腾乾口中的“对质”这个词一直在他的脑际回荡着。那一行一行的字，在他游离的视线里开始变成一条条黑线，像是黑色长虫在纸上蠕动、纠缠，最后整页的文字像是被水打湿的墨宝，渲染成了一片黑色。

3

魏良易是在二十分钟后到的。

“腾先生，你是怎么知道苏诺住在这里的？”魏良易一进门就问腾乾。

“腾乾叔叔接到了一条克隆我手机号码的短信。”不等腾乾开口，苏诺便说。

“腾先生，我需要看一下你的手机。”魏良易说。

“魏队长，请问为什么让苏诺和这个人住在一起？” 腾乾很不情愿地把手机交给魏良易。

魏良易接过手机，盯着手机屏幕看着短信，却用余光扫了一眼气愤的腾乾，然后又扫了一眼像事不关己一样坐在沙发上故作淡定的沈遇。其实在苏诺说是一条克隆她的手机号码发的短信后，魏良易已经对这条短信不感兴趣了，因为这是一条无从查询也没有价值的线索。他之所以还要拿腾乾的手机过来看看，是因为他也担心腾乾会看穿沈遇的身份，他要利用这个时间差想办法应对。

“因为沈先生和苏诺都需要我们保护，自然要让他们住在一起。有什么不妥吗？”魏良易说着把手机还给了腾乾。

“妥不妥，是你们警察的事情。但我受过苏诺奶奶的嘱托，要照顾好苏诺，所以我要带她离开。”腾乾情绪激动地说。

“腾先生能说说缘由吗？”魏良易淡定地回应。

“魏队长，难道你忘了前段时间看到的我那位故去同学的照片吗？我对你这样的安排很不满。”腾乾暗有所指，把目光投向了沈遇。

“我知道腾先生见到沈先生一定会疑惑、质疑。但我们警察在案件面前，要用线索查凶手，用证据抓凶手。我们调查得出的结论是，沈先生只是沈先生，和鼎恩没有任何关系。”魏良易故作平静，但语气中充满了愤怒，“腾先生是不相信我们的调查结果了。”

腾乾和魏良易的对质，让苏诺觉得本来就紧张的气氛陡然变得让人窒息。她看了一眼怒不可遏的腾乾，又看了一眼愤怒的魏良易。她明白腾乾的怒不可遏是因为对她的保护，魏良易的愤怒是因为腾乾质疑了他对她的保护。

苏诺看着两个特别爱护她又让她异常信任的人发生争执，一时不知道该怎么办。

“腾乾叔叔，良易哥真的查清楚了，沈先生不是鼎恩。”苏诺为了缓和气氛说，“我住在这里几天，也觉得他不可能是鼎恩。”

“诺，是你了解鼎恩，还是我了解鼎恩呢！”腾乾见苏诺帮魏良易说话，愤怒地说，“我才是那个最不可能伤害你的人。你应该相信我才对！”

“我不是那个意思。”面对腾乾的指责，苏诺很委屈，“腾乾叔叔，我相信你，也相信良易哥。你们不要吵了，好吗？”

沈遇见苏诺哭了，有些心疼地站了起来：“既然你了解鼎恩，又怀疑我是鼎恩，那你就拿出我是鼎恩的证据吧。”

“既然沈先生要证据，那请沈先生让大家看一下你的后背，沈先生背上不会也有一条十公分左右的伤疤吧？”腾乾把目光移到沈遇身上。

腾乾此话一出，魏良易瞬间不知道该怎么替沈遇打圆场，苏诺本已经完全消除的疑虑又燃了起来。

沈遇淡然地笑了笑，看着注视着他的苏诺、魏良易、腾乾，他深知已经没有退路，此刻自己就像是一尊备受瞩目、等待被揭幕的雕塑。

沈遇开始慢慢地一颗一颗解开白衬衫上的纽扣，脱掉衬衫，他那完美的胸肌和腹肌在三双眼睛的注视下显得那么不重要，后背成了让人期待的风景。

沈遇把衬衣拎在手里，然后转过身来。他那看上去光洁精壮的后背没有任何伤疤。

魏良易看到沈遇后背没有伤疤，紧绷的神经放松下来，轻轻吐了一口气后，却对沈遇多了一些顾虑。既然腾乾记得鼎恩背后有一条伤疤，沈遇背后也应该有一条伤疤。那沈遇十公分的伤疤是怎么消失得如此彻底的？伤疤是不可能消失得没有丁点儿痕迹的。

苏诺看到沈遇光洁精壮的后背，刚刚燃起的疑虑又熄灭了。

“腾先生，能和你一个认识的旧人相像很荣幸。”在所有的人都没回过神儿的时候，沈遇穿好了衬衫。

“沈先生，我对我刚才的鲁莽深表歉意。”腾乾表道歉意。

“腾先生不必向我道歉。你不就是担心我真的是鼎恩，会伤害苏小姐吗？既然你是在为别人的安危着想，我就不会在意。”沈遇说。

“谢谢。”腾乾说着看向了苏诺，“诺，你真的不跟我走吗？”

苏诺不知道该怎么说，脸上露出为难的神色。

“我知道了，那我走了。”腾乾说完便迈开脚步朝门外走去。

“腾乾叔叔，对不起。”苏诺看着腾乾离去的背影，带着哭腔向他道歉。

“诺，叔叔刚才不该对你发脾气，有什么需要给我打电话。”腾乾转过身来笑着说。

苏诺点点头，鼻子一酸，眼泪却不由自主地流了出来。

沈遇见苏诺哭泣，心里也不太好受，这一切都是因他而起。

“苏小姐，一切都会好起来的。”沈遇从茶几上抽出纸巾递给苏诺。

苏诺接过纸巾擦拭着眼泪，哽咽着说：“我去楼上修改论文。”

“沈先生，你背上的疤痕是怎么没的？”看着苏诺上楼后，魏良易问出了自己的疑惑。

“我背上本来就没有伤疤。”沈遇说。

“那腾乾为什么说你背上有一条伤疤呢？”魏良易不解地问。

“腾乾看上去虽然有些古板，其实他很聪明。当他知道让他出现在我面前的那条短信不是苏诺发的时候，他可能就知道我是鼎恩了。”

“哦。我明白了。”魏良易恍然大悟，“那条信息让他知道有人在利用他来揭穿你。但他知道这个时候揭穿你，不知道接下来会发生什么事，为了和刚才在门口见到你时不知情的情绪呼应，他又特别爱护苏诺，怕苏诺对他刚才的反应起疑心，才故意说你背上有一条伤疤。”

“我想应该是这样的。”沈遇要把刚才那条短信给魏良易看时，魏良易的手机收到了一条信息。

魏良易拿出手机一看，是腾乾发过来的，说在旁边的一家咖啡厅等他。

“腾乾找我，我先出去一下。”

4

魏良易出去后，沈遇就上楼敲响了苏诺房间的门。

得到苏诺的允许后，沈遇便推门进来了。

苏诺坐在床上，头埋在双腿间，还在抽泣。

“能看出来腾先生对你很好。”沈遇把纸巾递给苏诺。

苏诺点了点头，没有做声。

“我想他应该会理解你的。”沈遇安慰苏诺。

“我不想伤害他。他是想保护我，但良易哥也在保护我，所以我不知道该怎么做。”苏诺抽泣着说。

“你现在的选择是对的。都是因为我，才让你如此为难。”沈遇面露愧色。

“跟你有什么关系？”苏诺觉得沈遇的话有点莫名其妙。

“要不是我和鼎恩长得像，你怎么会不知道该怎么做呢？”沈遇为了让苏诺放轻松一些，故作调皮地说。

“不过今天腾乾叔叔的出现，让我彻底放弃了你是鼎恩的想法。”

“你不是早就放弃了吗？”

“以前的放弃是自己和自己的和解，现在是真的和解。”

“原来你今天才算彻底相信我。不过也不晚，相信一个人本来就是很难的事情。”

“我只是相信你不是鼎恩而已。”

“你不是还相信我不是一个坏人吗？”

“讨厌。”苏诺突然破涕为笑。

“好了，别纠结了。赶紧调整一下，改论文吧。”

“嗯。”苏诺点了点头。

就在这个时候，魏良易走进了弄堂旁边闹市区的一家咖啡店。腾乾坐在一个靠窗的位置，看到魏良易进来后四处张望，站起来冲他招招手。

“魏队长喝点儿什么？”腾乾看着魏良易坐下后问。

这时服务员送上来一杯柠檬水，魏良易端起来喝了一口：“不用客气，喝水就行。叫我来什么事儿？”

“他是鼎恩，对吗？”腾乾开门见山。

“不是。”魏良易否认。

“但他分明就是。”

“他背上并没有伤疤呀。”

“因为鼎恩背上也没有伤疤。”腾乾说。

“那腾先生刚才为什么说鼎恩背上有一道伤疤呢？”魏良易装作不解地问。

“因为当我知道那条短信并不是苏诺发的时候，我就知道即便他是鼎恩，他也不是杀害苏教授和苏太太的凶手。所以，我不想被利用。”腾乾解释道。

“但他真的不是鼎恩。”魏良易继续坚持着。

“我也希望他不是。如果他是，就太不科学了，他会给我的学识以致命一击。”腾乾叹了口气。

“你不用质疑你所了解的科学，因为他真的不是。”

“我不知道最近到底发生了什么事。我知道问了魏队长也不会告诉我，因为魏队长一直怀疑我。现在只想求魏队长一定照顾好苏诺。”

“这个腾先生放心。保护每个公民的生命财产安全，是我们警察的职责。”魏良易官方地说完，喝了一口水，“腾先生，我不是怀疑你，我只是对每一个存在的疑点都要排查一下而已，这也是警察的职责。”

“我理解。”腾乾说着端起咖啡。

“腾先生还有别的事儿吗？”

“……没了。”腾乾欲言又止。

“那我先去忙了。”魏良易离开咖啡馆，又回了沈家老宅。

魏良易进了沈家老宅，沈遇正在院子里浇花。

“腾乾和你说了什么？”沈遇看到魏良易进来后问。

“他应该认出你了，但又不确定。”

“他是搞科研的，即便认出了，不做最后确认，在他心里也只是个问号。”沈遇说着把准备好的手机递给了魏良易，“你看看。”

“他的动作真的越来越多了。”魏良易看着短信，“我想很快就能找到突破口了。”

“魏警官，你不要自欺欺人，其实你比我更清楚，现在将所谓的动作当作线索，全是无效的。他只是在利用所有的人性弱点，达到自己的目的。起初，在撞死苏太太的肇事者被害后，他把所有的疑点都转移到我的头上，让我惧怕自己的身份暴露，迫使我离开；失败后，他又开始利用苏诺，后来又利用腾乾，中间还杀害了沈老先生。他从来都不直接作案。我们虽然知道他下一步肯定会有动作，但我们也已经知道他一定会用同样的方式，而且你从短信上也能看出来他已经有些不耐烦了。不能再拿苏诺的生命冒险了，我还是想用我离开的方式，来找出这个人。”沈遇说。

“你让我想想，咱们再做打算好吗？”魏良易一时不知道该怎么回答，他不想用这种极端的方式查找罪犯。但此时此刻，他知道沈遇最担忧的并不是能不能还苏教授苏太太一个公道，而是苏诺的安全。即便他们一直保护苏诺，沈遇连万分之一的意外都不想有。

沈遇略微沉思了一下坚定地说：“后天是苏教授和苏太太的忌日，忌日过了，我就离开江州。”

魏良易看着目光坚定的沈遇，无奈地点了点头。

5

腾乾和魏良易聊完，离开咖啡馆后一直萎靡不振，到了晚上也久久不能入眠。他怕吵醒已经入睡的妻子顾夏，尽量减少翻身的幅度，但最终还是把顾夏吵醒了。

被吵醒的顾夏打开床灯，看了一下钟表，已经快凌晨一点了。

“怎么还不睡？”顾夏睡眼蒙眬。

“把你吵醒了？”腾乾愧疚地说。

“你今天是怎么了？”

由于腾乾适应了黑暗的环境，床灯发出的强光刺向腾乾那双布满血丝的双眼时，让他不由自主眯了起来。

“我今天去见苏诺了。”腾乾缓缓地睁开了眼睛。

“她最近怎么样？这孩子不来也不打个电话。”

“他和鼎恩住在一起。”腾乾叹了口气。

“鼎恩？你不是说鼎恩已经去世了吗？”顾夏非常惊讶地坐起来，好奇地看着腾乾。

“其实我不太确定他是不是鼎恩。”

“不确定？前些日子，你看到那个像鼎恩的人的照片时，不是说他根本不可能是鼎恩吗？这在科学上根本无法解释呀。”顾夏感到很不可思议。

“但我今天见到他本人，他和鼎恩的神态太像了，我不得不改变先前的看法。”腾乾说着苦恼了起来，“我不希望他是鼎恩，这不科学。”

“苏诺怎么可能和他住在一起呢？”顾夏不解。

“魏良易安排的。”

“苏诺这么久不来，就是因为和那个人住在一起吗？”

腾乾点了点头：“魏良易不让她告诉我。”

“那你是怎么知道的呢？”顾夏越发不解。

“有人克隆了苏诺的电话号码给我发信息，让我过去的。他也没有料到。”

“克隆苏诺的电话号码给你发短信？为什么给你发信息？你怎么现

在才告诉我。” 顾夏突然惊恐了起来。

“我就是怕你担心。”腾乾说着突然沮丧了起来。

“他到底是不是鼎恩呢？你不是跟鼎恩很熟吗？难道他身上就没有你可以辨别的标记吗？”

“有。”

“那你辨别了吗？”

“没有。”

“为什么呢？如果他是鼎恩，就可能是杀害你老师和师母的人。苏诺和他住在一起会有危险的。”顾夏顾虑重重。

“不会的。即便他是鼎恩，也不可能是凶手。”

“为什么？”

“如果他真的是凶手，就不可能让我见到他。而且短信是另外一个人发的，给我发短信的应该才是凶手。”

“那你也应该辨认出他是不是鼎恩呀。”

“我不能，我也不敢。”

“为什么不能？为什么不敢呢？腾乾你这是怎么了？”

“苏诺已经相信他不是鼎恩了。如果我真的揭穿他，苏诺肯定难以接受。既然苏诺在那里住得还算开心，就让她住在那里吧。”

“那有什么不敢的呢？”顾夏继续追问。

“因为我不敢看到他是鼎恩。”腾乾说着坐起来不停地抓自己的头发，纠结地说，“这不科学，这不科学！如果他是鼎恩，不会没有变化，不应该这么年轻！”

顾夏抱住腾乾，摩挲着腾乾的背：“别这样，不要怀疑自己好吗？先睡一觉。”

就在腾乾被顾夏拥在怀里的时候，解汉钢偷偷潜入了陵园，来到妻子的墓碑前。

在皎洁的月光下，他看着墓碑上清晰可见的妻子的遗照，有些伤感，情不自禁地抚摸了一下。

“你就这样走了。你知道这十年来，我是什么感受吗？我一直过得惶恐不安，每天都在受良心的谴责，总想向组织坦白一切，但我又不能，因为家明还没有毕业，不能自立。是你让我过得如此没有自我，你知道我有多恨你吗？命运又是这么地爱捉弄人，家明爱上了苏教授的女儿，所以我更不能让事情东窗事发，家明知道了这一切，该有多恨我们呀。”解汉钢说着从背包里拿出一个自制的炸弹，“我不想伤害任何人。但现在那个人迟迟不离开江州，我只能在苏教授的祭日，炸伤苏教授的女儿，逼迫那个人离开，让事情就这样过去。”

魏良易对着妻子的墓碑自言自语地说完，就朝着苏教授和苏太太的墓碑走去了。

腾乾被顾夏拥在怀里，很快就睡着了。第二天，他是被一缕从窗帘的缝隙中漏进来的晨光照醒的。

他睁开眼睛，看到顾夏已经起床，本打算再睡一会儿，女儿却推开门，揉着刚睡醒的双眼走进来，爬到床上骑在他身上。

“爸爸，你送我去幼儿园吧。”女儿奶声奶气地央求道。

“好，今天爸爸送你去幼儿园。”腾乾看着依赖他的女儿，昨晚的忧虑瞬间烟消云散，在女儿脸上亲了一口。

这时候，顾夏走进来说：“宝贝，爸爸昨晚没睡好，让爸爸再休息一会儿，妈妈送你好吗？”

“我送吧，我已经好久没送女儿了。”腾乾宠溺地揉了揉女儿的头发。

“那你送完孩子就回来休息吧。”顾夏说。

“算了，今天还有一个重要的会。送完孩子，我就直接去公司了。”腾乾说。

腾乾吃完早饭，就开车送女儿去幼儿园了。

每次腾乾送女儿去幼儿园，顾夏都会陪他们下楼，嘱咐很多注意事项，然后看着车辆驶出自己的视线，才肯回家收拾餐桌。这次顾夏照旧陪着腾乾下楼，千叮咛万嘱咐腾乾和女儿要注意的事项，看着腾乾的车驶出自己的视线，然后折回家。

然而，这次顾夏回到家里却没收拾餐桌，而是快速地脱下家居服换了一身衣服，便出门打车去了郊区。

顾夏在郊区的一个村落下了车，然后七拐八绕地来到一座老宅子前，叩响了黑漆木门上的门环，片刻后，一个和顾夏年龄相仿的男人打开了门。

“你来了。” 开门的男人看到顾夏，脸上瞬间洋溢着幸福的笑容。

顾夏对男人的殷勤并没有理睬，而是铁青着脸走了进去。

男人见顾夏一脸的不高兴，忙关上门跟了上去，殷勤地问：“你这是怎么了？”

顾夏生气地瞪着男人，质问道：“刘西文，我们不是说好不做了吗？你为什么还要给腾乾发短信？”

刘西文面对顾夏的质问感到费解：“我没发呀。”

刘西文的否认让顾夏很是惊讶：“你真没发吗？”

“真没发。”刘西文感到忧伤，“顾夏，你不相信我吗？”

顾夏看着委屈的刘西文：“西文，我怎么可能不信你，我只是有些激动。”

顾夏的确没有不相信刘西文，她刚才再次确认，只是一种条件反射。

十年前，顾夏在做抓鼎恩做研究计划的时候，就把刘西文拉了进来。因为她知道刘西文一定会义无反顾甚至不顾生命地唯她马首是瞻。当年顾夏之所以这么笃定刘西文会这样做，是因为刘西文爱她，并且已经爱了她十年。

从初中到即将大学毕业的这十年，刘西文为了能靠近她一些，放弃更好的学府，放弃喜欢的专业和更好的前途，只为敲开顾夏对他一直紧闭的心门。刘西文在幻想和顾夏在一起的这份爱情上像一个着了魔的疯子，顾夏是他的全世界。

爱情对顾夏而言，是金色的避风港，既要有金灿灿的光环，又得是温暖的港湾。但顾夏为了得到自己想要的世界，不得不用爱情的名义利用刘西文。

顾夏的笃定没有错，在爱情上已经疯魔的刘西文为了得到爱情，选择放纵自己的爱人，成全自己的爱人。这十年来，刘西文一直对顾夏不离不弃，哪怕后来顾夏和腾乾相识相恋结婚生子，刘西文都不曾背叛顾夏。在顾夏和腾乾决定结婚前夕，刘西文曾动情地告诉顾夏："顾夏，你的爱情之门虽然不会为我打开，但你让我爱你，这就够了。"

听到顾夏道歉，刘西文刚才的不悦瞬间一扫而净："到底发生了什么事？"

"我们进房间聊吧。"

房间内的布置和外观的风格完全不一样，房内装修得特别现代温馨。刘西文把房子装修成这样，只是幻想能够给顾夏带来一丝家的感觉，以此来慰藉自己。

进了房间，刘西文听顾夏讲述腾乾昨天发生的一切的时候，看到顾夏眼神里流露出了一丝恐惧，不，准确地说是不安。顾夏的这种不安，却让刘西文有一种失落。因为顾夏一直在说怕腾乾知道自己做的坏事，而不是怕被警察查到。

"顾夏，你现在更多的是害怕腾乾知道你做的事，而不是担忧那条短信是谁发给腾乾的，那条短信会不会就此把我们带进警察的视线呢？"顾夏讲完后，刘西文失落地问。

"有区别吗？"顾夏不敢看刘西文的眼睛。

刘西文见顾夏回答得如此模棱两可，便没有再追问，只是点了点头表示认同。刘西文不再追问，是因为他害怕顾夏说出真相：越来越爱腾乾，害怕失去腾乾，失去和腾乾组建的家庭。

十年前，顾夏和刘西文做好充分的计划抓鼎恩，计划失败后，他们并没有就此放弃，而是着手等待时机利用腾乾。顾夏告诉刘西文，接近腾乾是为了计划，和腾乾谈恋爱是为了计划，和腾乾结婚是为了计划，和腾乾生 baby 是为了计划。顾夏说所做的一切都是为了计划，刘西文都选择了相信，因为刘西文知道，只有相信才有等待的希望。

但现在刘西文的希望越来越渺茫，他的等待成了顾夏不说出真相就是有希望。

顾夏见刘西文没有说话，又问："不会有第三个人知道吧？"

"的确有第三个人，但那个人在一个没建好的汽车修理厂被我杀了。这你是知道的呀。"

"那是谁给腾乾发的信息呢？那条信息会不会把魏良易的视线引向我？"顾夏忧心忡忡地问。

"十年前，警察都没查出来什么，现在只剩下天知地知，你知我知了。就算把魏良易引向你又如何？他什么都不会查到的。"刘西文笃定地说。

"我当时真不应该贪心，以致犯下滔天大罪。"顾夏后悔地说，"西文，我们不要对鼎恩抱有任何幻想了，好吗？"

"好。听你的。"刘西文顺从地点了点头。

"如果警察通过这条短信怀疑到我，就算查不到我，腾乾也会对我产生怀疑。我不想让腾乾对我有什么误解。"顾夏像是一只惊弓之鸟。

刘西文最不愿意听到的话，顾夏还是说出来了，而且是以这种口吻。刘西文像是一个泄气的气球瞬间干瘪了下来，他失落地望着顾夏。

"顾夏，有我在呢，你不会有事儿的。"刘西文在这份几近幻灭的爱情中像是一个弹尽粮绝的战士，只能用自己的身躯做最后的抗争。

"西文，肯定会没事儿的，对吗？"顾夏注意到刘西文情绪低落，忙说。

刘西文听到顾夏对自己还有所依靠，又燃起了微弱的希望："肯定没事。顾夏，你快回家吧，不要在这里逗留太长时间。"

顾夏点了点头："那我走了。"

“我送送你。”刘西文有些不舍。

就在刘西文刚准备把顾夏送出门外的时候，他们俩的手机同时收到一条一样的短信：让腾乾出现在鼎恩面前，算是给你们俩的一个警告。如果不想让事情败露，就老实待着。我确保你们万无一失，以后大家各自平静地生活。如果你们再有任何举动，我会先让你们消失在这个地球上。

顾夏、刘西文看到这条短信，都毛骨悚然。

“真的有第三个人知道，这个人是谁呀？”顾夏变得更加担忧。

“这不可能。”刘西文不敢相信地说。

第七章

「真相」的残酷，会让无辜的人受到伤害

1

在离开江州前，沈遇特别想去祭奠苏教授和苏太太，但他用沈遇的身份又找不到一个陪着苏诺去祭奠苏教授和苏太太的理由，只能一大早替苏诺去花店取花的时候多买一束，让苏诺带到陵园，以示自己的敬意。

等他抱着花回来的时候，在弄堂口遇到解家明捧着一束百合花正从一辆出租车上下来。

“沈先生，苏诺还没走吧？”解家明看到沈遇走过来问。

“还没有。”沈遇看着解家明捧着束花说。

“太好了，太好了。”解家明舒了一口气。

“你和苏小姐一块儿去？”沈遇和解家明往弄堂里边走边聊。

解家明搔着头有点儿尴尬地说：“和苏诺顺路。”

沈遇看得出来解家明在以各种方法接近苏诺：“顺路？你要去哪里？”

“去陵园呀，我去看我妈妈。”

“你妈妈去世了？”沈遇好奇地问完，发现不妥忙道歉，“不好意思。”

“没事儿。”解家明毫不介意。

苏诺看到解家明和沈遇一块儿走进来，便有些不高兴。昨晚她已经和解家明在微信上说了，不让他跟着。

“家明，你怎么还是来了？不是说好，你不去了吗？”

“我去看我妈妈。”

“你妈妈的忌日不是还有半个月吗？”

“其实是后天，我只是早去了两天。”

“对你妈妈尊重点儿好吗？”苏诺不满解家明的态度。

“我妈妈真的是在我生日那天去世的。”解家明一脸严肃。

“你能不能不幼稚。”苏诺不悦道。

“我说的是真的。我爸爸不想让我生日那天难过，才没告诉我是后天的，但我一直都知道。那个时候我已经被医生下了病危通知书，已经没多少天可活了。为了配合我爸爸的良苦用心，我才假装不知道的，一直到现在。”解家明异常认真地说。

“家明，对不起。”苏诺说。

“没事儿。”解家明已经抑制不住压抑已久的心事，眼泪开始在眼眶里打转，“我妈妈去世那天我就在隔壁房间。我妈想让我在家里过最后一个生日，就把我从医院接回了家，我爸当时正在办理一宗大案，也答应回来给我过生日。但那天突然下起了特别大的雨，我爸回来晚了，我妈觉得特别无望，就自杀了。那天我听到我爸的哭声后，并不知道发生了什么。我爸爸一直瞒着我我妈自杀的消息，又把我送回了医院……”

听着家明的讲述，苏诺也不禁潸然泪下：“家明，都过去了。”

在苏诺和解家明沉浸在悲伤中的时候，沈遇却从解家明的讲述里听出了一些问题。

解家明说他母亲是在苏教授出事后的第三天自杀的，当时解汉钢正在办理大案，解家明得的是心脏衰老病，一个母亲竟然选择在儿子生命垂危时自杀，几条信息结合起来总觉得哪里有问题。

“家明，当年你爸办的什么大案啊？”沈遇问。

“我不知道。那段时间的事，我跟我爸从来都不提及。怎么了？”解家明说。

“没事儿，就随便问问。你小时候得的什么病呀？”沈遇又问。

“心脏先天性衰老。”解家明说。

“那是怎么治好的呢？”

“就在我妈去世没多久，我的心脏配型成功了。”

“哦。”沈遇若有所思。

这时魏良易和韩洋还有老姜走了进来。

“时间差不多了。苏诺，我们走吧。”魏良易说。

“好。”苏诺点了点头。

“沈先生，那我们走了。”魏良易说。

沈遇点了点头。他本想叫住魏良易问问解家明的事情，但想了想还是放弃了，因为他知道魏良易和解汉钢的关系非同寻常，在自己没有找到什么线索的时候，不能向魏良易打听任何关于解家明的事儿，预防魏良易情绪失控，把只是自己觉得有端倪的线索搞得复杂起来。

2

就在魏良易带着苏诺走在去陵园的路上时，解汉钢开着一辆改装后的车已经到达了停车场。

解汉钢坐在车里利用后视镜一直盯着陵园停车的进口，他暗自告诉自己已经没有时间了，今天必须让沈遇付出不离开江州的代价。

一辆警车驶进了陵园，他从后视镜里看了一眼车牌号，确认是魏良易的车。这个车牌号他特别熟悉，因为这个车牌号以前他一直在用。魏良易的车停进车位，他的眼睛依然盯着后视镜，然后从扶手箱里拿出了遥控器。

“我不想伤人，是你逼我这样做的，你要是离开，这一切都不会……”解汉钢握着遥控器，看着从车里下来的魏良易、韩洋、老姜、苏诺……看到最后下来的解家明时，他的脸色瞬间铁青了起来，“家明……你来干什么？”

解汉钢的计划被儿子的突然出现破坏了，他有些生气地握着遥控器，一不小心摁响了车喇叭。

在空旷的郊外，陡然而响的喇叭引起了几人的侧目。解汉钢见魏良易向自己看来，便匆忙启动车，快速地驶离了。

因解家明的陪伴，苏诺躲过一劫。就在解汉钢驶出停车场的时候，腾乾开车载着顾夏驶进了停车场。

往年苏教授和苏太太的祭日，都是腾乾和顾夏陪着苏诺来祭奠。

腾乾看到苏诺，就把车停到了警车旁边，和顾夏一人捧着一束花从车里走了出来。

“腾乾叔叔，顾阿姨，你们来了。”苏诺看到腾乾和顾夏，走过去和他们打招呼。

顾夏瞥了一眼魏良易便匆忙地把目光收回来，对苏诺说：“诺，好久都不见你了，你怎么都不给阿姨打个电话呢。”

“我……”苏诺不知道该怎么回答。

“去给苏教授扫墓吧。”腾乾见苏诺有些尴尬，帮她解围。

苏诺祭拜完父母，和他们又一同回到停车场。因为她对腾乾和顾夏有愧疚感，不知道该怎么和他们告别，便站在警车旁跟他们说再见。

“苏诺，你等会儿。”在苏诺拉开车门准备钻进去的时候，腾乾叫住了她。

“怎么了，腾乾叔叔？”苏诺停下来问。

“你阿姨给你买了几身衣服。你住在那里不方便出来，拿着换吧。”腾乾从车里拎出一堆各种品牌的购物袋递给了苏诺。

苏诺接过来，说道：“谢谢腾乾叔叔、顾阿姨。”

“以后不准这么客气。”顾夏说着抱住了苏诺，“好好的啊。等事情过去了，阿姨陪你逛街。”

苏诺点了点头。

在魏良易带着苏诺回来的时候，沈遇从医院回到了沈家老宅。

沈遇去的是一家三甲医院，这家医院做过解家明的心脏移植手术，这个信息是他从网上查到的。心脏移植手术，全国也没有几例，有成功案例的医院都会当成丰功伟绩四处宣扬。

沈遇在那家医院并没有发现解家明的移植手术有什么违规，但他发现了一个重要的线索，在解家明被从医院接回的那天，解汉钢所办理的大案就是苏教授和苏太太的案件。

这个消息让他茅塞顿开，他决定等魏良易回来，再讨论一些细节。

但左等右等都不见魏良易带苏诺回来，沈遇有点坐不住，便直接拨通了魏良易的电话。

“你们回来了吗？”沈遇问。

“在回来的路上。”魏良易回答。

“快到了吗？”

“要先送家明回家。今天家明逃课去的，被我师父知道了，让我押他回去呢。”

“家明逃课？你师父知道了？”沈遇说着脑补了一些解汉钢就是凶手又一直盯着苏诺的画面。

“对呀，怎么了？”不明所以的魏良易问。

“能不能先不送家明回家，先回沈家老宅？”沈遇担心解汉钢让解家明回家的意图是盘问他有没有透露他母亲自杀的时间，如果解汉钢了解到这个，凭他多年刑侦的经验，一定会更加担忧自己的处境。

“我这马上都要进小区了，送完就回去。”魏良易说完就挂了。

沈遇的担忧没有错，解汉钢让解家明回家，就是盘问解家明这些的。

解家明推开家门，解汉钢铁青着脸在沙发上正襟危坐。

盗墓笔记后传奇《沙海》
《沙海 1-2》畅销全年《沙海 3》敬请期待！
沙海
【第一卷】荒沙诡影
浩大沙漠机密工程为何突然被废弃
发现闷油瓶留下的关键线索
黑眼镜只身犯险 解雨臣暗布迷局
《沙海》第一卷
沙海
【第二卷】沙蟒蛇巢
南派三叔
盗墓笔记后传奇
无邪仍在 不见天真
《沙海》第二卷
《盗墓笔记 COSPLAY 集》1-4
漫工厂&304文化 盗墓笔记COSPLAY 再掀狂潮

“逃课去哪儿了？”解汉钢问。

“去陵园。”解家明说。

“去陵园干什么？”解汉钢又问。

“去看我妈。”

“你是去看你妈，还是看苏诺她爸妈。”解汉钢拍案而起。

“我只是想陪着她去。”

“家明，你真的太让我寒心了！你知道你妈是怎么死的吗？！你就这样对她吗？！”解汉钢走过来一把攥住解家明的衣领。

“爸，我错了。”解家明见爸爸真的生气了，赶忙道歉。

解汉钢见儿子一脸的歉意，也不忍心这样对待儿子，松开了攥住儿子衣领的手：“家明，你是不是为了能够陪苏诺去，把你妈妈自杀的事儿说给别人听了。”

解家明点了点头：“这没什么不可告人的，爸爸。我知道这是咱们俩最为禁忌的地方，我从来不敢跟你提，怕你伤心。我一直压在我自己心里，也从来不跟任何人说。爸爸，我真的想在妈妈忌日那天，去看看她。”

“我知道了。”解汉钢有些丧气，“既然你这么爱逃课，我就让你逃个够。从今天开始，你就在家老实待着，什么时候待够了，再去上课。”

解汉钢说完就把解家明拉进了卧室。

3

魏良易带着苏诺回到沈家老宅，就被沈遇叫出了门外。

“你今天这是怎么了？神秘兮兮的。”

“我决定明天不离开江州了。”

“为什么？”

“因为……”沈遇的话还没说完，魏良易的电话就响了。

“我先接一个电话。”魏良易掏出电话一看是队里打过来的。

沈遇看着魏良易接完电话，刚准备说自己的新发现，魏良易却开口说：“董伯自首了。”

“什么？董伯自首了？”沈遇大吃一惊。

这个突如其来的消息，让沈遇瞬间打消了说出自己的新发现的冲动。因为怀疑解汉钢只是自己的臆测，没有任何证据。但现在董伯自首了。董伯为什么在这个时候自首？董伯和凶手到底有什么关系？他决定等魏良易审完董伯再说，看看是不是能从董伯那里找到什么突破口。

“既然你暂时不离开江州了，我们回头再说吧，我得回队里了。”魏良易说着就要离开。

董伯的自首虽然加重了沈遇对解汉钢的怀疑，但内心却有一种说不出的悲凉：“我能去看看董伯吗？”

“现在不太方便，等我电话吧。”魏良易说完就转身快速离开了。

沈遇回到老宅，看到苏诺坐在沙发上，便问道：“今天还顺利吗？”

“顺利。”

“那就好。对了，你论文改得怎么样了？”

“快完了。”苏诺看着六神无主的沈遇，“如果你没什么话和我说，也不用刻意找话。”

“倒不是，我在想一个故事。”

“什么故事？”

沈遇想给苏诺讲一个关于仇人和爱情的故事，这个故事相对应的人物是苏诺和解家明。因为他知道如果自己的推测属实的话，凶手抓到自己一定会离开江州，但他希望有人爱着苏诺照顾着苏诺，这个人他总觉得解家明特别合适。然而现在他却开始怀疑解家明的父亲。这种像极了小说里故意编制的人物关系的剧情，现在摆在他面前，他一时不知道该怎么处理。在他刚想开口的时候，想了想，觉得这个时候讲太早，因为一切都没有定论，便说：“还是算了……”

“你这个人。”苏诺埋怨地看了他一眼。

“我一猜魏良易就没请你吃饭，我给你做顿好吃的，补偿你吧。”

“那也行。”苏诺说着想起了魏良易，“良易哥呢？”

“队里有事儿，先回去了。”

魏良易回到队里，直接进了审讯室。花甲之年的董伯淡然地坐在审讯椅上。

“他交代了什么？”魏良易来到审讯的同事旁边悄声问。

“就说沈老爷子是他杀的，其他要等你回来才肯交代。”

魏良易走到董伯面前：“董伯，我来了，有什么想说的你说吧。”

“是我杀了老沈。”

“为什么杀他呢？”

“因为……”董伯的话还没说完，另一个同事推门进来，把魏良易叫了出去。

“怎么了？”魏良易问。

“魏队，老幺也来自首了。”

“老幺也来自首了？他自首什么？”魏良易有些惊讶。

“他说是他杀的沈老先生。”

“老幺关在哪儿？”

“3号审讯室。”

魏良易觉得案件越来越有意思了，他决定先会会老幺，再回来和董伯对口供。

魏良易直接去了3号审讯室，走到老幺面前，打了一个响指，老幺像没有听到似的，眼睛依然望着天花板的一角。

魏良易又拍了拍老幺的肩膀：“老幺！”

老幺这次回过神儿来，蔑视的笑容变得奸诈起来：“魏队，你败给我了。”

魏良易觉得老幺的话莫名其妙：“人生哪有真正的输赢。说说，为什么来队里啊。”

“自首！死在我汽车修理厂的人是我杀的，在医院的老家伙也是我杀的！”老幺傲慢地说。

“嗬。那咱一件一件地讲。”魏良易不以为然，“先讲讲，为什么杀沈老爷子。”

“先放了老头我再给你讲。”

“你把这儿当菜市场了？这是讨价还价的地方吗？”魏良易拍了一下桌子大声呵斥道。

“你先放了他，他是不想让我坐牢，他想替我顶罪。”

“他为什么替你顶罪呢？”

“因为我是他儿子。”

老幺是董伯的儿子？魏良易没有想到。

“既然你父亲替你来自首了，为什么你还要来呢？”

“我根本不想自首，是因为那个老头非要来自首，我知道他来自首，你们一定能查到我。”

“这么有自知之明，那就应该早来嘛。说说，为什么在你的修理厂里杀人？”

“你还记得照片上的那个女人吗？就因为她。她都和我好了，他还缠着她，我就把他杀了。”

“那为什么杀害沈老先生呢？”

“因为想让那个小东西离开沈家老宅。”

“为什么？”

“老头伺候了老家伙半辈子，本来说把房子给老头的，后来老家伙转手许诺给了小东西。我当然要给老头出气了。”

老幺的说辞在情理上都能说得通，但魏良易早就知道他在撒谎了。首先，沈老先生刚遇害，沈遇就收到了让他离开的恐吓短信，短信的内容直指苏诺的安危，这是和苏教授案件关联的事故，到老幺这儿却成了一桩仇杀；其次，杀害撞死苏太太的肇事逃逸者，后续的线索也都和苏教授的事故关联，到老幺这儿却成了一桩情杀。所以他断定老幺受人指使，指使他的人才是真正的凶手。

魏良易为了揭穿老幺的谎言，便暂停对老幺的审问，直接去审董伯了。

魏良易到了董伯所在审讯室，把老幺自首的事情告诉了董伯。

“不是他不是他，都是我杀的。”董伯听到魏良易说老幺自首后，情绪很激动。

“董伯，我们的政策是抗拒从严，坦白从宽。你老实交代，才能救你的儿子，而不是替他遮掩，你这样包庇他，不但帮不了他，还害了你自己。”

“老沈是我杀的，跟他没关系。”董伯说着流下了后悔的眼泪。

“你为什么杀沈老先生呢？”

“老幺说他杀了人需要逃，逃就需要钱。老沈和我有个约定，他死了之后他户头下的现金都是我的。”

“然后你就把沈老先生杀了？”

“老沈马上都快不行了，我没想杀他。但是老幺非要去杀，我不能让他再犯错了，我就去了。我对不起老沈。”董伯泪流不止。

魏良易拿到了董伯的口供，又回到老幺所在的审讯室，把董伯交代的放给他听。

“早知道这个老头这么讲义气，我早就认他了。没错，杀死沈家那个老东西的确实是老头。”

“那你刚才为什么说沈老爷子是你杀的呢？”魏良易问。

“因为老头讲义气啊。我反正已经杀了一个人了，再扛一个，结果都是一样的。”老幺一副无所谓的态度。

“既然你说死在你修理厂的人是你杀的，那你讲讲经过吧。”魏良易不想和老幺浪费时间了，只想让老幺交代完，找出漏洞，然后让老幺说出投案的真实动机。

老幺交代的整个杀人经过和现场发现的情况基本一致，老幺讲完后露出得意的笑容。

“老幺说累了，先让他休息。”魏良易说着站起来，走出了审讯室。

“魏队，怎么停了？”同事跟着魏良易走出来问。

“凌晨再审。”

魏良易之所以等凌晨再审，是因为他想从老幺的两份供词中找出不符之处。凌晨是人最容易犯困的时候，也是人的意志最容易被攻破的时候。

一般这样的审讯方式都用在拒不交代的犯罪嫌疑人身上，从他们两份或者多份的交代材料里找出谎言的部分。而魏良易却把这种方式用在一个来自首的犯罪嫌疑人身上，这有点儿让同事看不明白。

凌晨，魏良易带着同事准时来到审讯室，老幺坐在审讯椅上睡着了。魏良易和同事进去，都没能惊醒他，同事想叫醒他，被魏良易拦住了。

“我来叫。”魏良易指了指记录处，示意同事坐下。

魏良易说完，把强光台灯直接掰到了老幺面前。灯光照过去，瞬间把他刺醒了。老幺睁开蒙眬的睡眼。

“老幺，说说你的杀人经过。”魏良易点上一根烟。

“我已经说过了。”

“再说一遍。”魏良易走过去也给老幺点了一根烟。

“我不想说了。”老幺抽着烟，满不在乎。

魏良易慢慢地走到审问桌前，突然用力拍了一下桌子，大声吼道：“说！”

魏良易的吼声不光吓得老幺一哆嗦，把做笔录的同事都吓了一跳。

老幺又把杀人经过说了一遍，和下午说的一模一样。

魏良易见老幺记得如此牢固，便换了一个思路：“你不是说和那个女人好了吗？她人呢？”

老幺把这个女人藏身的地方告诉魏良易，魏良易就带着人急忙赶去了。

4

魏良易带人去找那个女人的时候，沈遇没有上楼睡觉，他坐在客厅里等着魏良易的电话，等着董伯的消息。

时间一点一点地流逝，沈遇几次打盹，见等不来魏良易的电话，便决定去洗个澡然后睡觉。为了不吵醒苏诺，他蹑手蹑脚地上楼，然后又轻轻地关上卧室的门，进了自己的房间，才正常地走路。然而，他刚抹上洗发乳和沐浴液，突然没电了，只好裹上浴巾，去检查怎么回事。

到了楼下，检查一番，发现保险丝断了。换好保险丝，楼下客厅的灯亮起的那一瞬间，他发现穿着睡衣的苏诺正站在楼梯口。

光着脚只裹着一条浴巾的沈遇，见苏诺盯着他，又紧了紧浴巾，不好意思地说："把你吵醒了。"

"没有。"苏诺见沈遇只裹着一条浴巾，急忙走下楼梯，尴尬地说，"我口渴了，喝点水。"

"哦，那你喝。晚安。"沈遇尴尬地说完，就踩上了楼梯和苏诺擦肩而过。

苏诺看着尴尬羞涩的沈遇有点想笑，她转过身去想道声晚安，却张不开嘴，因为她看到沈遇的左小腿处有一道伤疤。这道伤疤顺着沈遇的小腿一直往上延伸到腘窝处，足足有十公分左右。

这个发现，让腾乾曾说的那句话开始在苏诺耳边不停地缭绕："既然沈先生要证据，那请沈先生让大家看一下你的后背，沈先生背上不会也有一条十公分左右的伤疤吧"

"腾乾叔叔说鼎恩背上有一条十公分左右的伤疤，沈遇腿上却有一道十公分的伤疤。难道是腾乾叔叔记错了？难道沈遇真的是鼎恩？”苏诺回到房间躺在床上不停地自问自答。

这个疑惑像是一条寄生虫在她脑袋里一旦生成，便开始很快地生长繁衍，让她越来越疑惑。

备受疑惑折磨的她，决定给腾乾打个电话确认，但腾乾的电话一直没人接听，给顾夏打电话也没人接听。

腾乾和顾夏的电话没有人接听，是因为他们的电话调成了静音。这个习惯是在腾乾见到沈遇后开始养成的。腾乾见到沈遇后，就开始频繁地做噩梦，神经衰弱，开始靠安眠药入睡。即便如此，稍微有点声响便会醒来再也无法入睡。顾夏为了让腾乾睡得踏实，便会在睡前把手机调成静音。

打不通腾乾和顾夏的电话，苏诺又拨打了魏良易的电话。此刻的魏良易正在按老幺说的地址去找那个女人，怕打草惊蛇，把手机关了机。

连续打了三个人的电话，都没打通，苏诺鬼使神差地拨打了解家明的电话，她想让解家明陪她去腾乾的家里。

电话只“嘟”了一声，解家明就接了。解家明给苏诺设置了专属的铃声，这个铃声几乎从来没有响起过，冷不丁地一响就把解家明吵醒了。

“苏诺学姐。”解家明接起电话，瞬间睡意全无。

“打扰你休息了。”苏诺感到很抱歉。

“没有没有。你打来的电话，怎么能叫打扰呢。”解家明幸福地说。

“我想请你帮个忙。”

“你说。”

“我想让你陪我去一趟腾乾叔叔家里。”

“现在？”

“现在。”

“没问题。我马上就到。”

“我要偷偷地出去，你在弄堂口等我就行了。”

“好，我快到的时候给你发信息。”解家明说完就兴奋地挂了电话。

解家明穿好衣服走出房间时，客厅里的灯突然亮了，解汉钢一脸严肃地看着他。

“你这是要干吗去？”

“爸，你还没睡？”

“我问你干吗去。”解汉钢厉声问道。

“我没什么事儿，就在客厅里溜达溜达。你早点儿休息吧。”

“好，那你溜达吧。”解汉钢说着坐到了沙发上，“我看着你溜达，你溜达够了，我再睡。”

解家明见父亲盯这么严，自己肯定是出不了家门，便有点儿急躁:“我要出去，你不能这么法西斯吧。我都二十岁了，你怎么还把我当孩子看着啊。”

“你两百岁也是我儿子。你是我儿子，逃课必须付出代价。”

“反正今晚我必须出去，我不做你儿子了，行吗？”急着去见苏诺的解家明情急之下脱口而出。

“你说什么？！你再说一遍！”听到儿子这样说，解汉钢暴跳如雷。

“我说我不做你儿子了，我今晚必须马上、立刻出去！”

解汉钢监控了儿子的手机，知道儿子是要去见苏诺。儿子竟然为了一个女孩说出这样的话，这足以摧毁他自以为是的付出。

“混账！”解汉钢的情绪被儿子的这句话顶到了极点，他伸手一巴掌打在了解家明的脸上。

这是解家明第一次被父亲打，以前顶多就是呵斥几句。解家明的脸上瞬间出现了五指掌印，嘴角也淌出了血。

解汉钢看到儿子被自己打出了血，又开始心疼，他想上前安慰，却被解家明拒绝了。

“爸，要不这边也来一巴掌，你打痛快了，我好出去。”解家明像是叛逆期的孩子似的一把推开解汉钢的手。

如果放在以前，解汉钢一定会推心置腹地和儿子坐下来谈判，然后来一场父与子的和解。但现在他没有时间了，他也急于见到落单的苏诺，这是他最好的机会。

“非出去不可吗？”解汉钢语气柔和了很多。

“非出去不可！”解家明语气坚定。

“那你出去吧。”解汉钢失落地说着闪到一旁，给儿子让道。

解家明迈开脚步朝门外走去，然而他还没走两步，解汉钢便快速地走上前，一下把解家明打晕了。解家明倒在了解汉钢的怀里。

解汉钢把解家明放到床上，给他盖上被子，把他的手机关了机。

“儿子，有些事情，等我离开的那一天，我都会向你一一地忏悔。”解汉钢深情地说完，就走出了家门。

5

沈遇是被电话吵醒的，他迷迷糊糊地拿起电话，听筒里就传来了苏诺的呼救声。他还没来得及说话，解汉钢就开始说话了。

“鼎恩，苏诺在我手里。想让她活命，就不要告诉魏良易和外面保护你们的警察。”这次解汉钢没有处理自己的声音。

沈遇看了一眼手机号，是用苏诺的电话打过来的。

“你是魏良易的师父解汉钢，对吗？”沈遇说着跳下床，走出房间，推开苏诺的房门，房间内空无一人。

“没错，是我。”解汉钢回答得很干脆。

“你想让我怎么做？”沈遇问。

“按照我说的地址过来，不要给魏良易留下任何信息。我既然敢公开我的身份，就做了最坏的打算。”解汉钢沉声说，“不过，你留我也不怕。即便你来了，我也会让苏诺在我手里待一个月，如果一个月内我被抓了，那就是苏诺的死期。你要是想让她离开这个美好的世界，尽管和我玩谋略。”

“不会，你不要伤害她。”沈遇紧张地说。

“那我们一会儿见。”解汉钢说完就把电话挂了。

为了苏诺的生命安全，沈遇不敢有一丝怠慢，他完全按照解汉钢说的，来到一条特别偏僻的河边，电话就响了。

“我到了，你在哪里？”沈遇接通电话问。

“把你的手机关机后扔了。然后在你左边三米远的树下，有一个新手机，上面有下一个见面的地址。”解汉钢说完就把电话挂了。

沈遇按照新手机上的地址来到约定地点，电话又响了。

“后退七步，弯腰捡起地上的水，喝下去。”

沈遇按照解汉钢说的，找到水，虽然他知道这水是有问题的，但没有丝毫犹豫就喝了下去，不一会儿就有了眩晕的感觉，十几秒后，他晕倒在地上。

就在这个时候，魏良易正在审问从老幺说的地址处找到的女人。女人的口供和老幺的口供一致。

口供一致，如果按照往常这样就可以定案了。但现在不能，因为老幺在撒谎。为了让老幺正视自己的谎言，审问完那个女人，魏良易连夜让同事把那几个和老幺打麻将的人全部传唤到队里，那几个人的证词和上次一样，就是和老幺打了一宿麻将。

面对这几个人的证词，老幺依然说人是他杀的。老幺在撒谎，但从老幺和那个女人的口供里，魏良易又找不出破绽。

魏良易深知老幺身上一定有和真正的凶手关联的突破口。

老幺来认罪，让魏良易困惑不解的有三点：

第一，真正的凶手有什么魔力让老幺来自首。这可是用生命埋单的。

第二，老幺来自首，这宗“模仿杀人案”就和十年前苏诺父母的两起事故分离了。“操纵者”这样做的目的到底是什么？

第三,如果“操纵者”让老幺顶罪,为什么把宫玥这个环节遗漏了呢?

在即将天亮的时候,魏良易都没想明白。

已经睡了一觉的同事,看到魏良易若有所思地抽着烟,烟灰缸里满满的全是烟蒂。

“魏队,天都要亮了,你还是去休息一下吧。”韩洋倒了一杯水,放到魏良易面前。

魏良易喝着水看向窗外,天色已经泛白:“好。”

魏良易从队里出来没有丝毫的困意,他开着车在江州的高架桥上快速地行驶着,向着天边泛起鱼肚白的方向,再一次不知不觉地开到了解汉钢家楼下。

魏良易坐在车里抽着烟,正在犹豫要不要上去时,突然听到有人敲车窗,转头看见解汉钢站在车窗外。

魏良易从车上下来,解汉钢看到他面色疲惫,双眼布满血丝。

“一晚上没睡?”

魏良易点了点头。

解汉钢提了提买回来的早点说:“我出去买早点的时候,就看到你的车了。给你买了一份,上去吃吧,吃完再睡一觉。”

6

在魏良易去解汉钢家的时候,被解汉钢注射了麻醉剂的苏诺和喝了解汉钢配制的使人昏迷的水的沈遇正在一座厂房里昏睡。

他们背靠着背被解汉钢绑在一起,腿也一圈一圈被绳子缠着。

这座厂房特别空旷,因年久废弃,弥漫着一股霉味,有几个地方长出了几簇杂草,墙壁上几块青苔旁还沾着几只蜗牛。

房子被解汉钢改造过,四面的墙壁全部被堵死了,只剩下被一块破旧木板钉死的将近两米高的小窗能漏进一些光，要不是正对着苏诺的不远处点着一根燃着的蜡烛，整个房间就如同置于黑夜中一般。

几缕阳光透过破旧的木板照进房子里，一束落在了苏诺的脸上，一束打在了沈遇的腿上。

苏诺感觉到了脸上的阳光，醒了过来，睁开眼睛就看到了正对着她的烛光，本来还意识不太清醒的她，看到蜡烛下面竟然放着一颗炸弹，瞬间清醒了过来。

“救命！救命！救命！”苏诺出于本能叫了起来。因长时间没有进水的缘故，她的声音有些沙哑。

“苏诺，苏诺。”沈遇被苏诺吵醒了。

背后传来沈遇的声音，苏诺才意识到自己是和沈遇绑在一起的。

“炸弹！炸弹！我面前有颗炸弹。”苏诺慌张地说。

“炸弹在哪里？”

“在我面前。”

“苏诺，你别怕。咱俩换一下位置，让我先看看是什么样的炸弹。”沈遇尽量用平和的语气安抚苏诺。

他们艰难地移动着换了一下位置，沈遇看到烛焰摇曳的蜡烛放在一个铁盘上，铁盘下有一颗炸弹。蜡烛已经燃烧到了五分之三的位置，如果燃烧到五分之二的位置，就会慢慢地把热量传递给铁盘，铁盘达到一定温度就会引爆炸弹。沈遇一眼就看穿了这个炸弹引爆的原理。

“蜡烛灭了，炸弹就不会爆炸了。”沈遇冷静地分析。

“那怎么才能弄灭呢？刚才我们俩换个位置都这么难。”

“我们试试看，能不能同时站起来。”

“好。”

苏诺和沈遇开始尝试着站起来，无奈他们的腿上被缠满了绳子，用尽各种办法直到筋疲力竭，依然无法同时站起来。

“我们是不是要死在这里了？”苏诺喘着气。

这个时候，苏诺已经没有刚才那么惧怕那颗随时都可能被引爆的炸弹了。当人在绝望的处境中拼尽全力之后，发现依然于事无补，或许都会向命运低头。而沈遇依然没有放弃，因为他不能让苏诺出事。

“不会的，我不会让你死在这里的。我们再尝试一下，看看能不能站起来，好吗？”

“我没力气了。”苏诺绝望地说。

“那我们休息一会儿。”

苏诺点了点头：“好。”

沈遇听着苏诺的喘息声：“你为什么大半夜要离开沈家老宅呢？”

“我看到你腿上有一道伤疤，我想去找腾乾叔叔问问你到底是不是鼎恩。”苏诺说着思绪复杂了起来，“你是鼎恩，对吗？”

沈遇知道，如果他们不能让蜡烛熄灭，他们就真的会死在这里。他也知道弄灭蜡烛的希望微乎其微，所以决定告诉苏诺自己的真实身份。

“我是鼎恩。”

“原来你真的是鼎恩……你还是我认识的那个好朋友吗？”苏诺苦笑着说。

“是。”沈遇点着头说道，“但苏教授和苏太太是因为我才遭遇的不测。”

“你是怕我责怪你，才不告诉我你是鼎恩，对吗？”

“苏教授和苏太太因我才遭遇的不测。我回到江州，就应该留下来照顾你的。但我不属于任何一个地方，任何一个地方都不能够让我长久地待下去。我知道我有一天会离开江州，我不能让你知道我是鼎恩。”

“你会走？……是因为你一直这么年轻吗？”苏诺说着眼泪开始在眼眶里打转。

“是。”沈遇毫不避讳地承认，“我这张一直年轻的脸，就是我见不得光的黑暗。”

“那天你说要离开江州，是因为看到钢笔里纸条上我写的话，又决定不走的，对吗？”

“是。”

“如果我当时不送你那支钢笔就好了，现在这一切就都不会发生了，我就……”

“苏诺对不起，我又害了你。”沈遇打断苏诺的话，伤感地说。

“鼎恩，我没有埋怨你，只是心有不甘，不能看到杀害我爸妈的凶手归案了。”

“不会的，我一定会救你出去的。我们再试试能不能站起来，好吗？”沈遇看着又短了一截的蜡烛说。

就在沈遇和苏诺想办法熄灭蜡烛的时候，睡在解汉钢家沙发上的魏良易被解家明叫醒了。解家明脸上的手印还很明显。

“你怎么在家里呀？你脸上这是怎么了？”魏良易睁开睡眼看到解家明。

“良易哥，你先别管我了，你赶紧去看看苏诺吧。”解家明着急地说。

“苏诺怎么了？”魏良易不解地问。

“她昨晚打电话，让我陪她去一个地方，但我爸爸不让我出门，把我打晕了，现在手机一直关机。”

魏良易听完连忙拨打沈遇的电话，沈遇的电话也关机了。他觉得蹊跷，连忙从沙发上跳下来，趿拉上鞋就往外走，边走边拨打韩洋的电话。

“你再睡会儿吧。”在魏良易打开门准备往外走的时候，解汉钢从卫生间里走了出来。

“不睡了。”魏良易说完就关上了门。

韩洋的电话接通后，魏良易就让他进去看看沈遇和苏诺什么情况。在去往沈家老宅的路上，他接到了韩洋的回电。

“魏队，沈先生和苏诺都不在。”

“都不在？昨晚他们出门了吗？”

“没有呀，我和老姜一直盯着呢。”

苏诺和沈遇的突然消失，让魏良易觉得这和老幺的突然自首有很大关系。想到这里，他猛打了一下方向盘，朝着队里的方向驶去了。

魏良易到了队里，就让同事把老幺提审到了审讯室。

但再次审问老幺，他依然坚持人是他杀的。此刻，面对老幺的坚持，魏良易的暴脾气突然发作了，让同事出去把监控关掉后，指着老幺火冒三丈地说："今天你不说是谁指使的你，你就别想有好日子过了。"

"你这是要对我刑讯逼供吗？"老幺满不在乎地笑着，说完开始扯着嗓子喊，"警察要打人了！魏良易要打人了！"

"你喊也没用。老幺，我今天就要对你刑讯逼供了。"魏良易梗着脖子，瞪大双眼，解着衬衣上的纽扣厉声呵斥。

"那开始吧。"老幺哂笑一声。

老幺的这句话彻底激怒了魏良易，魏良易抬起胳膊正要朝老幺击打过去的时候，被突然冲进来的韩洋和老姜给拦住并拉出了刑讯室。

"魏队，沈先生和苏诺可能出事了。"韩洋说。

"出什么事了？"魏良易焦急地问。

"刚才派出所打来电话，说郊区的一个废弃厂房发生了爆炸，在那里找到了苏诺和沈先生的手机。"老姜说。

"去现场！"魏良易说着朝门外跑去。

在他们刚急匆匆跑出刑侦大队时，魏良易的手机就响了，他不耐烦地掏出手机，看到是魏小蔓打过来的，便直接挂掉，刚要准备装进口袋又响了起来。

"我在办案，不要打扰我！"魏良易厉声呵斥。

"良易哥，我是苏诺。"苏诺的声音从听筒里传了过来，"快去救沈遇！他被困在一个废弃的厂房里，地址宫玥姐已经发你微信了。"

"你在哪里？"魏良易问。

"我和小蔓还有宫玥姐在一起，沈遇让你来宫玥姐家找我。"

苏诺出来了，沈遇还困在厂房里，厂房爆炸了。

“这就派人去。”魏良易忍了一下，最终还是没有把废弃厂房爆炸的事情告诉苏诺。

7

魏良易到了宫玥家，看到苏诺身上沾满了尘土，脸上还有一处擦伤。

“苏诺，你没事儿吧？”魏良易关切地问。

“没事。良易哥，你派人去救沈遇了吗？”苏诺毫不在意身上的伤。

“去了，到底怎么回事儿？”魏良易问。

苏诺把昨晚发生的一切告诉了魏良易。

“昨晚你收到家明的短信才从沈家老宅跳墙出去的？”

“嗯。我醒来后，就和沈遇被绑在仓库了。”

“你出来后，为什么不直接打电话给我，为什么要找宫玥和小蔓呢？”

“沈遇不让我给你打电话。他说要让我当面见到你，才可以告诉你一切。”

“为什么？”魏良易不解地问。

“沈遇说把我们抓起来的人是你师父解汉钢。”

“你说什么？”魏良易像没有听清似的。

“沈遇说把我们抓起来的人是解家明的爸爸。”

“这不可能。”

“沈遇说他知道你不信。他说等他出来，会详细地告诉你一切的。”

“沈先生为什么没有出来？”

“他受伤了，先让我出来了。”

“哦。”魏良易说着点了点头，看向了宫玥，“你跟我来一下。”

魏良易把宫玥叫到了卧室：“让苏诺先住在你这里吧。这几天不准苏诺看电视，也不要让她上网，尤其上网看新闻。”

“但我这里又不是监狱，为什么要剥夺苏诺的自由权利呀？”宫玥不明所以。

“废弃厂房爆炸了，沈遇有可能死了。”魏良易解释道。

“啊！”宫玥惊讶地说，“你师父真的是那个背后的真凶吗？”

“我怎么知道。”魏良易被问得想发火，但是控制住了情绪，“你出去吧，我想一个人静静。”

宫玥出去了。魏良易坐在床上，心情特别复杂，他想不到任何师父是背后凶手的理由。沈遇说出来后会告诉他一切，但现在废弃的厂房爆炸了，沈遇生死未卜。

“现场找到沈先生的遗骸了吗？”魏良易待了一会儿，拨打了韩洋的电话。

魏良易希望沈遇活着，他想让沈遇告诉他究竟是怎么回事。

“消防车刚到，刚开始灭火。”韩洋在电话里回答。

“行，我知道了。有消息第一时间告诉我。”

魏良易挂了韩洋的电话，决定去解汉钢家一趟。

本来魏良易想直接回队里接着审老幺的，但他怕从老幺嘴里审出指使人真的是师父解汉钢，这样只有直接去抓人了。他不想直接抓自己的师父，他想旁敲侧击地告诉解汉钢，如果真的犯了罪就去自首，这样能减轻处罚。

魏良易在进解汉钢家的小区前买了一瓶酒，虽然他对解汉钢是凶手心存侥幸，但又不得不做最坏的打算，如果解汉钢真是凶手，又不去自首，这瓶酒就是他给师父的饯行酒了。

“你怎么又回来了？”解汉钢把魏良易请进来，“还拎着酒？”

魏良易无奈地笑了笑说：“想和师父喝点儿。”

“看来你真的遇到难题了。”解汉钢拍拍魏良易的肩膀。

魏良易没有说话，走进来直接坐到沙发上，看到电视里正放着废弃工厂爆炸的新闻。

“废弃工厂怎么会爆炸呢？”魏良易故作不知。

“谁知道呢？”解汉钢耸耸肩。

魏良易看着电视问：“家明呢？”

“家明在屋里睡觉呢。”解汉钢说着向厨房走去，“我去弄两个小菜。”

解汉钢翻遍冰箱，只弄了两个菜，端了出来：“没什么菜了。”

“就想和师父坐一会儿。”魏良易说着打了一个长长的哈欠。

“看你这么没精神，要不别喝了，你休息吧。”解汉钢坐下来。

“我没事儿。”魏良易斟着酒，“师父，您不和我聊实质的案子，我向师父请教个困惑的问题，总可以吧？”

“这个可以。你说吧。”解汉钢端起酒杯抿了一口。

“如果您要是知道您特别尊敬的人犯了案，您会怎么做？”

“再尊敬的人也要抓呀。”解汉钢听出了魏良易的弦外之音，故作淡然地说。

“但我想让他自己去自首，因为自首可以减刑。”

“听你这么说，这个人和你的关系真的不一般呀。”

“非同一般。师父，如果他真的犯了案，您说我去找他，对他旁敲侧击一番，他会去自首吗？”魏良易盯着解汉钢。

“如果你真想让他去自首，何必旁敲侧击呢？直接明说，让他去不就行了。”解汉钢回避了魏良易的视线。

“他是一个特别要面子的人，我不想让他觉得没面子。”

“这我就给不了你什么建议了。一个人一颗心，一颗心一个想法，谁又能猜得透谁呢？”

“是呀，但我还是想让他去自首。那我就再给他些时间。”

“你就不怕他跑了吗？”

“他不会跑，他也跑不了。”魏良易刚说完，手机就响了。

这时，解家明突然从卧室里走了出来。

魏良易看到解家明一脸睡意，问道：“家明睡醒了？”

“良易哥，苏诺的手机还是关机，她没事吧？”解家明问。

“我没联系上她。”魏良易说的时候刻意瞥了一眼解汉钢，他依然泰然自若地喝着酒。

“什么？还没联系上？她不会出事儿了吧？”解家明紧张地说，“我得出去找找她。”

解汉钢看着解家明要出门就喝止住了他：“你给我站住！”

“爸，苏诺联系不上了！”解家明急得直跺脚。

“真联系不上，你良易哥能坐在这儿和我喝酒吗？”解汉钢看着解家明说，“回你屋里去。”

“良易哥，到底有没有联系上？”

“联系上了，她一直在沈家老宅。”魏良易配合着解汉钢。

“吓死我了，你刚才骗我干吗？”

“你爸不是怕你出去找她嘛，故意让我说的。”

“我知道了。”单纯的解家明说完就回自己的卧室了。

“这孩子。”解汉钢无奈地摇头苦笑了一声，然后举起酒杯，“良易，咱俩再喝一杯。”

魏良易举起酒杯刚准备喝，电话突然响了，拿起来一看是宫玥打来的。

“师父，有点儿急事儿先走了。”魏良易挂了电话就朝着门外走去。

解汉钢意味深长地看着魏良易离去的背影，嘱咐道：“良易，喝酒了别开车。”

“我打车。”魏良易转身说。

8

废弃厂房爆炸的消息是宫玥叮嘱魏小蔓的时候被苏诺听到的。

当时苏诺去洗澡了，有职业病的宫玥拿着手机正在看废弃厂房爆炸的新闻时，被魏小蔓看到了。宫玥正在叮嘱魏小蔓不要让苏诺知道，却被洗完澡出来的苏诺听到了。苏诺发疯般往外跑，魏小蔓和宫玥怎么拦都拦不住。

宫玥见拦不住，就开车和魏小蔓陪着苏诺去爆炸现场了。

苏诺到了爆炸现场的时候，厂房还冒着一些淡淡的烟气，消防车正在撤离现场，刑侦警察正在等待热气消散，勘察现场。

苏诺从车上下来就朝着已经成为废墟的厂房拼命地跑去，要不是韩洋及时拦住她，就要冲破了警戒线。

“沈遇呢？沈遇在哪里？”苏诺焦急地问。

“我们还没找到沈先生。”韩洋说。

“那怎么还不找呀。”苏诺失魂落魄地说完又要往里冲，“我要去找，我要去找沈遇。”

“苏诺，你不能进去。”韩洋说。

苏诺突然失声痛哭起来：“我要找沈遇，我要找到沈遇。”

魏小蔓见苏诺情绪失控，抱住苏诺安慰道：“诺，沈先生会没事的。”

苏诺抱着魏小蔓哭，看着眼前已经沦为废墟的厂房，她脑海里一直浮现着最后和沈遇在厂房里相守的一幕。

沈遇为了熄灭蜡烛救出苏诺，几经尝试依然无法站起来后，便让苏诺和他慢慢地移到墙壁前，然后不断地用墙壁摩擦绑着自己的绳子，磨得双手血肉模糊，都不曾停下来。

“这样不行，你的手都流血了。”苏诺看到鲜血从沈遇的手腕手背上淌下来。

“很快就能磨开了。”沈遇不停地磨着绳子。

苏诺用力地挪动身体想要制止：“我们还有别的方法。”

“你相信我，很快就会开了。”沈遇依然坚持着。

血从沈遇的手上不停地往地上淌着，苏诺看着特别心疼，挣扎得更厉害了：“这样你的手会坏掉的，我们再试试能不能站起来。”

“苏诺，你不要再动了。绳子马上就要开了，这样我们就能出去了。如果我们死在这里，我没有办法向苏教授和苏太太交代。”

苏诺深知自己无法制止沈遇，便把头别了回来，她听着沈遇的手、绳子在墙壁上摩擦的声音，眼泪止不住地流。

沈遇的手被磨得都露出了骨头，终于把绳子磨断了。他像是忘记了疼痛，快速地把绑着自己的绳子解开，又给苏诺解绑。

“苏诺，我们已经没事儿了。”

苏诺看着沈遇血肉模糊的手，哭着脱下外套：“我给你包一下。”

“我先把蜡烛熄灭。”沈遇说着站起来，然后跳起身子把蜡烛吹灭了。

蜡烛熄灭，房间里只剩下几束光从小窗里射进来，房子里一下变暗了。

“我给你包扎一下。”苏诺说着走到沈遇面前，凑着微弱的光，轻轻地托起沈遇的胳膊，“你忍着点儿。”

沈遇从来没有被一个成年女性这样关怀过，看着苏诺用衣服裹着自己血肉模糊的手，有一丝莫名的温暖，这种感觉他说不出来，因为他从未有过这种感觉。

“一会儿你出去了，要拼命地往外跑。”

“那你呢？”

“我手受伤了，爬不上去，就等你叫人来救我了。”

“这里都被封死了，我怎么出去？”苏诺一脸困惑。

沈遇看着那扇被破木板钉死的小窗说：“我一会儿把你举起来，你用肘部把木板顶开。”

苏诺点了点头。

“你现在能背出来谁的电话号码？”

“小蔓、良易哥、腾乾叔叔，还有……”苏诺思考着。

沈遇打断苏诺的话：“你出去后，一定要用力跑，跑远了遇到人，就借人电话联系小蔓，让她来接你。”

“为什么不给良易哥打电话呢？”

“你听我的就对了。这个时间，小蔓应该已经开始在报社上班了，她一定会让宫玥陪着来接你。你在电话里一定要嘱咐小蔓，只有接到你才能给魏良易打电话，再让他派人来救我。切记一定要让他去宫玥家接你。”沈遇怕魏良易和解汉钢在一起，这样苏诺就会有危险，自己也会有危险。

“好的。”

“见到他，你就告诉他，把我们关在这里的人是他师父。”

“好的，我知道了。”苏诺说着，在沈遇的手上轻轻打了一个结，“好了。”

“那我举你出去。”沈遇说着走到小窗下，然后蹲了下去。

苏诺骑在沈遇的脖子上，沈遇扶着墙慢慢地站了起来，然后苏诺按照沈遇教给他的方法，把那块破木板顶开了。

“记住，跑远了再借电话。”沈遇见苏诺打开了破木板，抱住苏诺的腿，努力往上举着。

“嗯，我知道了。”苏诺点头。

苏诺爬到了窗户上，不由得侧头看了一眼沈遇。沈遇抬头望着她，那张棱角分明的脸上露出了一种欣慰而又满足的笑容，那是她记忆中鼎恩的笑容。

“我应该叫你鼎恩，还是沈先生？”

“叫我沈遇吧。等我出去了，给你讲沈遇的故事。”

“你是沈遇了，那我们就是新的好朋友了。我可以重新给你三次走散的机会。”

沈遇笑着点头说：“快去吧。记住我刚才说的话，一定要跑远了再借电话。”

苏诺点了点头：“我在宫玥姐家等你。”

“沈遇是鼎恩。他没有杀害我爸妈，是我错怪了他。”苏诺泣不成声。

这时候魏良易来了，看到苏诺抱着魏小蔓在哭泣，便把宫玥叫到了一旁。

“不是嘱咐过你吗？”

“当时我们没有注意。”

“你们啊。”魏良易很无奈地说道，看到韩洋走了过来。

“什么时候开始检查现场？”魏良易问韩洋。

“还需要等一段时间。”

“一定要找到沈先生的尸骨。”

9

魏良易怕一会儿找到沈遇的尸骨，苏诺受不了，一直劝苏诺先回去。但苏诺怎么都不肯离开，一直在现场等着，她活要见人死要见尸。

清扫完爆炸现场，并没有找到沈遇的尸骨。

如果沈遇还活着，他现在在哪里呢？这是苏诺的疑惑，同时也是魏良易的疑惑。

苏诺觉得沈遇有可能被解汉钢转移了。但魏良易并不这样以为，凭多年的办案经验和对解汉钢的了解，解汉钢不可能转移沈遇，如果真转移了他，沈遇也会凶多吉少。所以，魏良易更相信沈遇是自己跑了出来。但让他费解的是，如果沈遇跑了出来，为什么不来找他呢。

这种假设推测，在魏良易的脑海里都是一闪而过的念头，因为他当下最紧要的任务是撬开老幺的嘴，从中查证线索，一点一点地解开这团乱麻。

魏良易又对老幺进行了一夜的审问，老幺依然一口咬定是自己干的。

已经连续两天两夜没有睡觉的魏良易吃完早餐，刚准备再进审讯室继续审问老幺的时候，手机突然进来一个陌生的电话。

魏良易接起电话，还没开口，听筒里就传来声音："魏警官，我是沈遇。"

"沈先生？你在哪里？"魏良易惊讶不已。

"我正准备去你师父家，我找到了你师父的作案动机。我们在你师父家小区集合吧。"

沈遇还活着，原来他这一天一直在寻找解汉钢的作案动机。废弃的厂房爆炸，只是沈遇自导自演迷惑解汉钢的一出戏。

"好。你多长时间能到？"

"一个小时左右。"

"那我们一小时后见。"魏良易挂断电话，就带人去了解汉钢家。

魏良易想先于沈遇到达，他依然想让解汉钢自首，而不是亲手抓自己的师父。

魏良易到了解汉钢家小区内，让所有的队友在楼下等着，他独自上楼敲响了解汉钢家的门。

"良易来了。"解汉钢看到门外的魏良易说。

魏良易强挤出一丝微笑："家明在家吗？"

"不在家，我一大早就让他回学校了。"

"师父……"魏良易刚要开口就被解汉钢打断了。

"良易，你昨天给我带的酒还剩下半瓶，今天不喝就散味了，今天咱爷俩把它喝了吧。"解汉钢说完就去把酒取了出来，"没有菜了，就干喝吧。"

魏良易点了点头。

"良易，喝完酒，我就跟你走。"解汉钢斟着酒。

"师父……"魏良易一把夺过酒瓶。

"师父不让你为难，喝完就和你走。"解汉钢笑着说。

“您为什么昨天不去找我呢？”魏良易失落地问。

“需要处理一些事情。”解汉钢洒脱地端起酒杯喝干了，“良易，把酒给我倒满。”

魏良易给解汉钢倒上了酒。

解汉钢又端起酒杯一饮而尽。“这些年我不和你聊案子，并不是我自私，而是我觉得我不配。今天所有的事情即将水落石出了，咱爷俩就从十年前的案子聊起吧。反正我也不想让别人审我，跟你聊这个案子，也算是我坦白了。”解汉钢说着看到魏良易的眼眶开始湿润，他知道这是魏良易对自己的失望，也是对自己的不舍，“我知道，现在是你最不想和我聊案子的时候。那师父就主动跟你交代吧。十年前，是我杀了苏教授和苏太太。”

魏良易端起酒杯很郁闷地喝了一杯：“我不明白，您为什么要杀苏教授和苏太太呢？”

“因为家明。当年家明要死了。你师母曾经说过很多次，说家明死了她也不活了，所以我不能让家明死。一次偶然的机会，我知道了鼎恩，也就是现在的沈遇。他成了唯一让我觉得家明能活下的希望。我本来只是想让鼎恩帮助我的，但他却走了。”

“所以，您杀了苏教授和苏太太。”

“苏教授和苏太太的死只是一个意外。我并不想杀害他们，我只是想让鼎恩留下来。”解汉钢说着轻叹了一声，“但这件事被你师母知道了，眼看着家明就要死了，你师母受不了良心的谴责，就自杀了。”

“为什么要这样呢？为什么这么极端？后来家明不是治好了吗？”

“如果我能预知未来，我们今天还会这样坐在这里吗？你师母还会死吗？一切都是宿命，我认了。”解汉钢眼中闪过一丝无奈。

“所以您一直用各种办法，包括杀害沈老先生，只是为了让沈遇离开江州，不让东窗事发，对吗？”。

“是的。”

“老幺是您安排他自首的吗？”

“是的。”

“他为什么会这么听您的？”

“因为他真的是杀人犯。”

“真的杀人犯？”魏良易感叹，“他杀了谁？”

“他没有在江州犯案，是在B市。我已经给B市的刑侦队打电话报案了，这算是我这些年做的最有良知的一件事了。”

“B市？”魏良易思考了起来，“您用这个案件威胁他，让他去帮您自首，来干扰我的判断。”

“对。然后等着我下一步棋布好后，他就会翻供。因为你们没有直接证据证明他和苏教授的案件有什么关系，所以必须放了他。一个和自己没有关系的案子，和一个真和自己有关系的案子，加上我给了他丰厚的酬劳，他没有别的选择，只能去自首。”解汉钢说着喝了一口酒。

“如果这一切都没有发生，您下一步棋是什么？”

“下一步棋就是让沈遇去死。但就是这一步让我出了差错。”

“师父，您真不该一错再错。”魏良易很心痛。

“其实这些年我心里并不好受，时刻都在受良心的谴责，总是有去自首的冲动。但家明还没毕业，我本来想等他毕业后去自首的。”解汉钢说着苦笑了一声，“我知道家明不会原谅我的。你替我告诉家明，是我害了他母亲，让他的人生如此不光彩。”

就在这个时候，魏良易的电话响了起来，是局长打过来的，命令他带着解汉钢下来。挂了局长的电话，魏良易和解汉钢来到窗前，往下一看，小区里布满了警力，局长也在楼下。

“良易，看来我的老队长怕你犯错误会对我网开一面，亲自上阵了。”解汉钢笑了起来，“这酒我们就喝到这里吧。如果还有机会出来，咱爷俩再接着喝。不过师父在跟你下去之前，求你一件事儿。”

“什么事儿？”

"把你的枪借给我。"

"师父，您要干什么?

"我这一去，不知道什么时候才能再去陵园看你师母了。我想在进去之前，去看看你师母。我要是队长，肯定不会让你这样做，现在只能求你当一下我的人质了。"解汉钢真诚地望着魏良易，"你能帮师父完成这个愿望吗？"

看着解汉钢乞求的目光，魏良易无法拒绝，因为从他叫解汉钢师父那一刻起，从来都没有见过解汉钢用如此卑微的目光和他对视过。魏良易决定完成师父失去自由前的最后一个愿望。

魏良易作为人质，被解汉钢用枪指着脑袋从楼里走了出来。局长看到这样的状况，并没有下命令让警员有所动作，而是和解汉钢对起了话。

"老解，你不要再错上加错了。"

还没等解汉钢开口，魏良易却说话了:"局长，我师父没有别的要求，就是想在进去之前，去我师母的墓前和她说说话，你就满足他吧。"

"魏良易，你太让我失望了。我就怕你这样做才过来的。你这样做，是害你师父知道吗？"

"老队长，好久不见了。我们这一别，不知道什么时候才能再见，我在这里跟你说声对不起，是我辜负了你的期望。"

"老解，你把枪还给良易，你先跟我走。"

就在局长劝说解汉钢的时候，解家明突然冲了进来，看到爸爸用枪指着魏良易，大喊了一声："爸！"

解汉钢看到站在不远处的解家明，惊诧地问："你怎么回来了？"

"爸，你这是怎么了？"解家明哭着喊。

"家明，爸爸对不起你……"解汉钢说着突然情绪激动起来，熟练地打开了枪的保险，"你们把我儿子拉走！我不想让我儿子看到我狼狈的样子，把我儿子拉走！"

局长看到解汉钢情绪如此不稳定，连忙让人去拉解家明。

解家明一边挣脱一边号叫着："爸，你这是怎么了？！爸，你告诉我这是怎么了？！"

解汉钢看着解家明被两名警察拉走的时候，眼泪瞬间夺眶而出，大声喊道："儿子，如果下辈子还能做你爸爸，我一定会好好补偿你！"

解汉钢的话音还没落，就迅速把枪口对准了自己，叩响了扳机。

猝不及防的枪响，让魏良易彻底蒙了，他呆呆地站着，解汉钢的身体缓缓地从他身上滑落，最后倒在了地上。

解家明看到自己的爸爸倒在了血泊里，挣脱开警察，迅速跑过去跪在地上，把解汉钢抱在了自己的怀里，嘴里不停地喊着爸爸。

就在解汉钢自杀没多久，沈遇走进了解汉钢家的小区，看到自杀的解汉钢倒在血泊里，早已透支的身体瞬间像被抽空似的晕倒在了地上。

第八章

你在我面前的时候，
我已经开始思念，
因为我知道你即将离去

1

沈遇在病房里睡了两天。

这两天里，苏诺一直在病房里守着，寸步不离。自从知道沈遇还活着的那一刻起，沈遇在废弃厂房说自己会离开江州的话便一直在苏诺耳边缭绕，挥之不去。她怕沈遇突然醒来后离开江州，从她的生命里消失。

沈遇是在第三天早上醒来的。当时苏诺正趴在床边睡觉，她感觉到沈遇在翻身，睁开眼看到沈遇正在看着她。

“你醒了？”看到沈遇醒来，苏诺欣慰地笑了。

“我睡了多久？”

“三天了。”

沈遇看到苏诺的脸色并不好，就知道她这三天并没有好好休息，心疼地说：“去休息一会儿吧。”

“我没事儿。”苏诺说，“你渴吗？”

“不渴。”

“你饿吗？”

“不饿。”沈遇说，“你去睡一会儿吧。”

就在这时，魏小蔓拎着早点突然推门而入，嘻嘻笑着说：“沈先生，苏诺是不舍得休息的。她怕你离开江州。”

“小蔓。”看着走进来的魏小蔓，苏诺有些难为情。

“我说的不是事实吗？沈先生，你不知道，苏诺在不知道你还活着之前，简直每天以泪洗面，碎碎念地说你是她好朋友。”魏小蔓口无遮拦地说着把早点塞给了苏诺，“吃点吧。吃饱了，才能好好地看着你的好朋友。”

苏诺被魏小蔓说得更加难为情，把早餐放到了桌上，拎起水杯说：“我去打水。”

“我给你买了豆浆。”

“我就想喝水。”苏诺说完就走出了病房。

“沈先生，你真的是那个鼎恩吗？”苏诺走出病房后，魏小蔓端详着沈遇，“不过你放心，我哥嘱咐过我，我是不会告诉别人的。”

“谢谢。”沈遇无奈地笑了笑，“也谢谢你对苏诺的照顾。”

“谢什么呀，我们都是苏诺的好朋友。不过咱们唯一的区别就是，苏诺不用担心我会离开江州，会离开她。”魏小蔓忙问，“沈先生，你什么时候离开江州？”

沈遇不知道怎么回答。

魏小蔓见沈遇没有说话，又说：“沈先生，苏诺在医院照顾你这两天，是我见过她最放松的两天，我能看出来你对她真的很重要。苏诺说你在她面前的时候，她就已经开始思念，因为她知道你即将离去。所以，你知道为什么她不去休息了吗？她心里想着，能跟你多待一刻就多待一刻。”

沈遇是必须离开江州的，告别是他的宿命，只是这次即将来临的告别让他最为不舍得。就像苏诺告诉魏小蔓的一样，你在我面前的时候，我已经开始思念，因为我知道你即将离去。告别已经让人痛苦，但已经知道时间的告别更让人痛苦。

“你以后替我多照顾照顾苏诺。”沈遇听到魏小蔓的话有些伤感。

这时，打水回来的苏诺推门进来，让沈遇和魏小蔓终止了刚才的话题。

“苏诺，赶紧吃早饭吧。”沈遇说。

“好。”苏诺满足地点着头说，“你不吃吗？”

“我现在没什么胃口。”沈遇说。

苏诺边吃早点边看书，她看的是一本菜谱。她要等沈遇出院后，照顾生病的沈遇。就在苏诺认真看菜谱的时候，魏小蔓突然“呀”的一声跳了起来，把苏诺和沈遇都吓了一跳。

“怎么了？”苏诺看向魏小蔓。

“我忘了跟你说了，家明要离开江州了。”魏小蔓说。

“离开江州？家明要去哪里？”沈遇问。

“要出国，他爸在死前都给他安排好了。苏诺，我哥让我告诉你，你可以去送送家明，他这次离开可能就不回来了。”

“算了。”苏诺逃避地低头吃着早点。

沈遇看出来苏诺对解家明有些排斥，劝说道：“去送送家明吧，家明是无辜的。这个时候，对家明而言，任何人的关爱都不及你的出现。”

苏诺听话地点了点头：“好。”

2

苏诺到了机场大厅，看到魏良易正在看着解家明形单影只地排队等待安检。

突然的变故，对解家明的打击特别大。他那本就消瘦的身躯这两天看上去更加单薄了。

"良易哥。"苏诺走到魏良易身边打招呼。

魏良易见苏诺来了，忙冲着解家明喊："家明！"

解家明听到魏良易叫他，转过身看到一旁的苏诺，脸上瞬间露出了纯真满足的笑容。

"苏诺学姐，你怎么来了？"解家明从队伍里退出来，来到苏诺的面前。

"我来送送你。"

"你们聊，我去外面抽支烟。"魏良易说完就朝着大厅外走去了。

"苏诺学姐，谢谢你能来送我。"解家明笑着，但能看得出来解家明的笑容里带着一丝歉意和愧疚。

"以后就是你一个人了，你要照顾好自己。"

解家明点了点头："我替我爸跟你说声对不起。我本来还能喜欢你，但现在连喜欢的资格都没有了。"

"家明，有一天想回来了，还是回来吧。"苏诺岔开解家明的话。

"好。"解家明眼里满含不舍，"苏诺学姐，我能抱抱你吗？"

苏诺知道这是家明在和他自己一直痴迷的感情告别，便张开双臂主动拥抱了解家明："我和小蔓一直都是你的学姐。"

"谢谢。"解家明抱着苏诺，"苏诺学姐，你也要照顾好自己。"

就在苏诺和解家明相拥告别的时候，机场广播响起了催促解家明登机的消息。

"苏诺学姐，我走了。"解家明松开苏诺，拉起行李箱朝着安检口走去。

苏诺看着解家明通过安检，消失在安检大厅，便走出了大厅，向正在门口抽烟的魏良易走了过去。

"良易哥，家明走了。"苏诺怅然若失。

"苏诺，谢谢你来送家明。"魏良易抽着烟。他脸上的表情很复杂，有轻松，又有失落。

“沈遇说家明是无辜的。”

“是啊，家明是无辜的。”魏良易轻叹了一声，“沈先生醒了？”

苏诺点了点头。

“那我去看看他。”

3

回到医院，苏诺一直被沈遇催促着去休息，但她一直不肯。

“我答应你，暂时不离开江州还不行吗？”沈遇担忧苏诺的身体，留下的决定脱口而出。

“真的吗？”苏诺兴奋地问。

“我在这儿帮你看着呢，有我在他也跑不了。”魏良易说。

“就是，我哥看着呢。再说他这样，能跑哪儿去。”魏小蔓说。

苏诺被说服了，便跟着魏小蔓走出了病房。

“家明走了？”看着苏诺和魏小蔓走出病房后，沈遇问魏良易。

“走了。”魏良易轻叹了一声，“案子也都结束了。”

“案子结束了？”沈遇疑惑地看着魏良易，“你抓到真凶了？最后的凶手是谁？”

“什么抓到真凶？什么最后的凶手是谁？我师父他都已经认罪了。”魏良易不解地问。

“你师父认什么罪？”沈遇惊呼，“你师父并不是真凶啊！”

“什么？我师父不是真凶？”魏良易惊讶不已。

“你给我讲讲，你师父到底跟你说了什么？”沈遇一脸严肃。

就在魏良易给沈遇复述解汉钢所说的话的时候，苏诺和魏小蔓走出了住院部的大楼。

一走出大楼，苏诺看到韩洋竟然靠在一辆车上。韩洋看到苏诺和魏小蔓一块儿走出来，像是做了什么见不得人的事似的，匆忙地往车里钻。

“韩洋，你躲什么呀？”魏小蔓见韩洋往车里钻，叫住了韩洋。

“我这不是看到你们来，给你们开车门吗？”韩洋尴尬地回答。

“还挺有眼力见儿。”魏小蔓满足地挎住了韩洋的胳膊。

苏诺看到魏小蔓挎着韩洋的胳膊，有些不知所以然，疑惑地问：“你们这是？”

“苏诺，我郑重声明一下，韩洋已经被我拿下了，他已经是我的人了。”魏小蔓一脸幸福。

“什么情况？你们俩谈恋爱了？”苏诺大跌眼镜。

魏小蔓点了点头。

“什么时候的事呀？”苏诺替魏小蔓高兴。

“你还记得导师让我们去修改论文那天吗？不是有两个女生跟我比看到帅哥走不动道吗？韩洋不是揽住我的肩膀，说我是他的女朋友吗？”魏小蔓回忆起那天的事，脸颊上泛起一阵红晕。

“啊！那天你们就好上了？”苏诺惊呼。

“没有，没有。昨天，昨天问他那天说的话算不算数。他支支吾吾地不说话，我就像今天这样挽住了他的胳膊，然后他抽出来揽住我的肩膀。”魏小蔓说着小鸟依人地依偎到了韩洋的怀里，“我们就这样了。”

韩洋尴尬地笑了笑。

“韩洋，以后我们家小蔓就交给你了，你不准欺负她。”

“苏诺，你看我像能欺负她的人吗？”

“那倒是。小蔓，你以后少欺负人家韩洋。”

“哪舍得啊，他可是我的真命天子。”

看着魏小蔓和韩洋幸福的样子，苏诺调皮地说：“那我就占用一下你们俩的美好时光，烦请送我回去休息吧？”

在韩洋开车和魏小蔓送苏诺回沈家老宅的时候，魏良易把那天在解汉钢家发生的事情全部告诉了沈遇。

“魏警官，你糊涂啊。”沈遇听魏良易讲述完，哀叹道。

“到底怎么回事儿？”魏良易越来越费解。

“我那天不是给你打过电话，让你等着我吗？你为什么非要私自前去呢？我非要陪着你去，就是怕出现今天的局面。你师父并不是真凶，当年他只是利用职务之便，让真凶一直逃之夭夭。”沈遇说。

“真凶逃之夭夭？我师父为什么这么做呢？”魏良易不懂。

“因为他不想让你师母的名誉受损。”

“真凶是我师母？”

“也不是你师母。”沈遇若有所思。

“那我师父为什么怕我师母的名誉受损呢？”

“你师母当年并不是像你师父说的那样，因为发现你师父杀害了苏教授和苏太太而自杀的。”

“那我师母为什么自杀呢？”

“这些只是我的推测。那天我就是想去和你师父对质的。”沈遇有些失落地说，“你师母自杀，有可能是因为家明，当年家明的病情已经恶化到生命倒计时了。这个时候，苏教授和苏太太都出了事故，你师父当年正在全力调查这起事件，真凶怕被你师父查出什么，就把我的身份告诉了你师母，告诉你师母如果破解我身体的秘密，家明就能得到救治。当然，这些只是真凶把我的身份暴露给你师母的说辞。当年你师母觉得家明的生命已经无力回天了，但我这根稻草让你师母燃起了家明能活下去的希望。我想你师母知道肯定劝说不住你师父放弃查真凶，便以自杀胁迫他放过真凶，这样才能救家明。但现在这些已经没有办法考证了。”

“你有什么依据？”魏良易不愿意相信沈遇的推测，如果沈遇的推测是真的，那他就成了逼迫师父自杀的罪魁祸首。因为只有师父自杀，才能保住师母的清白，而且这样真凶就能逍遥法外了。

“我也没什么依据。”沈遇其实是有一定依据的，他从废弃的厂房里逃出来之后，去了当年解家明被救治的医院。他从当年的护士那里得到了一些关于解家明妈妈的碎片化的信息，但现在他觉得没有必要和魏良易较真这件事情了，毕竟解汉钢一死，线索便全部断了。

“自从你回到江州后，围绕苏教授和苏太太的案件衍生出来的案件，都是我师父一个人做的，威胁你、威胁苏诺都是我师父做的。”魏良易说。

“魏警官，有可能是我想多了。”沈遇不想再给魏良易增加苦恼。

4

沈遇是在第五天出的院。

在这两天里，魏良易一直很矛盾，他试图说服自己师父并不是为了维护师母的名声而自杀，又担心自己失职让真凶逍遥法外。为此他又重新调出了当年苏教授、苏太太的案宗，还拜访了几位当年参与调查苏教授和苏太太案件的老警察。像以前那样，他并没有从当年的案宗里找到解汉钢参与过案件调查的记录。然而，当他拜访其中一位退休的老警察的时候，老警察认真地回忆，当年解汉钢的确参与过苏教授和苏太太案件的调查，但后来因为家里突发变故，他就退出了调查小组。

老刑侦的话让魏良易更加相信沈遇的推测了。

在把沈遇从医院接回沈家老宅后，趁着苏诺去楼上放东西时候，魏良易把自己的调查结果告诉了沈遇。

“沈先生，这两天我拜访了曾侦办过苏教授苏太太案件的一位老刑侦，他说我师父当年曾参与过苏教授苏太太的案件。”

“魏警官，你不要为难自己了。那只是我的推测，没有经过证实。”

“那我就证实证实。如果真是这样，我不能让真凶就这样逍遥法外。”

“如果真是像我推测的那样，真凶是不可能有动作了，因为他现在已经绝对安全了。”沈遇说。

“如果真是你推测的那样，总会有什么线索的。”魏良易像是说给自己听又像是说给沈遇听，“我走了。”

“不留下吃饭吗？”

“不了，回队里处理一些事情。”魏良易说着像是想起了什么，“对了，我就不派人保护你了。”

“不用了。以前我一直以为这一切都是针对我，后来我才知道这一切只是在掩盖真相。如果真凶另有其人，他在我这次回到江州后，根本没有做过任何动作，现在不会，以后更不会。”沈遇说完像是想起了什么，“想请魏警官帮个忙。”

“沈先生请说。”

“帮我找找我母亲的信息吧。现在案件算是告一段落了，我得开始寻找我的身世了。”

“好，我会帮你打听着。”

“谢谢魏警官。董伯现在怎么样？”

“精神还不错。要去看看他吗？”

沈遇其实想去看看董伯，但想了想还是放弃了，因为他怕董伯不想面对自己，“算了。”

魏良易刚离开沈家老宅，苏诺就从楼下欢快地下来了。再次回到沈家老宅，苏诺觉得这里完全没有了陌生感，因为她觉得这里是鼎恩的家，完全没有必要再像以前那样拘束、矛盾、纠结。

“良易哥走了？”苏诺问。

“走了。”

“你现在是病号，你想吃什么，我给你做。”苏诺心情愉悦地问。

“我算什么病号，就是睡眠不足导致的昏厥而已。”

“那也是病号啊。说吧，想吃什么，我给你做。”

“你做饭再把厨房给点了，还是算了吧。”

“我这两天看了很多菜谱，不会出现你说的那种情况的。”

“要不你给腾乾打个电话吧，我想约他吃个饭。”

“腾乾叔叔认出来你怎么办？”苏诺担心地说。

“没事儿。我约他吃饭，就是想告诉他我的真实身份。”

苏诺给腾乾打了电话，接电话的却是顾夏，顾夏让苏诺带着沈遇直接去家里。

到了腾乾家里，才知道腾乾病了。他整个人看上去特别憔悴，精神也很恍惚。沈遇和苏诺的出现，对他而言就像是不存在，只是静静地坐在沙发上望着窗外发呆。

“腾乾叔叔这是怎么了？”见腾乾这样，苏诺把顾夏拉到一旁问。

顾夏哀叹了一声，看着沈遇突然泪如雨下：“你腾乾叔叔自从见到沈先生，精神一天不如一天。开始只是失眠，慢慢地开始做噩梦，总是成宿成宿地不敢睡觉，有一天等我醒来就成这样了。”

“见沈遇怎么会这样呢？”苏诺不解地问。

“那天你腾乾叔叔回来，就开始质疑一切。嘴里总是念叨沈先生不可能是鼎恩，但他觉得沈先生就是鼎恩。他一直和自己较劲。”

“为什么不送腾乾叔叔去医院呢？”苏诺看着呆呆的腾乾，心疼地说。

“送了。他在医院里不吃不喝，医生建议在家里治疗，医生定期来家里给他检查。”

苏诺和沈遇本来是找腾乾吃饭的，但看到腾乾这样，只陪着腾乾坐了一会儿便离开了。

“腾乾一点儿都没有变，对自己的研究学科还是那样执着。”出了腾乾的家门，沈遇自责了起来，“要知道这样，我就应该早告诉他，他就不会变成这样了，我总是害人不浅。”

“如果我们能预知未来，世间悲伤的事情就不会这么多了。”苏诺也很伤感。

“你以后多来看看腾乾吧。”沈遇愧疚地说。

苏诺点了点头说：“我会多来看腾乾叔叔的，你不要愧疚了。”

走出腾乾家的小区，苏诺就接到了魏小蔓的电话，魏小蔓叫她去吃饭。

苏诺知道魏小蔓叫自己吃饭，韩洋肯定也在场。换作别人让自己做电灯泡，她肯定会婉言拒绝，但她不能拒绝魏小蔓，因为自己即便不去，魏小蔓也会拉着韩洋来到自己面前秀恩爱的。

当电灯泡这事儿多少有点儿尴尬，所以苏诺想让沈遇陪着自己去。但她又怕沈遇拒绝，挂了魏小蔓的电话，便委婉地问沈遇的意见。

“小蔓叫我去吃饭，你说我去吗？”

“去呀，为什么不去呢？”

“韩洋也在呀。”

一听苏诺这样说，沈遇善解人意地说：“我也需要吃饭啊，我陪你去。”

“好咧。”苏诺高兴地说完就伸手拦出租车了。

5

在苏诺和沈遇去找魏小蔓的时候，顾夏也开着车去了郊区刘西文的住所。

刚刚睡醒的刘西文打开门看到顾夏站在门外，瞬间精神了起来：“你来了？”

“刚睡醒？”顾夏走了进去。

“没什么事，就睡了一会儿。”刘西文关上门，“你吃饭了吗？”

“我吃过了。”顾夏说着穿过院子走进房间，“今天鼎恩去我家了。”

“去你家了？他去你家干什么？”

“说是约腾乾吃饭，应该是想和腾乾摊开自己的身份吧。”顾夏说着坐到了沙发上。

“他再怎么折腾咱们也不用怕了。那个知道我们身份的解汉钢已经死了，而且他把所有的罪名都揽到了自己身上。那件事情只有‘天知地知，你知我知’了。”刘西文坐到顾夏对面兴奋地大笑起来。

“我不这样认为，我觉得一定还有人知道。难道你不疑惑解汉钢为什么要把不是他做的事情揽到自己身上吗？”

“我打听清楚了，他是为了维护亡妻声誉才这么做的。”

“他的亡妻并没有参与我们的事，她是怎么知道的呢？”顾夏不解地问。

听顾夏说完，刘西文神色突然慌张了起来：“当年你是怎么知道鼎恩的身份的？”

这个问题顾夏从来没说过，刘西文也没问过。刘西文只想让顾夏知道自己爱她爱得可以一无所知。

“我是无意中听到的啊。”

“无意中听到的？你还记得当年的情景吗？”

“当然记得。”顾夏说完整理一下思绪，便把当年的情景告诉了刘西文，“2006 年的 3 月，面临毕业找工作，我开始给各种单位发简历，随后收到了很多面试 offer，其中一个 offer 就是腾乾导师的实验室招一个助理，我就去面试了。腾乾的导师面试完我，说让我回去等消息。我从他们实验室离开没多久，发现我的雨伞落在实验室，回去取时，在门外听到了鼎恩和腾乾导师的对话。面对这样一个可以青春永驻的人，我想任何一个女人都会为之心动，更别说我是一个学医的女人了。”

听完顾夏的讲述，刘西文更加疑惑了，像是喃喃自语，“你确定你没告诉解汉钢的妻子吗？”

“我怎么可能会告诉一个警察的妻子呢？再说在这之前我根本不知道解汉钢是谁。”顾夏也陷入沉思。

“那好玄妙啊？这到底是怎么回事儿呢？”刘西文也很费解。

“西文，这正是我这次找你的原因。”

“夏，你不用怕。我一定会搞清楚是怎么回事的。”刘西文安慰起了顾夏。

“事到如今，我已经没什么可怕的了。我想说的是，为了安全，我们暂时不要见面，也不要联系了。”

刘西文听到顾夏说不要见面也不要联系，便有些受不了，激动地说：“我可以不见你，但我不能不联系你啊。现在事情还在我们可控的范围内，如果真的还有人知道我们当年做的事情，他要揭发我们，早就揭发了，所以我们是安全的。”

“西文，我们只是暂时不见，也只是暂时不联系。”顾夏见刘西文情绪激动，连忙安慰。

“不能暂时。我受不了长时间不见你，不联系你。”刘西文说着扑过去抱住了顾夏。

“西文，你不要这样！”顾夏用力推开刘西文，“你再这样，我生气了！”

“对不起，对不起。我没有控制住自己。”刘西文见顾夏有些生气，连忙道歉。但道歉完突然把头埋下去，痛哭起来，“你应该停止对腾乾用那些治疗抑郁的药，让他的精神一点儿一点儿地好起来。这样你就不用照顾他了，他也就不会耗着你了。这样我就能见到你了。”

没错，腾乾现在精神出现问题，而且越来越糟糕，完全是因为顾夏过量地给腾乾食用治疗抑郁的药。在解汉钢没有自杀之前，顾夏一直担忧自己暴露了，会遭到腾乾的怀疑。她不想让腾乾怀疑自己，她以腾乾疑惑沈遇的身份为借口，劝说他去看心理医生，然后开始给腾乾过量食用医生开的药物。

“西文，我真的是怕咱们出问题。难道你真的想看到那样的局面吗？”

“不想，就算我死，我也不会让你出事的。”

“那我们暂时不联系，不见面好吗？”顾夏像哄孩子似的哄骗着刘西文。

“好。”刘西文点了点头。

“那我走了。”顾夏说着整理了一下刚才被刘西文抓皱的衣服，起身离开。

刘西文看着顾夏离去的背影，内心感到一阵悲凉：“夏，我什么时候才能联系，才能见到你呢？”

“我会联系你的。”顾夏转过身来。

“那我等着你。”刘西文的声音充满悲伤。

“很快就会过去的。”顾夏说完就走了。

刘西文整个人像被抽走灵魂似的看着那扇半开半关的门，喃喃自语道：“夏，我才是最爱你的那个人，我才是那个可以把一切都给你的人。你现在为腾乾做的一切都是不值得的，我会拼尽所有，把你想要的东西拿给你。”

6

就在顾夏从刘西文的住所返回市区的时候，苏诺、沈遇、魏小蔓、韩洋刚刚吃完饭，准备离开餐厅。

“一会儿我和韩洋去看电影，苏诺你去吗？”魏小蔓问。

“不去了。”苏诺说着看向沈遇，“他刚出院，该回去休息了。”

“沈先生又不是老头……”魏小蔓说完意识到不妥，“沈先生这么年轻，比我们家韩洋都看着结实，你不用担心你这个好朋友。”

“主要是做你们俩的电灯泡太累。你不光要我们亮，还要亮出五光十色，时刻配合你们俩的一举一动。”苏诺嫌弃地看了魏小蔓一眼。

“我这是初恋，你不看谁看呀。我也有虚荣心的好不好。明星恋个爱，就要闹得满城风雨，我只能让你当见证者了，你还不满足我。”魏小蔓见苏诺依然没有想去的意思，便转向了沈遇，“沈先生，你就不想多陪陪你这位多年不见的朋友吗？你虽然年纪很大，但实际上就是年轻人呀。你应该和我们年轻人在一起，做和自己模样匹配的事情，而不是和年龄相应的举动，这样才显得充满朝气。”

“朝气就算了，我朝气不起来了。你就用人未老心已衰来形容我吧。”

“沈先生，你真够没劲的。你说不定哪天就离开江州了，你应该多陪陪苏诺呀，这样才对得起你们的友谊。”魏小蔓口无遮拦地说完，才注意到本来很开心的苏诺和沈遇表情都凝重了起来。

沈遇暂时不离开江州，这是苏诺和沈遇都不愿意触及的话题，此刻却被口无遮拦的魏小蔓挑明了。

魏小蔓意识到自己又说错了话，便赶紧说：“好好，你俩不去，那我就和韩洋走了。”

“要不我们也去吧，回去也没什么事儿？”沈遇看着苏诺，征求意见道。

“你不累吗？”苏诺问。

“我还好。”沈遇说。

“那就去呗。”苏诺故作轻松地说，其实苏诺内心已经生出了一种离别的悲凉感。

他们一行四人看完电影，就分道扬镳了。

宿命总是这样，让两个知道即将分别的人，又碰上了一场张艺谋导演的《归来》：你等了我一辈子，我回到你面前，你却还要等着我。

看这场电影的时候，苏诺曾数次落泪，除了为电影中人物的命运流泪，她还为自己的命运落泪。自己虽然没有等到那个儿时真挚的朋友，但她内心深处是那么留恋那段时光，那个没有年龄隔阂的朋友是她最好的玩伴。这个玩伴在生活里“离世”了十年，却从没有在她的记忆里消亡。有一天他重新回到了自己的生活，却是一场已知永别的开始。

其实，在那座废弃的厂房里，沈遇对苏诺承认自己身份的时候，苏诺那扇一直把情感关在外面的心门，控制不住地悄悄打开了。

沈遇虽然没有经历过爱恋，但他能看懂苏诺的心思。他不是不喜欢这个一直称呼他好朋友的女孩，在他再次回到江州后，苏诺第一次敲响沈家老宅的门，被董伯拒之门外时，他就爱上了这个女孩。只是他知道自己不能爱任何一个女孩，因为爱情是天长地久，而自己却不能在任何一个地方久待。爱情对他而言，只能是一部在脑袋里自由编织的默剧，不能发声。

两个人彼此心有所属，又不能在一起，和电影《归来》有什么区别？都是我回到你面前，你却还要等着我。

苏诺和沈遇在霓虹闪烁的马路上沉默无言地走着。

“你经历过那个年代的吧？”苏诺突然打破了沉默。

“是的，那个年代我就是现在的样子。不过那个年代我的身体和年龄是相匹配的。”

“你觉得年龄和身体像你这样的不匹配，是一件坏事情吗？”

“起码很怪。”沈遇苦笑了一声。

“所以你一直不恋爱？”

“我是一个理想主义者。有可能是我没有经历过，我总觉得爱一个人就要一辈子，但我不能陪任何人一辈子。”

“你在年龄和身体匹配的年龄，你还不知道自己是这样的时候，为什么没有呢？”

“宿命没有让我遇到。”

“如果当时让你遇到，你会吗？”

“应该会吧。”沈遇不太肯定。

“那最后你不还是要离开吗？”

“所以，我的人生注定就是一场悲剧。”沈遇自嘲地笑笑。

这时突然一个送外卖的电动车不受控制地朝着他俩飞驰过来，在外卖电动车即将撞向苏诺的时候，沈遇一把将苏诺朝自己拉了过来。苏诺没有站稳，一下倒在了沈遇的怀里。

沈遇揽着苏诺，苏诺看着沈遇那双充满关切的深邃双眸，像是掉进了一汪游不出的湖里。

“鼎恩，就算注定是悲剧，我们也不要再走散了，好吗？”

“好。”苏诺的话让沈遇有些恍惚，他下意识地说完，瞬间又理智了起来，忙把苏诺扶正，冷静地说，“我们回去吧。”

苏诺的欣喜像一簇绽放的烟花，璀璨片刻后就消逝在了天空中。

“好。”苏诺点了点头。

第九章

欲望吞噬着人的理智，也摧毁了曾经的幸福

1

苏诺和沈遇回到家，就各自回了房间。

但两个人躺在床上都无法入眠，他们的心情是一样的，纠结、遗憾、不安。

然而，苏诺的心情却早于沈遇转变，苏诺的转变是因为微信里突然有一个昵称为苏林森的人加她。

苏诺看到这名字，没有任何犹豫就通过了，因为苏林森是爸爸的名字。

苏诺以为是谁在恶作剧，刚准备打字询问，就收到一条语音：不要伤害我的女儿，我求求你了，不要伤害我的女儿。

苏诺虽然已经十年没有听到爸爸的声音，但还是一下就辨认出了那是爸爸的声音。爸爸乞求对方的声音让苏诺的眼泪夺眶而出，等她想继续听的时候，对方却撤回了，紧接着就进来一条文字信息：想见爸爸吗?

苏诺迅速地回了一个字：想。

对面马上回了一条文字信息：那我给你个机会，来见见你爸爸?

苏诺毫不犹豫地回了一个字：好。

片刻后，对方回了一条文字信息：凌晨在你家别墅门口等我。见你爸爸的事情，不能告诉任何人，不要拿你爸爸的生命开玩笑！切记！勿回！

爸爸还活着。这让苏诺特别激动，激动得让她无法理智地思考自己这一去的安危。或许任何一个人遇到这种情况，都无法理智。

她看了一下时间，此刻是晚上十点，离凌晨还有两个小时。这两个小时让苏诺觉得漫长不已，她决定马上回家，然后等待凌晨与爸爸相见。

苏诺迫不及待地从床上跳下来，重新穿好衣服，然后想悄悄地离开沈家老宅。然而当她走出房间，路过沈遇房间的时候，从门缝里看到沈遇还没休息，犹豫了一下，还是想告诉沈遇一声，便敲响了门。

“还没休息？”沈遇打开门看着苏诺问。

“我想回自己家。”

“为什么？”沈遇打量了一下苏诺，发现苏诺已经穿好了衣服。

“就是想在家住一晚。”

不知道实情的沈遇以为苏诺是在生自己的气，慌忙解释道：“苏诺，我真的不想……”

“我真的只是想在家住一晚。”苏诺打断沈遇的话，坚定地说。

“那好吧，我送你回去。”沈遇见苏诺如此坚定，便没有再坚持。

“不用了。”苏诺拒绝道。

“那你就别走了。”沈遇霸道地说。

在送苏诺回家的出租车上，他们一路无言。高架桥上的车流已经稀少，出租车快速地驰骋着。

“你回去吧。”车停到别墅门口，苏诺推开车门。

沈遇点头说好。

“先生，再回到原来的地方吗？”苏诺下车后，出租车司机问。

“等一下。”沈遇隔着车窗看着苏诺。

其实沈遇是想进去看看的，他最后没有说出口，是怕进去后控制不住自己的情绪。

“我们走吧。”沈遇看着别墅里的灯亮了，才吩咐出租车师傅。

苏诺回到家里，握着手机一直在房间里打转，如果时间掌握在她的手里，此刻她恨不得把时间直接拨到凌晨。

凌晨的时候，苏诺的手机准时收到一条微信：你现在出门，去离你家不远处的那条马路上。

苏诺收到微信，便按照微信上的指示直接去了那条马路。这条马路通往一个高档小区，这个时间几乎没有什么车了。苏诺到了马路上，正左顾右盼的时候，又收到一条微信：往前走，看到一辆酒红色的无牌SUV就上车。上车后关掉手机，然后把黑色的布袋套到头上。

苏诺按照微信的指示找到了那辆无牌的酒红色SUV，拉开车门上去。车上空无一人，接着她就把手机关了，然后把一个黑色布袋套到了头上。布袋套到头上没多久，她就有一种头晕目眩的感觉，刚要抬起胳膊扯布袋，却一头栽在车座上不省人事了。

苏诺醒来的时候，发现自己在一个不到十平方米的小房间里。房间的布置特别简陋，只有一盏瓦数特别低的白炽灯和一张灰色的沙发。

苏诺正在观察这间屋子的时候，突然一堵墙亮了起来。墙壁的亮光特别刺眼，让她不由得眯起了眼睛。当她慢慢地适应了强光，把目光再次投向那堵墙的时候，看到一个人影慢慢地向她靠近。

随着人影逐渐清晰，苏诺的眼泪不由得夺眶而出，因为那个人影是她的爸爸苏林森。

本以为已经不在人世的爸爸，突然出现在自己面前，苏诺有些恍惚。她看到另一边的爸爸头发已经花白，那张几乎没有血色的脸看上去特别消瘦，架在鼻梁上的眼镜依然是十年前的那副金丝边眼镜，左眼的镜片有一道年久的裂痕。镜片的度数和爸爸眼睛的度数应该已经不再匹配，爸爸眯着眼睛望着自己。

苏林森一眼就认出了苏诺，双手开始快速地转动轮椅的轮子向亮墙移动，但由于速度太快，轮椅一下翻倒了。这时候，苏诺才注意到爸爸右腿的裤管是空的。看到爸爸成了这个样子，苏诺心如刀绞，想去扶爸爸，却被亮墙隔住了。

“爸爸……爸爸……爸爸……”苏诺用力拍打着亮墙，泣不成声地瘫坐在地上，大声地叫着这十年来不知道在内心深处叫过多少次的爸爸。

“苏诺，不要哭……不要哭，爸爸没事……” 苏林森看着苏诺如此痛苦，边说边爬向那堵亮墙，然而他的话还没说完，自己也泣不成声了。

但苏诺和苏林森的声音只能在自己的房间里回荡，他们都听不到对方的声音。

这一切都是刘西文设计的，他就是要让苏诺和苏林森父女重逢，只能见其面而不能闻其声。这么变态的设置，他本来是给腾乾准备的。他要在抓到鼎恩后，按照计划再抓腾乾研究鼎恩时，让腾乾每天都能看到他和顾夏朝夕相处的时刻。

就在苏林森刚要靠近亮墙，这对十年没有相见的父女越来越近的时候，亮墙突然暗了，两个人都看不到对方了。

苏诺的房间又回到昏黄的状态，苏诺更加用力地拍打着那堵熄灭的亮墙，像是要用自己的手掌把那堵墙敲碎：“爸爸！爸爸！爸爸！”

在苏诺不停地呼喊爸爸的时候，一直冷眼看着的刘西文突然说话了：“你还能见到你的爸爸。”

“你是谁？”苏诺环顾四周，但除了四面的墙壁什么都没有。

“我是能让你见到你爸爸的人，也是能让你再也见不到你爸爸的人。”刘西文平静地回答。

“你想怎么样？”苏诺痛苦地问。

“只是想让你做一道选择题而已。”

“什么选择题？”

“在以后的时间里，你是选择见你爸爸还是那个叫沈遇的人？”

“我不知道你是什么意思？”

“很简单，三天内说服沈遇来换你的爸爸。”

“不不不，还有别的选项吗？”苏诺慌张地问。

“只有A和B。你现在不必告诉我答案，我今天只是让你们父女见上一面，当然也有可能是最后一面。”刘西文冷笑一声。

2

这一晚沈遇怎么也睡不着，一闭上眼睛，脑子里就浮现出苏诺的身影。他躺在床上辗转反侧了好久依然无法入眠，便起来去了沈老爷子生前住的房间，开始画画打发漫长的夜晚。

沈遇画来画去，画的竟然都是苏诺。天亮的时候，沈遇才发现散落了一地的苏诺画像。

沈遇没有收拾这一地的画像，就急忙奔向厨房，做起了早点。他要做好早点带去给苏诺吃，然后把苏诺接回来。

沈遇做好早点，拎着保温盒，正准备出门的时候，魏良易却来了。

“魏警官，你怎么来了？”

魏良易见沈遇拎着保温盒，好奇地问：“沈先生这是干什么？”

沈遇犹豫了一下说：“去接苏诺。”

“苏诺不住沈家老宅了？”

“昨晚她想回家住，就回去了。”沈遇解释着，“魏警官，你来这么早有什么事吗？”

“昨晚凌晨我接到南京那边的消息，说找到了一些彭慧的信息，想让你过去看看。昨晚太晚了，怕你休息了，这才一早过来。”

“真的吗？”沈遇一脸兴奋，“那我什么时候能去南京？”

“总要先把苏诺哄好吧。”

“什么叫把苏诺哄好？”沈遇故作不解地问。

“苏诺知道你真实的身份后，总是怕你突然离开，对你寸步不离，她为什么会突然想回自己家住呢？你们肯定闹矛盾了。”魏良易拍着沈遇的肩膀，俨然一副情感专家的口吻。

“不是你想的这样。”被魏良易看穿，沈遇尴尬地开脱。

“真不是我想的这样吗？那你为什么一晚上没有睡觉？”魏良易看着沈遇疲惫的脸说，“担心了一晚上吧？”

“就是睡不着而已。”

“沈先生，你哪儿都好，就是一遇到感情就幼稚。不要给自己的情感设防，你比我活得久，应该比我懂呀，人是一种情感动物。”

“魏警官，你到底想和我说什么呀？”

“从这几天的举动能看出来，苏诺其实挺喜欢你的。你对苏诺也已经超越了对一般人的关心。我知道你始终觉得自己是一个怪人，所以不敢碰触感情。但现实是你的身体年龄就是很年轻，而且比我的皮肤都紧致，身体比我都显得结实，俨然……就是一个小伙子嘛。”

“这些我能看到，我自己也都知道呀。”

“那你还逃避什么？”

“你不懂。我不想和你讨论这个问题。”

“好好好。我不懂，你赶紧去送饭吧。哄好苏诺了，给我打电话，我陪你去南京。”魏良易说着把沈遇往外推。

“为什么去南京？”这时苏诺突然走了进来，好奇地问。

“有了沈遇母亲的消息。”魏良易说。

“真的吗？”苏诺欣喜地说完，刘西文两天期限的话突然在耳边响了起来，转而问，“你什么时候去南京呀？”

“沈先生说把你哄好了再去南京。”魏良易调侃着。

“魏警官，严肃一点儿好吗？”沈遇尴尬地说。

“我又没生气，哄我什么呀？”

“生不生气、哄不哄是你俩的事，我就不掺和了。我知道早饭也没我的份，我走了。”

魏良易走后，沈遇拎了一下保温盒：“我本来说去接你呢。”

“我没有生气。”苏诺又强调了一遍。

“那就好，那就好。”沈遇愉悦地说，“那我们吃早饭吧。”

苏诺点了点头。

苏诺其实没有什么胃口，满脑子都是刘西文让她做的选择题。她知道，如果自己告诉沈遇爸爸还活着，沈遇一定会去换爸爸。她也知道，如果沈遇去换爸爸，他会遭到自己想象不到的折磨，甚至可能会为此丢了生命；如果她不告诉沈遇，沈遇不去换爸爸，爸爸一定会丢了性命。

一个是爸爸，一个是自己喜欢的人，她真的不知道该怎么选择。如果爸爸死了，她会遗憾一辈子；如果她告诉沈遇，他去换了爸爸，她会无法原谅自己，恨自己一辈子。

苏诺虽然没有胃口，但还是把沈遇给她准备的早点吃完了。

沈遇看着苏诺全都吃完，以为苏诺真的饿了，便说：“我再给你添点。”

“我吃饱了。”苏诺笑着开始收拾餐桌。

“我来吧。”沈遇也帮着收拾，“你真的没有生气？”

“真没有。你现在知道我没有生气，赶紧去南京吧。”苏诺想让沈遇去南京，这样就断了她的念想，就不用再做选择了。

“明天再去吧。”沈遇说。

“为什么？今天去了不就能早点搞清楚了吗？”苏诺问。

“太突然了，我还没做好准备。”沈遇说着端着碗筷回了厨房。

苏诺纠结地看着沈遇的背影：“我昨晚没休息好，去睡一会儿。”

苏诺来到楼上，路过沈老爷子卧室的时候看到门开着，不经意往里看了一眼，看到满地散落的画纸，好奇地走进去，发现画纸上都是自己。

苏诺捡起一张画像，看着看着眼泪开始从脸上滑落，内心不停地怨恨上天的不公，为什么这样为难自己。

就在苏诺看着画像落泪的时候，上楼的沈遇看到苏诺在看自己昨晚画的画，便急忙走进去，像一个做了错事被家长发现的孩子似的仓皇地收拾场面。

“你昨晚画了我一夜，是吗？”苏诺流着泪，看着仓皇收拾的沈遇。

沈遇没有说话，继续收拾。

“沈遇，你喜欢我吗？”

“苏诺，上天已经给我的爱情设置好了结局，这个结局你我都早已知道。我不能伤害你。”沈遇停下来，低着头。

“既然知道我们早晚会死，为什么还要活着呢？你是个懦夫，你知道吗？”

“我知道自己在感情上是懦弱的人，”沈遇说着站了起来，“但这样的懦弱，至少可以减少对你的伤害。”

“既然你想得这么明白，既然你早晚都会离开，那你就不要为了我委曲求全地待在江州了，你今天就可以离开了。从今天开始，我们就不要再见了！”苏诺说完拿着捏在手里的画像，快步走出了卧室。

沈遇心里着急，想伸手拉住苏诺，却拽住了那张画纸，画纸被撕成了两半。

3

苏诺回了自己家。

沈遇一路跟着苏诺，但被她拒之门外。

沈遇知道现在是自己离开江州的最好时机，他却不舍得，尤其看着苏诺走进别墅的那一刻。

苏诺看着沈遇一直站在门外，她不能让沈遇进来。她要和沈遇就此别过，这样自己才会觉得心安，这样才是他们最好的结局。

苏诺站在窗前看着站在门外的沈遇，喃喃自语道：“沈遇，我爸爸还活着。我不能为了让我爸爸活着，就拿你去做交换，那样我会恨自己一辈子的。你离开江州吧。这样你就不会有危险了。”

苏诺一直站在窗前看着沈遇，傍晚的时候，沈遇终于离开了。

苏诺看着沈遇的身影消失后，便回了卧室，她想用睡觉的方式逃避刘西文给她的选择题。但她躺在床上没多久，门铃却响了。她再次来到窗前，看到沈遇又回来了。

“你走吧，我不想见到你。”苏诺推开窗户说。

“我明天就要离开江州了。在我离开江州之前，你给我饯个行好吗？”沈遇抬头看着楼上的苏诺。

苏诺听到沈遇真的要离开江州，心已经揪成了一团。她看着门外的男人，这个她喜欢的男人，这个即将再次从她生命里消失的男人，不由自主地回房间拿了遥控器，把门打开了。

沈遇拎着打包的饭菜走进来，看着正从楼梯上下来的苏诺，说：“我看着你吃完饭，我就走。”

“我现在不饿。”

“那你饿了再吃。反正我要看着你吃了，我才会走。”

苏诺见沈遇这样说，便从沈遇手里夺过饭菜放到餐桌上，狼吞虎咽地吃了起来。

看着苏诺狼吞虎咽地吃饭，沈遇会心地笑了。

“以后要按时吃饭。”

苏诺放下筷子，拿起一旁的一瓶红酒，拔开瓶塞，往两个高脚杯里倒满了酒，然后端起一杯一饮而尽。

“你不是让我给你饯行吗？”苏诺摇晃着空酒杯，“我饯完了，你可以走了吗？”

“你什么时候学会喝酒的？”沈遇惊讶地看着苏诺，“喝酒不好，以后不要喝了。”

“我知道了，你走吧。”

沈遇见苏诺情绪如此低落，担心自己走后苏诺再接着喝，便说道：“你这样我怎么走？”

“你到底想干什么？”

“你这样，我不放心你。”

“我求求你了，不要折磨我了。我现在只想让你离开。”苏诺说着又端起另外一杯酒，沈遇都没来得及伸手拦，苏诺就一饮而尽了。

沈遇从苏诺手里夺过酒杯，连忙把酒收了起来。

两杯酒下肚，酒精就开始发挥它特有的作用，开始让从来没有喝过酒的苏诺觉得眩晕。

“你把酒给我！”苏诺趴在桌子上伸手跟沈遇要酒。

“你不能再喝了。”沈遇一手握着酒杯一手握着酒瓶不给苏诺。

“你以为你拿着这个，我就没有了吗？”苏诺站起来，摇摇晃晃地去酒柜里取酒。

沈遇见苏诺又要去取酒，连忙跟过去阻止，挡住了酒柜门。

“你走开！”苏诺扒拉着沈遇。

“你不要这样，好吗？”沈遇用身体挡着酒柜。

经过这一番折腾，酒精已经开始在苏诺的血管里肆意流窜，麻醉了她的意识，让她的言行举止不再受自己控制。

“我怎么样了？”苏诺眼神迷离地看着沈遇挣扎着说，“你想要我怎么样？”

沈遇把酒杯和酒瓶放到酒柜上，握住了苏诺的胳膊：“苏诺，别再喝了好吗？我不走了还不行吗？”

苏诺挣脱开沈遇，情绪失控地吼道：“你走啊！你离开江州啊！我不能拿你去换我爸爸啊！”

“什么拿我去换你爸爸？苏诺，你在说什么？”

“我爸爸还活着，他们让我拿你去换我爸爸。但我不能这样做，这样我会恨自己一辈子的。”苏诺含糊不清地说。

沈遇听苏诺说完，恍然明白苏诺为什么一直赶自己走了。

“到底是怎么回事？”沈遇紧张地问。

“我不能告诉你，你走！你走！”苏诺用力推着沈遇，一会儿就不省人事，瘫在了地上。

4

第二天，苏诺是被从窗帘缝隙里钻进来的一束晨光照醒的。

酒劲儿还没完全消散，苏诺感觉有些头疼。她揉着太阳穴努力地回想自己是怎么回的卧室，沈遇是什么时候走的，但什么都想不起来。

酒精只是一种暂时的忘忧水，苏诺看着钻进来的那一抹晨光，落寞感油然而生。就在她盯着晨光发呆的时候，看到手机的屏幕一直在闪，拿起来一看，发现有二十几个魏良易的未接电话。

“良易哥……”苏诺赶紧给魏良易回拨过去，电话刚一接通，她还没来得及说话，魏良易的声音就从听筒里传了过来，“你来医院一趟，我把医院地址发你微信了。”

“去医院干什么？”苏诺不解地问。

“你来就是了，我在医院等你。”魏良易说完就把电话挂了。

苏诺见魏良易如此着急，脸都没洗就赶去了医院。在路上，她一直想魏良易让她去医院干什么，到了医院也没想明白。

下了出租车，苏诺刚准备给魏良易打电话，一直在等着她的魏良易跑了过来。

“怎么了良易哥？”

“好事。”魏良易说，“赶紧跟我上去。”

“来医院能有什么好事。”苏诺和魏良易并肩走着，颇为不解。

“一会儿你就知道了。”魏良易的脚步越来越急促，“沈先生呢？”

“我不知道呀。”

“昨晚你没住沈家老宅？”

“没有，昨晚我住自己家了。”

“沈先生还没把你哄好？”

苏诺不知道怎么回答，只是尴尬地笑了笑。

“沈先生的电话没人接，你的电话也没人接。我去沈家老宅找你们，沈家老宅也没有人。沈先生应该去给你送早点去了。”魏良易说。

“良易哥，到底是怎么回事儿。”苏诺不想和魏良易聊沈遇，便岔开了话题。

“不是说了嘛，一会儿你就知道了。”魏良易卖关子。

苏诺见魏良易不肯说，便没有再问什么，一直跟着魏良易向住院楼走去。进了住院楼，到了一间病房门前，魏良易就停下了脚步。

“进去吧。”

苏诺被魏良易的故弄玄虚弄得不明所以，她推开病房的门，就看到躺在病床上的爸爸正慈爱地看着她。

“诺。”苏林森声音颤抖着叫了苏诺一声，眼泪就从眼角落了下来。

“爸爸。”早已经泪流满面的苏诺，叫完一声爸爸，就飞奔过去抱住苏林森痛哭起来。

“诺，不哭了，一切都过去了。” 听着女儿痛彻心扉的哭声，苏林森紧紧抱着苏诺，眼泪也不停从脸上滑落，“让我好好看看我的女儿。”

苏诺从爸爸怀里离开，让爸爸端详自己。

“爸爸，您被他们折磨得都老了。”苏诺看着十年不见的爸爸，眼泪止不住地流淌。

“我的女儿都长大了，爸爸也该老了。”苏林森擦着苏诺的眼泪，满足而又忧伤地感慨，“爸爸一直想象着我的女儿长大的样子，那天看到你，爸爸一眼就认出了你，和爸爸想象的一样。”

苏林森的话让苏诺再次泪奔。已经十年没有得到父爱的苏诺又抱住了爸爸：“我每天都会梦见您和妈妈。”

“爸爸以后再也不会离开你了。”苏林森轻轻拍打着苏诺的背。

苏诺点了点头：“爸爸，他们怎么突然把您放了。”

“我也不知道。”

听到爸爸这样说，苏诺突然慌张了起来：“沈遇！”

“什么沈遇？”

苏诺慌张地松开爸爸：“爸爸，我出去一下。”

苏林森点了点头。

苏诺从病房出来，慌忙去找坐在走廊不远处的魏良易。

“你怎么出来了？”魏良易好奇地问，“苏教授休息了？”

“良易哥，你联系不上沈遇吗？”苏诺不搭理魏良易的话茬，着急地问。

“对呀，电话一直无人接听。”魏良易不解地问，“怎么了？”

苏诺急忙掏出手机拨打沈遇的电话，沈遇的电话依然无人接听。

“沈遇应该出事了！”

“什么意思？”

苏诺急忙把这两天发生的一切都告诉了魏良易，魏良易听后顿时脸色严肃起来。

解汉钢自杀后，沈遇说案子还有疑点，魏良易对沈遇所说的疑点一直不得要领，现在苏林森突然出现，让他又燃起了一丝希望。他本来想等苏林森精神状态恢复一些，再从他那里得到一些信息。但现在苏诺却告诉他苏林森的出现是沈遇换来的，一下打乱了他的计划。

“你确定你告诉沈遇了吗？”听苏诺讲完，魏良易问。

“我不知道。昨晚我喝醉了，什么都不记得了。” 苏诺又愧疚又担心，“但一定是沈遇换来的爸爸，不然他们怎么会放了爸爸呢？”

肯定是沈遇换出来的苏林森。当苏诺讲完，魏良易已经在心里下了这个结论。在没有听苏诺讲这些之前，他本以为把苏林森放出来，罪犯有别的企图。但现在听苏诺讲完，他本来想从苏林森身上得到有价值的线索的一丝希望也破灭了，因为敢把苏林森放出来，就说明苏林森身上并没有什么有价值的线索，罪犯已经达到了最终的目的。

“你不要胡思乱想，沈先生有可能离开了江州。”魏良易安抚苏诺。

苏诺听出魏良易是在安抚自己，更加自责了：“良易哥，沈遇一定是出事了。我当时真不应该放他进来。”

“你去陪苏教授吧，我去找找沈先生。”魏良易说完就转身走了。

苏诺回到病房，不明真相的苏林森见女儿像换了一个人似的，便问道：“诺，你这是怎么了？出什么事了？”

“没有。”苏诺怕爸爸担心，想隐瞒下来。

“你不要骗我，告诉我到底出了什么事？”苏林森追问。

“是沈遇把爸爸换出来的。”苏诺自责地说。

“沈遇是谁？”

“鼎恩。”

“鼎恩回来了？”

苏诺自责地点了点头，一下扑到了爸爸怀里，哭着说：“爸爸，我告诉鼎恩，你还活着。”

“诺，你快告诉我，到底是怎么回事儿？”苏林森推开苏诺，追问道。

5

在苏诺给苏林森讲述事情经过的时候，刘西文走进了关着沈遇的房间。

这个房间布置得和手术室一模一样，手术室里该有的仪器，房间里应有尽有。

沈遇被绑在手术台上，他看到一个穿戴得像即将开始手术的医生的男人走了进来，并没有丝毫的惧怕，反而笑了。这个男人就是刘西文。

沈遇的笑让刘西文看不懂。刘西文当然看不懂，因为沈遇的笑是一种解脱，他知道自己到了这里，如果魏良易救不出他，基本不可能活着出去了，让他欣慰的是，自己的死却换来了苏教授的活。

“鼎恩先生竟然还能笑得出来，真让我佩服。”

“我叫沈遇。”

“沈先生，是不是到了一定的年龄，对死亡就没有那么惧怕了？”

“我不具有代表性，无法回答你的问题。”

“沈先生很自我，我很喜欢有自我的人。如果不是因为我爱的人，我真不想伤害你。”

“你算坏人里有良知的，起码你很讲信用，如约放了苏教授。”

“我没有那么伟大。我把苏林森放出去，是为了能让我爱的人尽快意识到我的重要性，回到我身边而已。”刘西文说着就朝一张桌子走去。

桌子上放满了各种医用器皿、药水、手术刀。

“十年前，你要抓我，就是为了你爱的人？”

“是的。我以为我对她唯命是从，她就会接受我。我爱了她二十年，她却爱上了你的同学。”刘西文直言不讳，从一个药盒里取出了一支麻醉剂，接着取出了一根一次性针管。

“顾夏？你爱的人是顾夏？”沈遇惊讶地问。

“我爱了她二十年，竟然抵不过腾乾。”刘西文往针管里抽取麻醉剂，“既然我用时间唤醒不了她对我的爱，那我只有把她最想要的东西奉献给她，让她知道我多么爱她了。沈先生，为什么爱一个人这么难呢？”

“你这不是爱她，而是想让她爱你而已。”

“我爱她，她知道我爱她。她不接受我，就不该让我靠近她，给我希望。这样我早就对她死心了。”刘西文情绪激动地说完，突然冷笑起来，“沈先生，其实我们俩挺像的。你为了你爱的女人，牺牲自己换取她父亲。我为我爱的女人，冒着被发现的危险，找到了你。我们俩都挺傻的，但我觉得为爱情犯傻也挺可爱。”

“我不是为了我爱的女人才来换取苏教授的。换作任何一个人，我都会这样做。我也不觉得自己伟大，所有的事情都因我而起，就由我来了结这一切。我只是想让自己心安一些罢了。”

“好一个心安。”刘西文说着举着针管走到了手术台前，“那个‘我和你妈掉进河里会先救谁’的烂俗问题，在你身上似乎有了答案。被心爱的女人要求换取她的父亲，是不是对爱情挺失望的？”

“如果是她特意告诉我的，我倒是会失望。”沈遇说着笑了，“经你这么一问，我倒是对我和她的爱情充满了期待。”

“很遗憾，你没有机会了，希望你在梦里能完成愿望。”刘西文说着就开始在沈遇手腕上注射麻醉剂，“很喜欢和你聊天，等你醒来，我们可以接着聊。”

刘西文的话还没说完，沈遇就被麻醉了。

这时候，回到队里的魏良易把所有的人都召集起来，开始分头寻找沈遇的下落。魏良易分好工，又回到了医院。

在回队里的路上，他从苏林森身上找到线索的希望重新燃了起来。因为他突然想明白了，以前罪犯为什么没有放苏林森，现在抓到沈遇，却放了苏林森。就算苏林森并不知道他们的身份，也没有必要放了苏林森，所以罪犯让苏林森归来，一定有目的。

苏诺听到敲门声，看到魏良易进来后说：“良易哥，你来了。”

“苏诺，我想和苏教授聊聊。”

苏诺点了点头，便马上出去了。

“有鼎恩的消息了吗？”苏诺出去后，苏林森问。

魏良易摇摇头：“苏教授，本来想过几天等你休息好了再找你聊的，但为了沈先生的安危，我只能现在打扰你了。”

“我没事。警察同志，你尽管问。”

“苏教授，你叫我良易就行。”魏良易拉了一把椅子坐下，“苏教授，这些年，你从来没有见过关你的人吗？”

“没有见过，他从来不直接接触我。”苏林森说完，像是想起了什么，“有过一次接触，就是十年前，他们抓我那一天。”

“这个人长什么样子？”

“我就见过其中一个，另外一个人一直蒙着头，看不见脸。”

魏良易把撞死苏太太的肇事者的照片给苏林森看：“有这个人吗？”

苏林森看完照片，本来平静的脸上瞬间严肃了起来：“有他，就是他开车撞死我太太的。”

魏良易把照片收起来：“苏教授，你给我讲讲十年前你被抓那一天的经过吧，能记起来多少是多少。”

苏林森点了点头沉思了片刻，便给魏良易讲述起来：

安排好鼎恩去美国后，我就开始着手准备怎么能让大家不怀疑鼎恩的突然消失，我就想用一场事故来掩盖。为了把现场做真实，我把鼎恩的资料和一个用来做研究的尸体的身份信息做了调换。

我一直在等待时机，因为实验室是我和两个学生的，鼎恩和腾乾。有腾乾在，我就不能把实验室炸了。有一天腾乾患了重感冒，要去医院打点滴，我就选择了这一天。

那天，我和鼎恩故意高调地去了实验室，就是为了让人看到我们俩都去了实验室。然后我又偷偷把鼎恩送上了去机场的出租车，就回来布置实验室爆炸、鼎恩被炸身亡的现场。布置完，我本想离开，但突然闯进来两个人，还没等我反应过来就被打晕了。

他们在路上撞到人的时候，我醒了。开车的那个人下车看了一下，这时候我往外一看，发现撞到的竟然是我的太太和女儿。我看到倒在地上的女儿和倒在血泊里的太太，开始挣扎，但我发现我无法动弹，因为我的一条腿被他们切断了。我只能这样眼睁睁地看着太太和女儿，而不能去救她们。

后来我就陷入了昏迷，等我再次醒来的时候，已经到了困了我十年的地方。

后来从和他们的间接对话中我才知道他们那天是去抓鼎恩的。他们的计划本来是要在实验室把我和鼎恩都抓到，然后让我对鼎恩进行研究，破解鼎恩身上的秘密。但他们的计划似乎出了意外，因为我先送走了鼎恩。

虽然最后没能抓到鼎恩，他们还是把我软禁了起来，他们以为我知道有关鼎恩的信息，用各种办法折磨我。一段时间下来，他们才发现我身上根本没有任何他们想要的秘密。

听苏林森讲完，魏良易终于明白，为什么当年实验室爆炸的现场能够找到鼎恩和苏教授的尸骸了。罪犯切断苏教授的一条腿，是为了利用苏教授自己布置的爆炸现场，干扰警察的判断，让警察误以为苏教授和当年的鼎恩一起遇难了。

但罪犯又怕查出什么，就利用师母让家明活下去的渴望，让她威胁师父，让师父卷入其中。

魏良易在脑中捋顺了这些信息，接着问苏林森：“苏教授，你当年把沈先生的身份告诉过第三个人吗？”

“没有。”苏林森摇着头。

“你确定没有第三个人知道吗？”

“确定。当年实验室就我和鼎恩还有腾乾，为了鼎恩的安全考虑，我连腾乾都没告诉。”

那这个人是怎么知道的呢？魏良易疑惑着，又对腾乾产生了怀疑。

“苏教授，我问完了。我先走了，就不打扰你休息了。”魏良易说着站了起来。

“良易，一定要找到鼎恩，不能让他出事。”苏林森恳求着魏良易。

“苏教授，我一定会尽快找到罪犯，救出沈先生。”

“拜托了。”苏林森再次恳切地说。

面对苏林森的乞求，魏良易不知道该怎么做出承诺，便转身出去了。

“我爸爸那里有有价值的信息吗？”苏诺见魏良易走出来，急忙走过来问。

“我还需要再分析一下。苏诺，进去照顾你爸爸吧。”

“良易哥，沈遇会没事的，对吗？”苏诺说着自责地哭了起来，“我会把沈遇害死吗？”

“你别胡思乱想了，我一定会找到沈先生的。”魏良易安慰道。

6

魏良易从医院出来，给腾乾的公司打了电话。公司的人告诉魏良易腾乾在休假，魏良易就直接去了腾乾家里。到了腾乾家的小区，魏良易并没有直接去敲腾乾的家门，而是拨打了腾乾的电话。他想把腾乾传唤到队里，然后测试一下腾乾的反应。但腾乾的电话无人接听。

拨了几次后，腾乾的电话依然无人接听，魏良易便直接上了楼，摁响了腾乾家的门铃。

“魏队长，你怎么来了？”顾夏看到门外是魏良易，有些吃惊。

“来找腾先生。”魏良易说。

“魏队长请进。”顾夏把魏良易请了进去。

魏良易进了腾乾的家门，看到一个医生正在给腾乾看病。

“腾先生这是怎么了？”魏良易看着神情呆滞的腾乾问。

“病了。”顾夏失落地说。

“怎么病了？什么病呀？”魏良易问。

“精神出问题了。”顾夏一脸忧愁。

“精神怎么出问题了？”魏良易有些惊讶，有些好奇，又有些疑惑。

顾夏就按自己编的腾乾变成这样子的经过跟魏良易说了一遍。

“真让人想不到。”魏良易惋惜地说。

“魏队长，找腾乾有什么事儿吗？”顾夏问。

“苏教授回来了。他想见腾乾，打电话一直没人接，我就过来了。”

听到魏良易说苏教授回来了，顾夏有些怀疑。苏教授怎么会回来呢？这十年来苏教授一直被她和刘西文困着。莫非魏良易查到了什么？难道魏良易不是来找腾乾，而是来找她的？

“苏教授回来了？哪个苏教授？”

“苏林森苏教授啊，苏诺的爸爸。”

“苏教授不是去世了吗？”顾夏露出恐惧的神情，“魏队你不要吓我。”

“苏教授没有去世。他一直被坏人控制，现在被莫名其妙地放出来了。”

魏良易这么详细地告诉顾夏，是为了看腾乾的反应，但腾乾的神情一直呆滞。

“吓死我了。”顾夏抚着胸口，“但现在腾乾就算见了苏教授，他们师徒也不能交流。”

“是呀，真让人想不到。”魏良易这次是真的为腾乾感到惋惜了。

“苏诺知道腾乾病了啊，她没说吗？”

“苏诺没在。好几天没睡，去休息了。既然这样，我就不打扰了，告辞了。”魏良易说完转身就走了。

“你跟苏教授说一声，我找时间替腾乾去看他。”顾夏往门外送着魏良易。

“好的，话我一定带到。”

魏良易从腾乾家出来，并没有直接走，而是坐在车里一直等医生出来。

医生是半个小时后出来的。魏良易看到医生出来，就推开车门下车，拦住了医生。

“你好，我是刑侦队的魏良易，”魏良易来到医生面前，把自己的警官证出示给医生看，“想找医生了解一下情况。”

“什么情况？”得知魏良易是警察，医生有些惊讶。

“去我车上聊吧。”

魏良易和医生来到车上，就开口说：“腾乾的病是怎么回事？”

“比较复杂。”

“比较复杂是什么意思？”

“就是多重因素引起的精神问题。”

“什么时候能有好转。”

“我也不知道，现在只能尽我所能治疗腾先生。”医生说完好奇地问魏良易，“腾先生犯了什么事吗？”

“没有，他只是我的一个证人。我今天和你的聊天，希望你不要告诉任何人。”

“这个请警察同志放心。”

魏良易和医生聊完，他们就各自驾车离开了腾乾家的小区。

7

魏良易安排的队员以沈家老宅和苏诺家的别墅为两点进行辐射查找，两天下来并没有查到一点儿沈遇的线索。魏良易也找不到案件的任何突破口。

苏林森告诉魏良易，现在时间就是沈遇的生命，如果不能以最快的速度找到沈遇，沈遇就会一直遭受无法想象的研究摧残。

苏林森说得没错，这两天下来沈遇被刘西文折磨得生不如死。刘西文为了尽快破解沈遇身上的秘密来证明自己，讨得顾夏的欢心，无所不用其极。

苏诺这两天一直没有睡觉，她无时无刻不在自责，不在担心沈遇的安危。

就在刘西文开始研究沈遇的第三天早上，顾夏去了刘西文的住所。她这两天一直处在恐慌之中，她不知道刘西文为什么要放了苏林森，但她又不敢贸然去找刘西文，因为她担心魏良易暗中监视她。经过两天的观察，她发现没有什么异常之后，才决定冒险去刘西文的住所一探究竟。

刘西文打开门，看到顾夏铁青着脸站在门外，没有像往常一样以笑相迎，只是把门开大了一些，让顾夏自己走进来。

刘西文知道顾夏的来意，所以在关门的时候无奈地笑了笑说："你比我预想的晚到了两天。"

"你为什么放了苏林森？"顾夏质问刘西文。

"因为我想见到你。"刘西文转过身来，看着顾夏平静地说。

"你想让我们都死吗？！"顾夏愤怒地扬起胳膊要打刘西文，却被刘西文一把抓住了。

"就算我死，也不会让你死。"刘西文抓着顾夏的手腕。

"你放了苏林森，就等于让我死。"顾夏吼道。

"我怎么舍得让你死，我只是想让你知道，我有多爱你。还想让你知道，我对你也挺重要的。"刘西文说着放开了顾夏。

顾夏听得出来，刘西文这是在恐吓她、要挟她。她知道这个时候不能再刺激刘西文了，再刺激他，他什么事情都可能做得出来。所以，她决定暂时顺从刘西文。

“西文，我知道你爱我。等这些事情过去了，我就离开腾乾，回到你身边，好吗？”顾夏突然变得柔情似水。

“顾夏，我知道你不爱我。我已经不再奢望你会爱我，但你竟然连让我见到你的权利都剥夺了。我为你做了这么多，就算把我当成一条狗，你也不能这样决绝地对我。”刘西文说着脸上的肌肉开始颤抖，声音开始哽咽。

“现在是特殊时期嘛。我真的是为了我们彼此的安危，才决定暂时不再见面的。”顾夏说着抓起刘西文的手摩挲起来，“西文，你是我的至亲，我怎么会不让你见我呢。”

“那天我看着你决绝的背影，你知道我有多恨你吗？”刘西文说着苦笑起来，“但见到你后，我发现自己却恨不起来了。”

“西文，我对不起你，我一直忽略你的感受。等这些事情过去了，我一定补偿你。”

刘西文被顾夏的甜言蜜语降服了，又成了那个卑躬屈膝的刘西文。

刘西文点了点头：“我带你去见个人。”

“谁？”

“你见了就知道了。”

顾夏跟着刘西文来到他布置的密室外，隔着玻璃看到被绑在手术台上的沈遇。

沈遇的两只胳膊上各挂着一瓶点滴，嘴里和鼻孔里插满了管子。他那张棱角分明的脸已经没有任何血色且布满了痛苦，那双深邃的双眸变得有些无神，却没有任何恐惧地看着玻璃墙外的顾夏和刘西文。

“他怎么会在这里？”顾夏慌张地问。

“这是我送给你的礼物。”刘西文说着看向顾夏，“你给我些时间，我一定满足你十年前的愿望。”

8

顾夏从刘西文的住所回到城里，直接去了苏林森住的医院。她怕苏林森会知道些什么，便想去一探究竟。

苏诺在走廊里接到顾夏后问：“顾阿姨，你怎么来了？”

“前两天魏队去家里找你腾乾叔叔，说苏教授想见他。你也知道你腾乾叔叔病了，不能来，我就替他来看看苏教授。”

“腾乾叔叔怎么样了？好些了吗？”

顾夏摇了摇头，没有说话。

“这些天出了好多事情，我都没能去看腾乾叔叔。”

“我理解，今年真是多事之秋。”

苏诺带着顾夏来到苏林森的病房。顾夏和苏林森客套地聊了一会儿，发现苏林森并没有什么异常，便告辞了。

“这几天没休息好吧？”顾夏走出病房盯着苏诺问。

苏诺点了点头，难过地说：“沈遇因为我身陷危险，下落不明，所以我睡不着。”

“那也不能把自己的身体搞垮了。”

“顾阿姨，我会注意的。”苏诺勉强地笑了笑。

“你腾乾叔叔也病着，我也不能替你来照顾苏教授了。”

“我自己能坚持下来，你就好好照顾腾乾叔叔吧。”

顾夏把苏诺一缕垂下来的刘海拨到了耳后，抱住了苏诺：“苏诺，好好的。”

“顾阿姨，你也好好的。”苏诺把头倚在顾夏肩上，她身上散发出来的香水味让苏诺觉得似曾相识。

苏诺紧紧抱着顾夏，努力地回忆着在哪里闻到过这种香水味，终于想了起来，这个味道和那晚载着她去见爸爸的车上的香水味一模一样。

这个发现让苏诺突然紧张起来，但为了不让顾夏发现，她一直紧紧抱着顾夏，等自己稍微平复了一下才松开。

苏诺把顾夏送走，直接去刑侦队找魏良易了。

此时，魏良易最不想见的人就是苏诺，因为这几天苏诺几乎每隔一会儿就打一个电话，到最后他都不敢接苏诺的电话了。

“苏诺，我们正在努力地寻找沈先生的下落，我一会儿要开会，有消息我一定及时通知你。”魏良易听到敲门声，应允后看到苏诺走进来，急忙拿起一个笔记本作势离开。

“良易哥，我不是来询问你沈遇下落的。我想起来一个线索。”

“什么线索？”

“顾阿姨身上的香味和那天载我去见爸爸的车上的香味一模一样。”

“你确定？”

“我确定。”苏诺坚定地点头。

“这个信息不要告诉任何人。”魏良易说着就脚步急促地走出了自己的办公室。

就在这时候，被绑在手术台上的沈遇看到刘西文走进来。

“沈遇先生，我们要开工了。”刘西文来到手术台前说。

沈遇看着俯视着他的刘西文：“祝你早日成功。”

“谢谢，沈先生果真不怕死。”

“我有什么可怕的，你怎么会舍得让我死呢。”

“那倒是，你死了我怎么感动顾夏呢。”

“看来你今天心情不错。是因为顾夏来见你了吗？”

刘西文笑着点了点头：“谢谢你再次回到江州，让我有得到顾夏的希望。”

“我不想祝福你。”

“你的归来就是对我最大的祝福。”刘西文说完就移动脚步朝着摆满药品和器皿的桌子走去。

9

顾夏身上的香水味和载苏诺去见苏林森车里的味道一样，这个信息不得不让魏良易再次怀疑腾乾夫妇。但怀疑的同时，魏良易一直在心里问自己两个问题：

第一，如果是腾乾，那么他一定是装病，但他为什么要冒险带苏诺去呢？而且还留下太太的香味，这样赤裸裸地暴露自己的身份。

第二，如果不是腾乾，而是顾夏，她也没必要留下这么明显的线索，暴露自己的身份。

但这两个问题，并没有阻碍魏良易让韩洋和老姜去监视腾乾和顾夏，又安排一组人马去调查顾夏。

因为这时候，苏诺提供的线索是唯一的线索，而且他宁可错，也不能因为觉得疑惑而耽误时间，安全救出沈遇是他当下唯一的任务。

一连监视了腾乾和顾夏一周的时间，腾乾和顾夏都没有任何异常举动。医生依然定期来给腾乾治疗，每天傍晚，顾夏都会陪腾乾出来散步。

将近十天没有沈遇的消息了，苏诺几近崩溃，有几次她好不容易睡着了，梦里却全是沈遇，都是奄奄一息的沈遇向她求救。

每次从梦里醒来，苏诺都想直接去找顾夏对质，但每次有了冲动的想法后，她都会理智地思考，如果冲动，有可能会让沈遇更危险。

苏诺的梦没有错，这十天下来，沈遇的身体真的已经被刘西文折磨得快扛不住了，他的意识开始时而清醒时而迷糊。

这十天，刘西文破解沈遇身体的秘密没有丝毫的进展，他的情绪开始失控，在沈遇清醒的时候开始对他恶语相加。

沈遇清醒的时候，思维也很清晰。他能感觉到，经刘西文如此折磨，自己离死神的到来已经不远了。

死亡，对曾经的他而言是那么遥远。曾经他那么渴望像正常人一样，任时间之刀在他脸上刻下皱纹，让脸上的沧桑证明时间的流逝。

现在他能隐约看到死神在他面前游荡的时候，却有些眷恋这个世界，开始想念苏诺。在清醒的时候，他甚至会幻想如果能活着出去，一定不再逃避，答应苏诺和她在一起，经历一场别样的爱情。

深陷险境，每个人的求生欲望会成倍增加，沈遇也不能免俗。但他被刘西文困着，靠自己走出去，是没有任何可能的。所以他把全部希望寄托在了魏良易身上。

但过了这么多天，他对魏良易解救他出去的希望逐渐破灭，转而把希望放在了刘西文身上。

如果刘西文去找顾夏，他就有可能得救。苏教授活着出去，就说明苏教授身上没有任何有价值的线索。以他对魏良易的了解，找案件没有任何突破口的时候，魏良易一定会再次怀疑腾乾。毕竟十年前除了苏教授只有腾乾最有可能得知他的身份，所以他相信魏良易一定会监控腾乾。如果监控腾乾，刘西文出现在顾夏面前，魏良易一定会发现顾夏和刘西文的异常。

所以刘西文去找顾夏成了沈遇唯一的希望。他一直试图找机会刺激刘西文去找顾夏，却一直找不到。

这天，刘西文再次进来，看到清醒的沈遇，便脾气暴躁地走过去，拽住输液管，用力拔了出来。沈遇胳膊上扎针的地方，马上淌出了血。

“你到底是不是鼎恩？”刘西文攥着输液管恶狠狠地看着沈遇。

“我跟你说过了，我是沈遇。”

“十年前的那个人到底是不是你。你的细胞化验，为什么和正常人一样？”刘西文质问道。

“如果我知道为什么的话，还需祝你成功吗？”

“我不需要你的祝福，我只想破解你身体的秘密，让顾夏开心！”

“我希望你能够让顾夏开心，这样我就知道为什么会是这个样子了。”

“我一定会让顾夏开心的，让顾夏觉得我是唯一能给予任何她想要的东西的男人。”

“看来你在顾夏面前真的不够自信。”沈遇故意刺激刘西文，“所有的情感，包括爱情都是相互给予的，而不是让其感动。感动得来的情感，不是爱情，跟乞讨来的没什么区别。”

“你个老不死的，你懂爱情吗？你一次恋爱都没有经历过。”刘西文恶狠狠地说。

“但我能看出来，顾夏根本就不爱你。”

“她说过等一切都结束了，她会离开腾乾回到我身边的。”刘西文为自己辩解。

“一切都结束了，她不回到你身边呢？你又能怎么样呢？”

“不可能。”刘西文虽然语气坚定，但沈遇还是能看出来他的不自信。

“这么多天了，她为什么不来看你呢？难道这不能说明什么吗？”沈遇继续刺激刘西文。

“她不来，是为了我们俩的安危。”刘西文情绪越来越激动。

“真是这样吗？如果顾夏真的能醒悟，你为她做了这么多，她早就该为你转身了。”沈遇继续火上浇油。

“你给我闭嘴！”刘西文说完就把攥在手里的输液管扔掉，气冲冲地走了出去。

受了刺激的刘西文回到自己的房间，拉开一个抽屉，从众多手机里拿出一部，给顾夏发了一条信息：顾夏，我想见你。

但这条信息像是投进大海的石子一样，没有得到顾夏任何的回应。刘西文又连续发了几条，依然没有得到顾夏的回信后，开始变得不再淡定，便冲动地去找顾夏了。

刘西文到达腾乾家楼下的时候，顾夏正陪着腾乾在小区里散步。他远远地看着顾夏牵着腾乾的手不紧不慢地走着，还不时把头微微地倾到腾乾的臂膀上恩爱的画面，便再也控制不住自己迎面走了过去。

“你为什么不回我的信息？”刘西文走到顾夏面前问道。

刘西文的突然出现把顾夏吓坏了，她看了一眼神情呆滞的腾乾对刘西文说：“你去花园等我。”

顾夏扔下这句话，匆忙送腾乾回家了。

就在顾夏送腾乾回家的时候，一直在盯梢的韩洋和老姜把这个情况报告给了魏良易，并把刘西文的信息发了过去。

顾夏将腾乾送回家后，就去小区的花园找刘西文了。

“你一直在骗我，对吗？”顾夏走过来，刘西文生气地问。

“咱们不是商量好了，等风平浪静了再联系吗？”已经怒不可遏的顾夏，勉强控制住情绪。

“我只是让你回我一个信息而已，而且我换过手机号了。”

“我给你回信息，我也不能过去。你会这么想？西文，你为什么现在变成了这样？”顾夏失望地说。

“是我变了，还是你变了？你曾经告诉我，你接近腾乾是为了计划，你和他恋爱是为了计划，你和他结婚是为了计划，你和他生孩子是为了计划，这些我都信了。你现在如此爱他，也是为了计划吗？”刘西文情绪激动地问。

面对刘西文的质问，顾夏一时不知道该怎么回答。

“你到底有多爱腾乾。”刘西文见顾夏不说话，又追问。

“西文，现在真的是最危险的时候，我们真的不适合联系，更不能见面。这么长时间我们都熬过来了，你再忍忍好吗？我知道你爱我，我也知道你为我付出了很多，我真的对你很感激。但现在这个时候，不是争论我是不是爱腾乾的时候。”顾夏柔声劝慰。

“顾夏……”刘西文说着哽咽着笑了起来，“十年生死一线间，不思量，自难忘。”

“西文……”顾夏见刘西文怪怪的，有些怕。

“不要说了，我们到此为止吧。我对你的承诺永远不会改变。”刘西文说完就转身走了。

魏良易接到韩洋发来的信息后，马上安排人查了刘西文的信息，并命令韩洋跟踪刘西文。

10

魏良易生怕出一点儿意外害了沈遇，一直等着同事调查刘西文的信息。当同事把刘西文的信息报告拿给他的时候，他看到刘西文是对顾夏多年爱慕未得的追求者时，瞬间想明白了车上的香水味为什么和顾夏身上的香水味一样了。

刘西文出现在顾夏面前，就像沈遇推测的一样，瞬间让魏良易茅塞顿开。

魏良易断定沈遇就在刘西文的住处，便在夜幕降临的时候兵分两路，一队人马去刘西文家救沈遇，他带着另一队人马去了腾乾家抓顾夏。

魏良易怕推测出错或者打草惊蛇让顾夏跑了，一直蹲守在腾乾家楼下，要等到解救沈遇的人发来解救成功的消息，才上楼抓顾夏。

另一队人马很顺利地把沈遇解救了出来，并成功抓获了刘西文。

魏良易得到这个消息后，就直接带人冲向了腾乾的家。然而，他到了腾乾家里，却发现顾夏没在，只有腾乾一个人呆滞地坐在书房里。魏良易赶紧下令让人去找顾夏的时候，手机里收到一条顾夏发的短信：魏队，请你不要打扰我的家人，我在天台等你，希望你一个人来。

顾夏之所以这个时候才给魏良易发信息，是因为刘西文被抓前发现了在她家外面蹲守的警察，给她发了一条快跑的信息。

顾夏看到信息特别恐惧，慌张地跑到窗前，看到楼下停着几辆异常的车，意识到自己已经跑不了时，她反而冷静下来。

她从窗前不紧不慢地去了儿童房，亲吻了一下已经熟睡的女儿，然后又去了腾乾的书房。

顾夏推开书房的门，朝书桌前呆滞地坐着的腾乾走去。腾乾的病情越来越重，严重到顾夏走进来都没有任何反应。

即便如此，顾夏依然把腾乾当正常人对待。先是帮腾乾把他自己抓得乱七八糟的头发整理好，接着又整理了一下腾乾的衣领。

“腾乾，我走了。”顾夏整理完腾乾的衣领，蹲在腾乾面前紧紧握着他的双手，“腾乾，我知道有一天你会好起来的，一定会知道我接近你，和你结婚，都是有所图，你一定会非常恨我。你现在虽然听不懂我说什么，但我还是想向你忏悔，我并不是想得到你的原谅，只是想和你说声对不起。我本来想通过鼎恩获取更多生命的时间，让自己青春永驻。哪个女人在二十几岁的时候，没有这样的想法呢，但只有我把想法付诸行动并制造了罪恶。腾乾，现在我却无比憎恶时间。如果早知道这十年的时间会让我如此爱你，我或许就不会主动靠近你，和你组建家庭，然后伤害你，你就不会被我折磨成现在这个样子了。这是一个因果的世界，我种下了因，只是这个果现在我不想以这种方式接受。因为我越来越爱你，爱我们的宝贝，爱我们的家。腾乾，我现在无比后悔，后悔自己的贪婪。”

顾夏说着把头埋进了腾乾的怀里：“腾乾，这一别就是永远了。你曾经对我说会永远爱我。我们谁都不知道永远有多远，但在我离开之前，在你还不知道这一切之前，你应该还爱着我，这对我来说应该就是永远了。”

魏良易来到天台的时候，顾夏正站在天台的边沿上，像是准备随时跳下去。魏良易见到这个情形，便在离顾夏很远的地方停了下来。

“魏队长，等你的时间有点久。”顾夏对站在不远处的魏良易说。

“我等这一天等了更久。”

“所以，我就在这里多等了一会儿你。”顾夏平静淡然地笑了。

“这么看来，你是有话跟我说。如果这样，你可以下来，咱们聊聊。”魏良易说着欲靠近顾夏。

“你不要过来！”顾夏喝止住魏良易。

“好。我不过去。”魏良易又往后退了一步，“你有什么条件可以提出来。”

顾夏笑了笑：“我还有资格跟你谈条件吗？”

“你当然有资格，因为我有很多问题要向你请教。”

“什么问题？”

“比如，当年你是怎么知道鼎恩的身份的，你是如何知道鼎恩离开江州的时间的，你又是如何利用解汉钢的。”

“这么说来，我对你还有用。”

“如果你积极配合我，我一定会向组织提出宽大处理。”

“我不需要。”顾夏喃喃自语，像忏愧似的，本来平静的脸上现出了忧伤，“如果活在丈夫和女儿对我的憎恨里，活着还有什么意义呢？”

“既然你这么爱你的家庭，就该走下来。”魏良易见顾夏没有下来的意思，便继续劝说，“你说腾先生和你女儿会憎恨你，这只是你的想象，只有活着才知道是不是真的会这样……”

“你不要劝我了。魏队长，我之所以让你上来，是想等腾乾病好了，让你替我给他带句话……”顾夏话没说完就被魏良易打断了。

“话还是你亲自说为好。”魏良易担心顾夏嘱托完真的跳下去，向顾夏慢慢地靠近。

“魏队长，你替我告诉腾乾，我对不起他，我真的爱他，只有我死才能证明这一切……”顾夏见魏良易向她靠近，开始往后退。

魏良易见顾夏快要掉下去了，加快脚步跑过去，却依然没有抓住，眼睁睁看着她从楼上跌落下去。

第十章 君生我未生，我生君已老

1

沈遇被救出来，韩洋就立马打电话告诉了苏诺。

苏诺听到沈遇被救出来的消息后，激动得哭了出来：“他还好吗？”

“沈先生生命体征平稳。”韩洋说，“我正随救护车送沈先生去医院。”

坐在轮椅上的苏林森看女儿接完电话后脸上的忧愁一扫而光，便问：“鼎恩被救出来了？”

苏诺激动地用力点了点头：“爸爸，我去医院了。”

“去吧。”苏林森欣慰地说。

苏诺到达医院的时候，运送沈遇的救护车还没到。她站在急诊楼的门口焦急不安地等了将近半个小时，救护车才到。

苏诺看着沈遇被急救人员抬下来的那一刻，才知道韩洋所说的生命体征平稳是昏迷不醒。苏诺和医生一起推着躺在担架车上的沈遇送往急救室时，自责感再次滋生，泪水打湿了脸庞。

苏诺一直在急救室门口待到医生出来，告诉她沈遇并没有生命危险时，复杂的心情才稍微平复一些。

“韩洋，你照顾好沈遇。”医生走后，苏诺走到韩洋面前说。

“好的。你回去休息吧。沈先生醒来了，我给你打电话。”

“不用给我打电话。”

“苏诺，你这是怎么了？难道你不想在沈先生醒过来后照顾他吗？”韩洋不解。

“我走了。”苏诺说完就转身走了。

苏诺不是不想看着沈遇醒来，她比任何一个人都想一直陪着他照顾他，但她看到沈遇遭受了这种折磨后，有些不敢面对。

苏诺不去见沈遇，其实是对自己的一种折磨，她每天要么从魏良易，要么从韩洋那里打听沈遇的状况，直到沈遇出院的那一天。

沈遇在医院的这几天，每天也会期待苏诺来看他，每次有人推门进来，他都希望那是苏诺的身影，但每次都失望。

但苏诺不来看他，沈遇一点儿不生气，他知道苏诺不来看他，是因为她有心结。

“苏教授说让你去家里吃饭，你确定不去吗？”魏良易把沈遇从医院接出来，在车上问。

沈遇点了点头：“回老宅吧。我回去收拾一下，明天去南京。”

“好。”魏良易说，“我把你送到家，就帮你联系。”

“谢谢魏警官。”

“沈先生，你能不能对我直呼其名？咱们怎么也算并肩作战过了，魏警官魏警官地叫，多生分呀，也不符合我们警察亲民的作风。”

“你不也称呼我沈先生吗？”

“我是对你尊重。”

“我也是对你尊重。”

“那我以后就直呼其名，叫你沈遇，这样行了吗？”

“行的，良易。”沈遇笑着说完，像是像起了什么，“对了，顾夏和刘西文有没有交代，十年前他们是怎么知道我的身份的？”

“其实，我一直没有告诉你，顾夏跳楼自杀了。”

“顾夏自杀了？她为什么自杀？”

“她为了能破解你的秘密，一直以为腾乾也知道些什么，就主动靠近腾乾，没想到却爱上了腾乾。她不想让腾乾知道这一切后离开自己，就把腾乾弄得精神失常了，后来见自己暴露，不想让女儿和腾乾恨自己，便选择了跳楼。”

“那刘西文呢？”

“刘西文是一个为爱情着魔的疯子。知道顾夏死后，就开始不吃不喝，一句话都不说。”魏良易说着叹了一口气，“不过，昨天我们已经审出来了。当年顾夏去苏教授实验室面试的时候，无意中听到了苏教授和你的对话，知道了你的情况。我本来以为你会去苏教授家，顺便和苏教授核实一下呢。但你不去。看来我一会儿需要单独去一趟了。”

“你不用去找苏教授核实，苏教授的实验室从来没有招过人。”

“什么？”魏良易吃惊地说。

“难道刘西文在撒谎？”魏良易不敢相信，“事已至此，他没有撒谎的必要呀。”

“如果刘西文没有撒谎，那就是顾夏在撒谎了，顾夏没有告诉刘西文真实的情况。”沈遇说着若有所思地看向了窗外，脑海里浮现出解汉钢吞枪躺在地上的场景，又想象顾夏跳楼自杀的情景，这两个和案件有关的人最后都选择了自杀，而且都是因为对感情的执着；这些疑问在他脑海里翻腾了一阵子后，便意识到这个案件并没有真正地结束，背后还有一个人，他已经隐隐约约地知道这个人是谁了。

“应该是顾夏撒谎了。”沈遇发了一会儿呆，把目光从窗外收回，“人都没了，现在也无从核实了。”

“难道这个案子就这么不圆满地结案？”魏良易心有不快。

“所有的涉案人员都不在了，这个案子的宿命可能就该如此。”

沈遇没把自己心中所想，以及他已经隐隐约约知道真正背后操纵这一切的人说出来，是因为他觉得这个人已经遭到了该有的惩罚。

2

魏良易把沈遇送到弄堂口就走了，他要再去审刘西文，确认刘西文到底有没有撒谎。他不允许自己就这样疑点重重地结了案，这样对苏教授、苏太太、师母、师父、顾夏、刘西文都不公平。

沈遇回到沈家老宅，看到苏林森坐在轮椅上在门口等着。

“老师？”沈遇忙走过去，“您怎么来了？”

“我知道你不会去家里，所以我就来了。”

“我……”沈遇一时不知道该怎么回答。

“我知道你害怕见我，就像苏诺害怕见你一样。这就是我为什么不去医院看你的原因，就想等你身体休养好了，再见你。”苏林森看着沈遇，“你真的和十年前一模一样。”

“老师，我们进去聊。”沈遇急忙去开门。

“我看你身体已经恢复了，还是推着我走走吧。”

六月的傍晚，只有微风吹过，空气已经很闷热。

“鼎恩，恭喜你找到了自己的身份。”

“但我身上的密码还没有破解。”

“你想破解吗？”

“想。但不是现在，我得先找我的母亲。”

“你今年七十六岁了，如果你的母亲还健在的话，应该在百岁左右了。”

沈遇听出了苏林森话中的意思，苏林森担心他的寻找是一场空欢喜，沈遇低声说：“希望她还健在。”

“你现在的身份，在少数人那里已经不是秘密了。所以有人找我谈过……当然你也知道我们是一个人道主义国家，一切都还要尊重你的意愿……”

沈遇打断苏林森的话说：“……老师，我明白您的意思。不过，如果破解我身体的秘密可以让更多的人和我一样，那我宁可不知道自己为什么会是这个样子。不是我自私，因为我这样其实很可怕。每个人都有自己的生命周期，才会认真对待生命。生命有开始有归期，方显贵重。如果都像我这样，我想多数的人就不会重视时间。如果造物者真的想让人的生命只有开始没有归期，那么我就不是个例，我也将是一个普通人。所以，造物者这样设置了人，即便破解了我身体的秘密，也不会让世上所有的人像我一样。如果不能普遍，只有部分人能像我一样，这对谁都不公平。个例成了普遍者的排斥对象，普遍者成了个例者的芥蒂对象，这个世界将会失去本有的秩序。我的存在已经让一些人失去了生命，我不能让自己再次成为万恶之源。”

“时间老人将你遗忘，让你体验了不一样的人生，但我知道你从来都没有真正地快乐过。所以我会尊重你的选择，我想他们也一样会尊重你。”

“谢谢老师。”

“鼎恩，你虽然比我年长，但你总是以老师尊称我，那我就以老师的名义跟你说几句心里话。”

“老师，您说。”

“我知道你见证了祖国成立到今天所有的事情，有些观念已经根深蒂固植入你的血液里，你无法摆脱。比如，你不敢承认你喜欢苏诺。”苏林森说。

“老师，你知道我不能在一个地方久待……”

“这是你以前的顾虑。你现在有了新的顾虑，因为我还活着，你更不敢承认你喜欢苏诺。因为你血液里一定有父母之命的观念，不然你早就去找苏诺了，而不是直接回自己的家。鼎恩，我想让你以后过得快乐，真正地体验人生，而不是逃避。所以，我不阻碍你和苏诺之间的感情。我只会把你当成十年前的鼎恩，而不是在时间下潜行的人。”

“老师，我不能……”沈遇的话还没说完，就被苏林森打断了。

“鼎恩，不要把我现在的这个样子，以及你师母的意外离世当作思想包袱。如果你依然放不下这些，那就请你在未来的时间里，替我照顾好苏诺，作为补偿吧。”苏林森说着叹了一口气，“你和腾乾是我最欣赏的两个学生，但现在腾乾成了那个样子，我希望你好好的，跟我回家好吗？”

“好。”沈遇点了点头。

沈遇跟随苏林森回到家里，看到保姆正在和一个孩子玩耍。

“这是腾乾的孩子吗？”沈遇问。

“嗯。顾夏没了，腾乾又在医院里，我能做的只有帮他看着孩子了。”苏林森说着看向楼上，“苏诺在楼上，上去吧。”

沈遇来到楼上，敲响了苏诺卧室的门。

苏诺并不知道爸爸把沈遇带了回来，以为敲门的是爸爸，看到进来的沈遇，像个犯了错的孩子一样不知所措。

“你来了。”苏诺立在书桌前，注视着沈遇。

“老师让我来的。”

“哦……”苏诺慌张得不知道该说什么。

“你不请我坐吗？”沈遇见苏诺这样，有心化解苏诺的尴尬。

苏诺把书桌前的椅子拉出来：“请坐。”

“如果不是我，你就不会身陷险境……”苏诺看着沈遇坐下后，愧疚地说。

沈遇打断苏诺的话说：“如果不是我，苏太太就不会遭受意外；如果不是我，你就不会和老师相隔十年而不能相见；如果不是我，腾乾就不会住进精神病院，外面的孩子和家明就不会失去母亲，解汉钢就不会吞枪。这一切都是因我而起，如果那天你不是喝醉了说出真相，那才是你最应该自责的事情。”

听了沈遇的话，苏诺哭了：“我不想让你受到伤害，我想让你活着，即便你离开江州，我也可能还有机会见到你。”

“我不会离开江州了。”

“为什么？这样会有更多的人知道你的身份的。”

“因为我爱的人在江州，我要陪伴她。”沈遇深情地看着苏诺。

“她在哪里？”苏诺明知故问。

“……此刻，她在我的眼里，但我不知道她愿意不愿意。”

“她应该很愿意。”苏诺说着抱住了沈遇，任眼泪肆意流淌，“我是不是再也不用担心和你走散了。”

沈遇抱着苏诺点了点头。

关于爱情，关于恋人，沈遇虽然幻想过很多次，幻想和什么样的姑娘相爱，和什么样的姑娘组建家庭，但这种幻想从来没有超过一分钟，就会被他拥有的身份敲碎。所以，关于爱情，关于爱人，在他漫长的人生里从未有过体验。

当他把苏诺揽在怀里的时候，才知道原来真正的幸福是这个样子。

3

在餐桌前等候多时的苏林森，看着沈遇和苏诺并肩走出来，满足地笑了。

沈遇吃完饭，就说要回沈家老宅。因为沈遇身体刚恢复，苏林森便让苏诺陪着他回去。

在出租车上，苏诺一直幸福地依偎在沈遇的怀里。

“为什么非要回沈家老宅？”苏诺问。

“我明天要去南京。”沈遇说。

“我后天毕业，我想让你见证我人生中的重要时刻。你后天去行吗？这样我就能陪着你去了。”

“那我就后天去，我读了这么多次书，从来没有参加过毕业典礼，也该好好感受一下。”

苏诺和沈遇来到沈家老宅，当打开房门后，却发现整个家被翻得一片狼藉。

沈遇前前后后算起来将近二十天没有回过老宅。有些凌乱的东西上已经落满灰尘，显然这不是近些天发生的事情。

沈遇看到这番景象，急忙奔向楼上，来到书房，发现被他藏匿的相册、父亲给母亲写的那封信、印有他掌纹和指纹的纸以及父亲给家里的那些汇款单，都已经不翼而飞了。

“我给良易哥打电话。”苏诺着急地说。

“不要告诉良易。”沈遇阻止苏诺。

“为什么？”苏诺不解地问。

“没丢什么贵重的东西，就不要打扰他了。”

沈遇不想让魏良易介入，因为他知道这一切都是真正的凶手干的，但他又不想让这个人被魏良易抓到。

沈遇担心偷走他东西的人留下什么蛛丝马迹，立刻开始收拾，并把每个角落都擦拭了一遍。

“明天，你带我去看看腾乾吧。”收拾完房子，沈遇突然说。

“好。”苏诺点了点头。

第二天上午，苏诺就和沈遇去看腾乾了。腾乾还像以前一样，谁都不认识，目光依然呆滞。苏诺和沈遇就坐在病房里陪着腾乾干坐了一上午才离开。

从医院出来过马路的时候，苏诺看到一对年过七旬的老夫妻相互搀扶着过马路，苏诺也情不自禁地挽住了沈遇。

“沈遇，我虽然现在比你年轻，但我却会比你先老。到了阿婆这个年纪，我就不能让你像阿伯这样挽着我上街了。”苏诺俏皮地说，但语气里显然有一丝伤感。

沈遇听出了苏诺的伤感，笑着问苏诺：“你知道为什么‘时间可以衡量一切’这句话其实并不正确吗？”

苏诺摇了摇头。

“我是这样理解的：时间可以衡量物体的质量，时间可以衡量友谊的厚度，时间也可以衡量感情的忠贞。这说明什么？说明时间是一个计量单位。如果剥去时间这个外衣，那么不管什么东西，拥有的质量才是它存在的本质，友情厚度也是两个人的交情所致，跟时间本无关系。时间只是告诉我们，哦，原来这么久了，仅此而已。所以，我爱你，你爱我，跟时间无关，只因我们相爱。”沈遇特别认真地说。

听沈遇说完，苏诺把沈遇挽得更紧了：“你干吗这么认真。”

“爱情本来就该认真。”

“那你明天参加我的毕业典礼也要认真对待。”

“一定会准时到达你们学校的，我会认真地看你做演讲报告。”

沈遇和苏诺约好次日的九点在江州大学门口集合，但一直到九点半，沈遇都没有出现，打沈遇的电话一直没人接，这让苏诺焦急不已。

苏诺担心沈遇出了什么意外，想放弃参加毕业典礼，却被魏小蔓制止了。

“他不会有事的，你别担心了。”魏小蔓安抚苏诺，“你是优秀毕业生，还要上台演讲，怎么能不参加呢。如果你实在不放心，我让韩洋去沈家老宅看看行吗？”

“好吧。”苏诺勉强地点了点头。

沈遇没出现，让苏诺怎么都高兴不起来，即便返回来的韩洋告诉她沈遇没事，她依然抑制不住她胡思乱想：既然沈遇没事，为什么不来呢？一定是出了什么事情。当不好的念头在我们脑海里开始萌发，它便会像迅速生长的蔓藤四处滋生。苏诺不想让肆意滋生的臆想捆绑自己，慌乱地讲完毕业感言便跳下讲台，疯狂地跑出了学校。

当苏诺火急火燎地赶到沈家老宅，发现爸爸和魏良易都在。

“爸爸，良易哥，你们怎么在这里？沈遇呢？”苏诺疑惑地看着望向她的苏林森和魏良易。

面对苏诺的询问，苏林森和魏良易不知道怎么回答，便把一封信交给苏诺。

苏诺接过来信，慌乱地打开：

苏诺：

当你看到这封信时，我已经离开了江州。

这次本想和你当面告别，我却始终鼓不起勇气。因为怕见到你，便不舍得离你而去。是你，让我感受了爱情。在与你相爱之前，我曾无数次幻想过爱情的样子，幻想总是充满美好，但当我品尝了你给予我的情感，我才知道那种幻想的美好抵不过你给予的万分之一。你给予我的爱情，既让我觉得美好，又赶走了我的孤独，你给予了我一种我从未有过的生命体验。

我这次离开，是因为我爱你。爱一个人却离开她，是多么残忍的事情，但造化就是这样弄人。就在今天，我特别兴奋地起床，准备去见证你的毕业时刻，然而，当我走到卫生间，却发现我已经不是昨天的我，我看到镜中的自己竟然是一个四十几岁的男人，额头上有几条浅浅的褶皱，眼角也出现了鱼尾纹，皮肤有些发干，有些松弛。

从我的描述中，你能想象出来我的样子吗？当然并不是因为我变老而惧怕见你，我不惧怕衰老，自然规律本来就该如此，只是这个规律在我身上停得久了一些而已。我能意识到，这个规律开始在我身上运转，我的身体就要开始遵循它了，所以我不知道哪一天我会成了我实际年龄本该拥有的身体、容颜，成了一个七十多岁的阿伯。

看到这里，你肯定会在心里怨恨我。昨天我还在给你讲爱情是我爱你你爱我，情感的本质就只是情感，和时间无关，时间只是年龄的计量单位。但今天，我却用离去的方式否定了自己。

昨天，我相信自己不会因为你的衰老离你而去；今天，我也相信你也不会因为我的衰老离我而去。但是，我不了解自己老去的速度到底是什么样的，我不知道到底能陪伴你多久，所以我只能选择这种方式默默地离开，逃避永别的时刻那种钻心的痛苦。

苏诺，对不起，未能兑现承诺，去参加你的毕业典礼，见证你人生的一个重要节点，我深表遗憾。

祝愿你未来的人生过得丰富多彩。

沈遇

2016 年 6 月 30 日

苏诺看完信件，已经泪流满面。

“爸爸，沈遇怎么会突然衰老？”苏诺盯着苏林森。

“应该和这次被刘西文他们在身上注射了太多激素有关。”苏林森也不确定。

第十一章

爱情是我爱你你爱我，情感的本质就只是情感，和时间无关

1

苏诺知道沈遇一定是去了南京。

所以她决定去南京找沈遇。

苏林森和魏良易都劝她不要去，沈遇既然选择离开，就不会让她轻易找到，但苏诺毅然决然地买了去南京的火车票。

到了南京，苏诺每天都在大街小巷寻找沈遇的身影。在偌大的南京寻找一个人不容易，更何况是一个不愿意见她的人？即便如此，苏诺没有一刻放弃过寻找沈遇，因为她害怕沈遇老到不能自理，无人照顾。

苏诺一连找了十几天，越来越为沈遇担心。有些绝望的她，在一个夜晚，心事重重地走出房间，去酒店的酒吧买醉解忧。

苏诺坐在吧台上一杯一杯喝着酒的时候，一个青年男子突然坐到了她旁边，把酒保唤过去，给苏诺又加了一杯。已经有些醉意的苏诺，并没有注意这是一杯别人送的酒，端起来就喝了。

青年男子见苏诺喝了自己的酒，便朝苏诺靠近了一些："怎么一个人来喝酒？"

苏诺醉眼蒙眬地看了一眼青年男子，没有说话，举起杯子又喝了

一口。

“我让调酒师给你调的这杯酒，叫‘一见钟情’，小姐喝出其中的味道了吗？”青年男子见苏诺不搭理他，又继续搭讪。

苏诺依然不搭理青年男子。

青年男子笑着又说：“小姐，能请我喝一杯‘相见恨晚’吗？”

青年男子的话还没说完，苏诺突然一下趴到了吧台上，醉得不省人事。青年男子见苏诺醉倒，又伸手轻轻推了推她，见她没有反应，得意地笑着说：“小姐，忘了告诉你，这杯酒还有一个名字，叫‘一步之遥’，就像我们这样。”

青年男子说完欲上前扶苏诺的时候，突然一个人走过来，一把抓住了他的手。

这个人不是别人，正是沈遇。苏诺来到南京后，沈遇每时每刻都在苏诺的身后，保护着她。

“你知道还有一种酒叫作‘千里之外’吗？”沈遇握紧青年男子的手腕。

沈遇突然的介入，并没有让青年男子感到惧怕，而是不屑地打量着看上去已经四十多岁的沈遇。

“叔叔，咱都一把年纪了，能不能有点儿眼力见儿。”青年男子不屑地说。

沈遇不想和青年男子过多纠缠，只想在苏诺醒过来之前，把她送回房间。所以，他没有回应青年男子，直接去搀扶苏诺。

青年男子见沈遇坏他的好事，便拦住了沈遇：“大叔，知道什么叫不夺人所爱吗？”

“请你让开。”沈遇怒视着青年男子。

“不让又能怎么样？”青年男子挑衅地挡在沈遇面前。

“那我今天就教你一个不该乘人之危的道理。”沈遇说着，抬起手就在青年男子的脸上重重击了一拳。

沈遇这一拳下去，二人就厮打在了一起。服务员见有人打架，上前劝阻却无补于事，便报了警。

警察把沈遇、苏诺和青年男子带到派出所，警察本来向服务员调查了当时的状况，知道青年男子是过错方，只要带到派出所录一份口供就可以，然后对沈遇进行批评教育，对青年男子进行处罚拘留。但到了派出所，青年见苏诺醉酒不醒便无赖地说是沈遇耍流氓，自己是苏诺的男朋友。

出现这种状况，警察当然不会听信青年男子的一面之词，说等苏诺醒来再处理。青年男子敢这样耍无赖，沈遇就知道他会在苏诺醒后反咬自己一口，说他是见义勇为的英雄。沈遇当然不会担心青年男子反咬自己一口，但是他害怕苏诺看到自己。

所以，沈遇便央求警察快些处理。这种双方各执一词的局面，警察当然不能草草处理，但沈遇不断地央求，却让处理事故的警察看出了沈遇的慌张，硬是让沈遇出示证件。

当沈遇把自己的护照交给警察，便意识到自己错了，因为护照上写的年龄是二十七岁，照片也是自己年轻时的样子。然而，当他意识到这个问题时，警察已经翻开护照，正用疑惑地眼光打量他。

"你今年二十七岁？"警察看了看护照，又看了看沈遇。

"二十七岁。"沈遇硬着头皮说。

青年男子见警察怀疑沈遇的身份，便赶紧补刀："大叔，那你长得真够显老的。"

"谁让你说话的！"警察瞪了青年男子一眼，又质问沈遇，"这也是你二十七岁的护照吧？"

"警察同志，二十七岁不能长得像我这样吗？"

"当然可以。"警察说完起身拿着沈遇的护照走了出去。

2

因为沈遇本人和护照的照片从年龄到容貌都不符，所以警察怀疑沈遇的身份。当晚就把沈遇单独关到了另一间候问室。

苏诺是第二天一早醒来的，醒来后见自己竟然在派出所，正不明所以时，警察端着一份早点走了过来。

“我怎么在这里？”完全不记得昨天发生了什么的苏诺，疑惑地问警察。

“昨晚的事儿一点都不记得？”警察把早点递给苏诺。

苏诺接过早点，摇了摇头。

“他说是你男朋友。”警察用眼睛瞟了一眼用手铐铐在墙角的青年男子。

“我不认识他呀。”苏诺看向青年男子说。

“你不是说你是他男朋友吗？”警察质问青年男子。

“不不不……不是这样的。警察同志，我昨天之所以撒谎，是因为我不想给警察同志找麻烦。”青年男子慌张地解释道，“姑娘，我可是见义勇为的英雄，昨晚有个家伙趁你喝多了，想对你图谋不轨。姑娘你要给我澄清呀。那个人不是什么好人，用假护照，冒充美籍华人。烂人就是烂人，作假也做得不对，自己都四十多岁了，非要说自己是二十几岁……”

苏诺听到青年男子这样说，突然意识到他说的就是沈遇，忙站起来问警察：“这个人现在在哪里？”

“在隔壁的候问室。怎么了？”警察不解地问。

“我可能认识他！”苏诺情绪激动地说。

“可他说不认识你呀。”警察说。

“我来南京就是来找他的。我昨天喝醉，就是因为找不到他。”苏诺激动地说，“能带我见见他吗？”

警察点了点头，就带着苏诺去候问室了。

从警察的办公室到候问室只有短短二十米，却让苏诺觉得特别漫长。她心中祈祷这个人就是她要找的沈遇。

门被推开的一瞬间，沈遇看到警察身后的苏诺，便迅速把头转了过去。即便如此，苏诺还是一眼就认出了他。

“沈遇？”苏诺情不自禁地哽咽着喊了一声，眼泪瞬间夺眶而出。

“警察同志，我不认识她，你带她走吧。”沈遇背对着苏诺说。

“警察同志，我真认识他。”苏诺说着从口袋里掏出一个卡包，从卡包里拿出一张和沈遇的合影，给警察看。

警察看到合影上的沈遇是年轻的沈遇，疑惑地问：“你确定是同一个人？”

“是同一个人。”苏诺点头，“他是好人，不是坏人，可以放了他。”

“现在不行。因为他的护照有问题，我们需要核查。”警察一副公事公办的口吻，看到苏诺脸上的泪水，犹豫了一下说，“不过，你可以进去和他聊聊天。”

警察说完就退了出去，随手关上了门。

“沈遇。”苏诺又叫了一声。

“苏诺，你认错人了。”沈遇依然背对着苏诺。

“你叫我苏诺，我怎么会认错人呢。”苏诺向沈遇靠近，“你非要躲着我吗？”

“我老了。已经不是你儿时见到的鼎恩，不是你成年后遇到的沈遇了。”

“在我担忧自己先你老去时，你说爱情是我爱你你爱我，情感的本质就只是情感，和时间无关，时间只是年龄的计量单位。为什么你先老了，却让我离开你呢？难道，你要让我在我们的爱情里成为那个失信者，愧疚一辈子吗？”苏诺哭着走到了沈遇面前，看到沈遇那张四十多岁的脸，看到沈遇那双依然深邃的眼睛，她那张挂满泪痕的脸上露出了欣慰的笑容。

沈遇看到站在他面前的苏诺，也不再逃避：“笑什么？”

“因为你没有把脸背过去。你面对我，我就不会让你再跑掉了。”苏诺说。

沈遇看着苏诺脸上挂满了泪水，伸手帮苏诺擦拭着:“我被警察关着，想跑也跑不掉。”

“我会想办法证明你就是我的沈遇，让警察把你放出去。放出去，你也跑不掉了。”苏诺说着把头埋在了沈遇的怀里。

苏诺和沈遇温存了一会儿，从候问室出来，就给魏良易打了电话。魏良易接到苏诺的电话，就从江州开车赶到了南京。

魏良易把沈遇的情况如实告诉当地的警察，澄清了沈遇的身份。

当地的警察听魏良易讲完，感叹道：“这个世界有很多未解之谜，希望沈先生能解开自己的身世，给人类做出一些贡献。”

沈遇从派出所出来，魏良易就要和他们告别回江州。

“沈遇，没想到几天没见你，你又老了这么多。”魏良易感慨道，“如果再以这个速度老去，我就不敢直呼你的名字了。”

“我永远会是那个沈遇。”沈遇说。

“希望你能尽快找到你母亲的下落，尽快回到江州，这样我见到你的时候，可能你还是现在这个样子。”魏良易说着拍了拍沈遇的肩膀，“队里还有事，我就先回江州了。”

“一路顺风。”沈遇说。

魏良易和沈遇告别完，又把苏诺叫到了一旁：“苏诺，好好照顾沈遇吧。如果沈遇以这个速度老去的话，恐怕……”

苏诺点了点头：“谢谢良易哥。良易哥，我爸还好吗？”

“苏教授很好。我几乎每天都去看他，你就放心吧。”魏良易宽慰她道，“我走了。”

看着魏良易的车渐渐远去，沈遇突然问：“良易跟你说了什么？”

“他说让我寸步不离地跟着你。”

3

沈遇陪苏诺回到酒店，苏诺果然对沈遇寸步不离，恨不得拿根绳子把他俩捆在一起。

“你要去哪里？”回到酒店没一会儿，沈遇刚走到门前准备开门，就被苏诺喝止住了。

“你不是要跟我寸步不离吗？我得回去拿行李呀。”

“我跟你一起去。”

苏诺挽着沈遇的胳膊走出去，才知道沈遇就住在她对面的房间。

“你就住在我的对面，竟然都不见我。”

“我这不是出现了吗？”沈遇掏出房卡开门。

“但对我不公平啊。你能看见我，却不让我看见你。”

“苏诺，我真的不想让你看见我老去的样子。“沈遇突然伤感地说。

“你既然同意我们在一起了，所有的事情就不是你一个人说了算了。”

“好。我向你保证，我以后绝对不会离开你了。”

即便沈遇向苏诺做了保证，苏诺依然担心沈遇会突然离开。到了晚上，苏诺更担心沈遇趁她睡着了，偷偷离开。

“你这是干什么？”沈遇疑惑地看着苏诺往门口拖沙发。

“我要睡沙发。”苏诺用力地拖着沙发说。

沈遇这才明白苏诺的意图，笑着去卫生间拿来了一条浴巾，先绑住了自己的胳膊，又绑住了苏诺的胳膊。

“这样我就跑不了了。”

“这样也行。”苏诺又紧了紧浴巾，“我这几天为了找你，一直没睡好，我要睡觉了。”

苏诺说完就往床的方向走，沈遇也跟着苏诺走了过去。

“你不睡觉吗？”苏诺躺在床上，见沈遇依然站在地上。

“我们没结婚，”沈遇拘谨地说，“不能睡一张床。”

“那你就站着吧。”苏诺说完闭上了眼睛。

沈遇就这样站在地上，一动不动。

“你真这样站一夜吗？”半个小时后，苏诺睁开眼睛问。

“等你睡着了，我可以坐一会儿。”

“你现在就可以坐呀。”

“那我坐一会儿。”沈遇说着用另一只手揉了揉和苏诺绑在一起的胳膊，坐到了床上，“这样还真有点儿不舒服。”

苏诺见沈遇如此拘谨，便没有为难他。为了让他舒服一点儿，苏诺朝他那边挪了挪。

“你不是困了吗？怎么不睡？”沈遇见躺着的苏诺一直看着他。

“沈遇。”苏诺忍不住喊了一声。

“怎么了？”

“沈遇。”苏诺又喊了一声。

“到底怎么了？”

“我就想叫你。”

“赶紧睡吧。”

“我想多看你一会儿。”

“我都老了，有什么好看的。”

苏诺突然坐了起来：“沈遇，你抱抱我好吗？”

沈遇抱住了苏诺，苏诺却哭了。

“沈遇，我觉得我很幸福。你在用你的一生和我在一起。”苏诺紧紧抱着沈遇。

“但我给你的这一生太短了。”

“我会用我剩下的时间记着你。”

“我希望尽快有我母亲的消息。这样，我就能和你回江州了。”

“你不是说，派出所有消息会第一时间告诉你吗？”

沈遇来到南京，才知道彭慧在 1985 年已经迁出了南京，因迁出时间比较久远，很多信息已经无从查询了。

“希望尽快有消息，不然我就老得走不动路了。”沈遇喃喃自语。

沈遇得到彭慧的消息是在一周后。那天苏诺先醒来，发现沈遇又变老了，看上去已经有五十几岁了。

苏诺担心沈遇醒来后看到自己又老了，心里不好受，急忙跑去卫生间把门关死，把卫生间的镜子打碎了。

沈遇听到卫生间传来玻璃破碎的声音，跑去卫生间，看到苏诺正在收拾破碎的镜子碎片。

“怎么了？”沈遇问。

“没事儿，我不小心把镜子打碎了。”苏诺说着站起来就往外推沈遇，“你出去吧。”

沈遇一把抱起了苏诺：“你疯了啊，你没穿鞋你知道吗？”

这时苏诺才发现自己的脚上全是伤口，有几块玻璃碎片扎在脚上，鲜血不停地往外渗。

沈遇急忙抱着苏诺打车去医院清理伤口。

苏诺的脚包扎完，不能走路，打车到酒店门口，沈遇便背着苏诺回房间。苏诺搂着沈遇的脖子，把头靠在沈遇的背上，仿佛一点儿都不觉得疼。

“你是发现我又老了，怕我发现才把镜子打碎的，是吗？”沈遇背着苏诺说。

“没有啊，你没有老啊。”

“我从镜子的碎片里看到了。苏诺，以后不要再做这种傻事了，我真的不在意这些。我欠时间的，现在只是还给它而已。”

沈遇背着苏诺回房间没多久，就接到了派出所打来的电话，说找到了彭慧的迁移地，彭慧迁到了锦溪。

沈遇得知这个消息异常激动，因为终于可以在老到走不动之前见到母亲了。

沈遇决定明天一早就去锦溪，但苏诺看着脚上的伤又开始自责了。

“我这样，不能跟着你去了。”苏诺说。

“我怎么舍得把你一个人扔在酒店呢。我就是背着你，也要把你背到了。”沈遇说。

“要不你去买个轮椅吧。”苏诺灵机一动。

4

第二天一早，苏诺和沈遇从南京出发去了锦溪。

他们到达锦溪的时候，已经是下午了。苏诺知道沈遇寻母心切，连午饭都没吃，就让沈遇推着她去当地派出所询问彭慧的信息。

当地派出所查完告诉他们，彭慧已经在三年前去世了。苏诺见沈遇听到这个消息很是沮丧，便忙问民警：“彭慧家里还有没有其他人？”

“还有一个儿子。”民警说。

沈遇听到这个消息，本来沮丧的心情又有了些好转。

彭慧的儿子住在锦溪古镇湖边的一座古宅里。

沈遇和苏诺怀着无比激动的心情，踏着长满青苔的石板路，一路打听，终于找到了彭慧儿子的家。沈遇站在门前，激动地叩响了门环。

片刻后，一位老太太打开了门。老太太虽然身体轻微地佝偻，满头白发，但面色红润，肩上红色的麻布披肩让她本有的非凡气质更显典雅，可以看出来她年轻的时候是一个注重仪态的美人。

老太太看到门外的沈遇，像不敢相信自己眼睛似的疑惑地盯着他。

“您好，这是彭慧的家吗？”沈遇问。

沈遇的话像一把利剑割断了老太太的目光。

老太太收回目光，点了点头：“你是？”

“我……我……”老太太的问话让沈遇一时不知道该怎么回答。

苏诺忙替沈遇解围：“我们来看望彭慧。”

“请进请进。”老太太把门打开，让沈遇把苏诺推了进来。

在老太太的带领下，沈遇推着苏诺进了房间，一眼就能看到一面墙上挂满了彭慧和沈科的合影照片。照片上的彭慧端庄典雅，像老上海挂历上的名媛，而照片上的沈科分明就是沈遇自己。老太太看到沈遇注视着挂在墙上的老照片，便更加慌乱。

“我是他家的邻居，家里的主人出去散步了，我去帮你叫回来。”老太太说完没等沈遇和苏诺回应，就转身走了出去。

看着老太太离去，沈遇和苏诺又把目光投向了墙上的老照片。

“你母亲长得真好看。”苏诺看着照片感叹道。

“可惜没能亲眼看到她。”

“至少找到了。”苏诺安慰道。

苏诺见沈遇一遍又一遍地看着这些老照片，像是要从这些老照片里找到关于自己的身世，便不再打扰沈遇，让沈遇尽情沉醉在与他错过的相纸拼凑出来的时光里。

“你好。”一个浑厚而低沉的声音打断了沈遇的沉思。

沈遇和苏诺不约而同地转过身来，看到刚才的老太太和一位年过七旬的老伯站在他们身后。

老伯看到沈遇，和老太太一样疑惑，不住地看看沈遇又看看墙上的照片。

“您好。”沈遇对老人说。

他和沈遇虽然长得不一样，但从他那张堆满褶皱的脸上还是可以看出有几分相似。

“您找我母亲？”老伯问。

沈遇点了点头。

“你也不知道请客人坐下。”老太太说，“我去给你们沏茶。”

“双姨，我去吧。”老伯说。

“沈遇，客人是来找你母亲的，你该陪着客人才是。”

苏诺和沈遇听到双姨喊老伯沈遇，都有些惊讶。

“沈遇？”苏诺听到双姨叫老伯沈遇，朝老伯看去，“您叫沈遇？”

“对呀，我叫沈遇。”老年沈遇说。

“这……”沈遇听到双姨叫老伯沈遇也非常吃惊，“敢问您哪年生人？”

“1938 年。”老年沈遇说着看了一眼老照片上的沈科，又把目光投向沈遇，“你是我父亲的什么人？”

听到老年沈遇说自己是 1938 年出生，沈遇开始思考，自己是 1940 年出生的，老年沈遇比自己大两岁，那就说明信上沈科称呼的吾儿沈遇，不是在称呼自己，而是在称呼他面前的这个沈遇。

“请问您从母亲的口里听说过有一个弟弟吗？”沈遇像是没有听到老年沈遇的问话，又有些恍惚地问。

老年沈遇摇了摇头：“没有，我父母只有我一个孩子。”

“您确定？”沈遇有些不敢相信地看着老年沈遇，有些失落。

“当然。我是家里的长子，也是家里唯一的孩子。1939 年，母亲带着我从德国回来，我们就和父亲失去了联系，直到我母亲辞世，都没有再见过父亲。我怎么可能会有弟弟？”老年沈遇说。

沈遇听老年沈遇说完，便知道即便彭慧活着，自己也不可能得知身世，因为自己根本不是彭慧的孩子。

找来找去，竟然是这样一个结果。沈遇想到这一切，更加惆怅不已。

苏诺见沈遇惆怅万分，也不知道该怎么安慰他。

“那打扰了。”沈遇说完就推着苏诺往外走。

“怎么称呼您？”老年沈遇看着沈遇离开的背影问。

“鼎恩。”沈遇不想再借用这个不属于自己的名字。

“您还没告诉我，您和我父亲到底什么关系？”老年沈遇对沈遇充满好奇。

“我也不知道。”沈遇停下脚步，转过身去给老年沈遇深深鞠了躬，“打扰了。”

“我们回江州吧。”走出彭家宅子，沈遇停下脚步，对苏诺挤出一丝微笑。

“沈遇，你一定和沈科有关系的。”

“不要叫我沈遇，那不是我的名字，你还是叫我鼎恩吧。”沈遇沮丧地说。

“我觉得你应该和那个老伯去验一下DNA，你们一定有血缘关系。”苏诺说。

“有血缘关系又能怎么样？他问我到底跟沈科是什么关系，我该怎么跟他解释呢？！这个问题我又该问谁呢？”沈遇惆怅万分地说。

苏诺见沈遇如此，便没有说话。她特别理解沈遇此刻的心情，在这七十多年里，他一直在苦苦寻找自己的身份，然而当他好不容易找到了身世的线索，却是这样的结果，并且他已经听到了生命主宰者召唤的声音，已经没有时间再继续寻找。

“我们回江州吧。”苏诺说。

沈遇点了点头，就推着苏诺朝古镇外走去。刚走几步，就听到有人喊他们。回头一看，双姨正站在他们身后。

“住些日子再走吧。”双姨说。

“不了。”沈遇说。

“我看姑娘受伤了，总要养伤吧。”双姨说。

“我们就留下吧。”苏诺说。

沈遇虽然没有找到自己的身份，但苏诺能看出来，沈遇一定和老沈遇有着血缘关系。既然有血缘关系，就一定是亲人。苏诺想让沈遇和亲人多待一段时间。

尾声

为了完成对爱人的承诺，有人牺牲了一辈子

1

在苏诺的强烈要求一下，沈遇最终同意在锦溪住一些时间。

苏诺和沈遇住在了彭慧家，双姨和老沈遇对他们热情款待。双姨和老沈遇都没问一句关于沈遇和沈科是什么关系的话，只是把沈遇和苏诺当作远道而来的客人。

在锦溪住的这几天，双姨每天都带着他们在古镇里转悠，给他们讲述古镇的历史。几天下来，苏诺脚上的伤渐渐好了起来，慢慢地能下地走路了。

沈遇和苏诺了解到，老沈遇之所以对双姨敬重有加，是因为双姨是彭慧的朋友，双姨在抗日战争时期就认识了彭慧。双姨看着比老沈遇年轻一些，但其实她比老沈遇足足年长了十六岁。

苏诺能看出来在这里住的这几天，沈遇特别高兴。两个沈遇虽然谁也不提及彼此的疑惑，但他们都拿对方当亲人对待。

美好的时光总是会被一些突如其来的状况影响。他们在锦溪住下的第七天，天还没亮，苏诺突然被沈遇叫醒了。

此刻，沈遇在苏诺的视线里只是一团黑影。

“怎么了？”苏诺揉着睡眼问。

“我们离开这里，回江州。”

“为什么，你在这里过得不是很高兴吗？”

“必须离开这里，我又变老了。”

苏诺听到沈遇这样说，一下睡意全无，跳下床就要开灯，却被沈遇制止了。

“不要开灯，会吵醒他们的。”沈遇压低了声音，“我们偷偷地走，不能让他们见到我，不然会吓坏他们的。”

苏诺点了点头，轻轻地收拾了行囊，然后两人就悄悄地离开了。

外面依然一团漆黑，苏诺看不清楚沈遇又老了一些的样子，但她牵着沈遇的手向锦溪古镇外走去的时候，却能感觉到沈遇的手变得粗糙干瘪了很多。

“我真想和你一起老去。”苏诺握紧了沈遇的手。

“不要胡说。我现在只是还债，你又不欠时间任何东西。”

“如果欠的一定要还，你还欠我的陪伴，你能慢一些变老，多陪陪我吗？”

“如果有来生，我一定要成为一个和你一样的普通人，用一辈子去还。”

他们在锦溪古镇里走着，天渐渐地亮了。苏诺凑着泛亮的天光，看到了沈遇那张又变老的脸，眼泪一下夺眶而出，但她却没有说一句话，依然和沈遇并肩走着，走到站牌下，等待第一辆开往长途客运站的公交车。

2

沈遇和苏诺回到江州，回到自己家的别墅，已经到了晚上。

苏林森接到了苏诺要回家的电话，让人准备了一桌丰盛的晚餐，给他们接风。因为在电话里苏诺已经跟苏林森说了，沈遇并没有找到自己的身世，所以在饭桌上苏林森只字未提沈遇不辞而别的事。

已经六十几岁的沈遇，经过一天的路途颠簸，身体疲惫不堪。所以只吃了几口饭，就说要回老宅休息。

“你已经不是前一段的鼎恩了，留下吧，咱们可以相互照顾。”苏林森劝阻道。

“老师，我想回老宅住。”

“那让苏诺陪你吧。”

“我想自己待一晚。”

“我送你回去总可以吧。”苏诺说。

沈遇点了点头。

在回去的车上，两个人一路无言。

苏诺深知，如果按照以往的规律，还有一周的时间沈遇的身体就会衰老到他本该有的年纪——七十六岁。普通人的七十六岁是一岁一岁加上去的，身体也是一天一天一月一月一年一年衰老的，但沈遇在不到两个月的时间，身体就衰老到七十六岁，所以苏诺担忧沈遇的身体不能承受器官骤老带来的各种不适，使得沈遇随时都有可能离开。

正是这种担心，苏诺到了弄堂口就停下了脚步。她想让沈遇趁身体还没老到与他年龄相符的这几天，活得自我一些，做自己想做的事，而不是被自己羁绊。

苏诺看着沈遇走进了弄堂口，在路灯昏黄的灯光下，沈遇的背影单薄了许多，脚步也失去了往日的矫健，变得步履蹒跚，整个人看上去像一张写满故事的旧报纸，风一刮就会飘起来。

“明天一早我来接你。”苏诺看着沈遇的背影，泪眼婆娑地说。

“明天晚上来接我吧。“沈遇头也没回，低头往弄堂里走去。

沈遇从苏诺的声音里听出了压抑的哭泣声，他知道这是苏诺在为他担心。他多想转身回去，给苏诺擦拭眼泪，但他不敢，他担心自己让苏诺留下来，耽误了明天的事情。

“明天你去要哪里？”苏诺站在弄堂口问。

“我要去处理事情。”

“那明天晚上见。”

“明天见。”

沈遇第二天一早就去了精神病院。

盘腿坐在床上的腾乾还是像他以前一样神情呆滞，看到沈遇走进来没有任何反应。沈遇从自带的果篮里拿出一个苹果，洗了洗递给腾乾，他接过苹果，像一个孩子似的吃了起来。

看着腾乾香甜地吃着苹果，沈遇搬过来一张椅子，坐在了腾乾的床前：“腾乾，你知道我是谁吗？”

腾乾的世界里像是只有手里的苹果，大口大口地吃着。

“我是鼎恩。”沈遇说。

腾乾像没听见似的，苹果汁顺着嘴角流下来。

“我变老了。”沈遇从口袋里掏出纸巾，给腾乾擦拭果汁，“你知道我为什么来看你吗？我们同学一场，我该来跟你告个别。如果你清醒的时候，肯定会这样回答我。但现在你是一个精神病患者，并且还是一个被顾夏殃及的受害者。所以，你内心肯定嘲笑我，你跟一精神有问题的人说这么多有什么用，我又听不懂。”沈遇给腾乾擦拭完又退回到椅子上，看着腾乾继续漫不经心地说，“其实你听得懂，对吗？其实顾夏才是你的棋子，对吗？只是她不知道而已，她到死都以为是她亏欠你的。”

腾乾依然神情呆滞地大口吃着苹果，但他吃苹果的速度和方式和刚才有细微的区别。

“我知道，即便我说出来，你也不会害怕。因为你知道这只是我的推测，并没有证据。确实，这只是我的推测，并没有证据。没有证据说出来毫无意义，但我必须表达我对你的失望。我一直深信这些事情跟你没有任何关系，因为你一直是我心中那个有担当负责任的腾乾，你不会做出伤害大家的事情，尤其伤害苏教授。但我没想到我错了，大错特错。现在有这么多人因你而丧命，你却依然执迷不悟，还要去老宅拿走我的东西，继续沉沦下去。我知道，你看到我已经老成这个样子，特别失望，因为你的计划已经付诸东流了，你千辛万苦想要得到的答案，竟然是以老去的方式收场。”沈遇说着笑了笑，“凡事都有定数，天下万物都有。我的时间要到了，你的罪恶却不肯收场。既然你不愿意让自己遭受惩罚，那你就好自为之吧。希望你病好后，能做一个好父亲。”

沈遇见腾乾依然没有任何反应，便站了起来，沉声说：“不过，我希望你把从老宅拿走的东西还给我。因为那里边有一封信是不属于我的，我必须把它还给它真正的主人。”

3

到晚上才能见到沈遇，等待总让人觉得时间太过漫长。苏诺为了打发一天的时光，便约了魏小蔓在老宅周边的商圈一直转悠，然后等到夜幕降临，就直奔老宅去见沈遇。

苏诺在夕阳西斜的时候，就到了弄堂，但她一直在门外等到满天星斗，都没等到沈遇回来。她以为沈遇还没办完事情，就站在门口一直等着，直到一个巡夜的老太太过来询问她是不是丢了钥匙，进不了家时，她才知道已经快到凌晨了。她一看都这么晚了，又敲不开老宅的门，便担忧地给魏良易打了电话。

魏良易挂了苏诺的电话，就赶了过来。到了沈家老宅，魏良易看到苏诺正落寞地蹲在门口。

“苏诺。”魏良易喊了一声。

“良易哥。”苏诺站了起来。

“苏诺，你别急，我们进去看看，说不定他就在家呢。”魏良易说着拿出了钥匙。

“良易哥，你怎么会有这里的钥匙？”苏诺看着魏良易打开门锁问。

“之前为了便于出入，沈先生给我配了一把。”魏良易打开门锁。

苏诺和魏良易进了老宅，找遍所有的房间和角落，都没见沈遇的身影。

“沈先生没跟你说他要去干什么？”魏良易和苏诺在客厅会合后问。

“没有，他只是说有些事情要处理。”苏诺摇头。

“有没有可能……”魏良易想了一会儿，话却只说了一半。

“什么可能？”苏诺焦急不已地问。

“沈先生有没有可能故意躲着你。”

“他不会不辞而别的，我和他约好晚上来接他的。”苏诺笃定地说完，突然像是想到了什么，“良易哥，沈遇他一定是出事了，一定是出事了。”

“苏诺，你不要胡思乱想。”

“不是这样的，良易哥。在沈遇开始衰老之前，有一天晚上我和他回来，家里进了贼，但只偷走了有关沈遇的东西，其他的一件都没有少。”苏诺说。

魏良易一听苏诺这样说，便意识到沈遇说要办的事情是去找隐藏最深的幕后操纵者了。但沈遇究竟是去找谁，魏良易却并不知道。

所以，魏良易只能和苏诺盲目地寻找，但找了一晚上，都没有沈遇的下落。

夜昼交替，刚刚沉寂了几个小时的江州，又开始繁忙了起来。精神病院的大夫早晨例行查房时发现腾乾不见了，急忙给苏诺打了电话。苏诺接到大夫的电话，便把这个消息直接告诉了在一旁的魏良易。魏良易听到这个消息，便恍然明白了一切。

“跟我上车。”魏良易说完拉着苏诺就往车前走。

“去哪里？”苏诺不解。

“去找沈先生和腾乾。”

“去哪里找？”到了车上，苏诺继续追问，“他们怎么会在一起？”

“我现在跟你解释不清楚。”魏良易说完，便给队里打了电话，让人速去腾乾的实验室和腾乾家。

魏良易带着苏诺去了刘西文的家。

腾乾的确把沈遇带到了刘西文的家。沈遇和腾乾聊完，准备离开时，被腾乾打晕，塞到了床底下。然后他和苏诺一样等待夜幕的降临，寻找机会把沈遇送出去。

其实他本可以继续在精神病院待着，接着假装自己是精神病患者，然后等着沈遇渐渐地老去，让整个事情就这样结束，接着让自己的病情见好，然后出院，做回大家都认可的腾乾，大家都会对他深表同情的腾乾。

他之所以这么笃定沈遇老去，自己就会无平安无事，是因为他知道魏良易并没有再次怀疑他。沈遇虽然怀疑他，但没有证据，也没有告诉魏良易，不然来找他的就是魏良易，而不是这个已经衰老的沈遇。

他本可以安全着陆，却要暴露自己，是因为他突然无比厌恶沈遇，他厌恶这个身材走样、步履蹒跚的沈遇，依然在他面前那么自以为是。他憎恨沈遇对他说教。

但腾乾并不知道，这一切都在沈遇的计划内。沈遇本来想给腾乾机会，让腾乾的女儿不成为孤儿，让腾乾做一个负责任的父亲。腾乾却依然执迷不悟，去偷他的东西。所以，他并不是真的来要那封信，而是来刺激腾乾的。

如果他刺激腾乾成功，腾乾对自己下手，那么腾乾所做的一切都会暴露在光天化日之下。

在苏诺和魏良易赶往刘西文家的时候，腾乾像疯了似的，在沈遇身体里不时地抽取一些血液，又不停地往沈遇的身体里注射液体。

沈遇像是一只任人宰割的羔羊，眼皮低垂，瞳孔涣散，仿佛死神就在他身边，随时都会拿走他的生命。

腾乾的确疯了，他像沈遇说的那样，没想到自己精心设下的局，竟然等来的是垂垂老矣的老人。

发疯的腾乾忘我地对沈遇进行摧残，像是忘记了面前的沈遇已经是年老的躯体，就连魏良易和苏诺进来都没有发现。

苏诺看到腾乾在拿沈遇进行实验，大声喊道："腾乾叔叔！"

腾乾像是没有听到苏诺的声音，并没有停下来，魏良易过去一脚把腾乾踹倒在地。倒在地上的腾乾爬起来去拿掉在地上的器皿，却被魏良易踩住手，直接铐上了手铐，腾乾哈哈大笑起来。

4

罪恶比任何其他的病症更为严重，因为它侵蚀人的灵魂。

腾乾的罪恶始于2004年初秋的一个晚上。鼎恩、苏林森、腾乾在实验室里做着实验，腾乾突然觉得身体不适，说要先回宿舍休息。他从实验室出来没走多远，就想上厕所，然后就折回实验室，就在他刚要推门的时候，听到鼎恩和苏林森交谈的声音。

"老师，我有一件事情想告诉您。"鼎恩放下实验的器皿，看着苏林森说。

"什么事？"苏林森的目光没有从显微镜上离开。

"如果我告诉您，我是1940年生人，您信吗？"鼎恩说。

"什么意思？"苏林森从显微镜上转过头，不解地看着鼎恩。

"其实我已经64岁了。"鼎恩一脸严肃。

"不要开玩笑，赶快工作。"苏林森说。

"我没有开玩笑。我知道说给您听，您不会信。其实有时候我自己也疑惑。但就是这种疑惑，才促使我学习生物学，成了您的学生。”鼎恩异常认真地看着苏林森。

苏林森见鼎恩如此严肃认真，便开始有些信了，因为站在科学理论的角度，是有这种可能存在的。“怎么证明？”

鼎恩从口袋里掏出了一叠照片，递给苏林森。这些照片在鼎恩身上揣了很久，他一直想找机会告诉苏林森。苏林森看着鼎恩的照片，表情逐渐惊讶起来，“文革”时期的鼎恩，改革开放在深圳时期的鼎恩，1990 年在北京观看亚运会时期的鼎恩，1997 年看香港回归时期的鼎恩……照片上的时代在变，唯独照片上的鼎恩没有变。

“你为什么突然告诉我这些？”苏林森不解。

“因为我相信老师的为人，不会把我说的一切告诉任何人。我想让老师以我为标本，研究一下我为什么会这样。”鼎恩说。

“你让我想想……”苏林森有些不知道如何是好。

在外面听到一切的腾乾，悄悄地离开了。在鼎恩和苏林森交谈的过程中，腾乾听得无比兴奋，他要是能参与研究鼎恩，这将是一个证明自己、引起世界轰动的成果。但听到最后他才明白，自己根本不可能参与，因为鼎恩不想让第三个人知道自己的身世。

那个时候的腾乾只是落寞，他为和鼎恩同窗将近四年，却得不到鼎恩的信任而落寞；那个时候腾乾内心没有任何罪恶的想法，他内心还存有希望，希望有一天苏林森或者鼎恩会告诉他这一切。但他一直等了好几天，鼎恩和苏林森在他面前像往常一样，只字未提。

这个时候他的内心开始发生变化，在实验室偷偷放了一只录音笔，每天故意早走，然后次日拿走录音笔，听鼎恩和苏林森的对话。

直到有一天，他从录音笔里听到苏林森劝说鼎恩离开。他觉得苏林森让鼎恩离开是一个错误的决定，他认为自己参与进去一定会攻克鼎恩身上隐藏的秘密。但理性告诉他，他不能跟苏林森和鼎恩当面说，就算说开了，自己也不可能挽留住鼎恩。这时候，他的罪恶计划便开始萌发了。

为了不让自己被怀疑，腾乾便四处寻找目标替他执行，替他背罪。经过几天的寻找，他锁定了顾夏。顾夏非常符合他要找的目标条件，医学专业，理性思维缜密，还有一个对她穷追不舍、唯命是从的学生物学的男孩，最关键的是顾夏爱美，对永葆美丽的容颜有执着的追求。

锁定了顾夏之后，腾乾就趁苏林森给鼎恩做离开准备的时候，开始与顾夏接触了。但他和顾夏见面并不是真正意义上的见面，而是当他把有关鼎恩的一切告诉顾夏后，又反复地强化顾夏的意识，并催眠了顾夏，在顾夏的记忆里植入了一个新的得知这个信息的来源，然后把自己从顾夏的记忆里剔除了。顾夏就成了他的执行者。

所以，三年后，顾夏有目的地和腾乾相识，从顾夏的记忆来说，的确是一个崭新的开始。但顾夏的目的却是腾乾计划的一部分，因为顾夏和腾乾的相遇，是腾乾有意而为之，他刻意把自己是苏林森的学生的身份告诉了顾夏。

最可怕的人并不是穷凶极恶的人，而是对你的弱点了如指掌，然后利用你的弱点，再一点一点把你送上断头台的人。

顾夏到死都不知道，腾乾根本没吃她加量的药。

十年前，当顾夏和刘西文替腾乾执行这一切的时候，撞死苏太太和囚禁苏教授，都不在腾乾的计划内，因为他没想伤害苏教授和苏太太，他的目标只有鼎恩。但这一切都发生了，他害怕事情败露，就走了一步最险的棋，通过解家明的病利用解汉钢的妻子，从而控制解汉钢，让解汉钢当了替罪羊。

5

腾乾的罪恶最终得到了应有的惩罚。

而沈遇对罪恶的纵容，也得到了惩罚。他再次从刘西文的家里被救出来的次日，就衰老成自己应有年纪的样子了。由于他衰老的速度太快，衰老的器官让他产生了各种不适，先是腿失去了行动能力，接着整个人也开始变得时而清醒时而糊涂。

沈遇清醒的时候，总是让苏诺叫苏林森或者魏良易来医院和他们聊天。沈遇对苏诺说他这一辈子只对三个人肆无忌惮地敞开了心扉，她、苏教授、魏良易，在自己本该老去的年纪老去，还有他们的陪伴，已经很知足了。

苏诺知道沈遇这样做，除了向他们告别，也是为了填补自己没有找到自己身世的遗憾。但苏诺知道就算他们每天都陪伴着沈遇，也是无法填补他内心的遗憾的，所以她想在沈遇离世前，尽最大的努力替沈遇找到母亲。

苏诺写了一篇稿子，发到了各大报纸上，标题为：“您还记得 1942 年被一个传教士带到南京寻母的孩子吗，他还在寻找您”。

苏诺的文章写得感人肺腑，在纸媒上发表后，很快就有人在网上发起帮忙寻找的倡议。虽然这篇文章传得沸沸扬扬，但几天下来并没有什么消息。

沈遇也从魏良易那里听说了这件事情。一天傍晚，沈遇让苏诺推他出去转转。

“苏诺，谢谢你为我做的一切。”坐在轮椅上的沈遇无精打采地说。

“谢我什么？”苏诺推着沈遇，为了不让自己的担忧影响沈遇，故作顽皮地说。

“我听良易说了，你为了帮我寻找身世，写了一篇文章。”

“是呀，应该很快就有人来找你了。”苏诺用充满希望的口吻安慰他。

“那我就等着人来找我了。”沈遇勉强地笑了笑，“能把你写的文章念给我听听吗？”

“不能算是我写的，我顶多是你的代笔，因为都是按照你讲的整理出来的。”

“我想听。”

苏诺推着沈遇回到了病房，拿出报纸，给沈遇读了起来。这篇文章与其说是给沈遇寻找身世，不如说是概括沈遇的一生：

母亲，1942 年我被一个传教士带回国来寻找您，这个消息是在 1946 年收养我的神父告诉我的，那年我 6 岁。神父说传教士带我进教堂没多久就被日本人杀了。那年我才知道自己并不是孤儿，我还有母亲。但当时我并不知道母亲代表着什么，神父说母亲能给予爱、包容和期盼，于是我就盼望着您的到来，给予我爱、包容和盼望。但这一盼就是一辈子。

我不久就要离世了，身体一天不如一天，有时还犯糊涂。不过上天比较眷顾我，孤单了一辈子，离世前身边却有爱人、亲人、朋友照顾，我很知足。

其实不知道您是不是还健在，但我希望您还在，因为我想见到您。如果您健在，又不想见到我，那我就给您讲讲我这一辈子吧。

我这一辈子，特别奇幻……

苏诺读着，突然一个美国老头来到了病房。

“你怎么变成了这个样子？”美国老头说的是英语，他吃惊地看着沈遇。

“皮特教授，你怎么来了？”沈遇看着站在他面前的皮特，也用英语回应着。

“我在网上看到了关于你的新闻，就来中国了。”皮特教授跪在地上抱着沈遇，不停地说“我的天啊”。

“皮特教授，我骗了你。”沈遇脸上露出了惭愧的表情。

“到底发生了什么？”皮特教授问。

因为沈遇没有力气讲大段的话，苏诺就把沈遇传奇的一生告诉了皮特教授。

皮特教授听苏诺讲完后，特别惊讶，埋怨沈遇：“你应该早告诉我这一切的。”

“这是我的宿命。”沈遇说。

“希望这个能帮你找到母亲。”皮特教授把一张照片递给了沈遇，“这张照片是我父亲留下的。”

沈遇拿着那张已经发黄的照片，看了起来。照片上有沈科、皮特的父亲和几个欧洲人，在一个不起眼的角落里还有一个女生，这个女生像年轻时的双姨。

“双姨？”苏诺看到照片上的女生，惊讶地说。

沈遇看着照片上的双姨笑了起来，笑得那么无奈。

“你见过这个女人了？”皮特指着照片上的双姨问。

沈遇点了点头。

“我去联系双姨。”苏诺说。

“不用了。她要是想告诉我，早就说了，不要为难她。”沈遇说。

6

沈遇虽然不想让双姨来，但苏诺不想让沈遇遗憾地离世，背着沈遇给双姨打了电话。

“双姨，我是苏诺。”

“你好小姑娘，鼎恩最近怎么样？”

“他快不行了。”苏诺说着哽咽了起来。

“什么快不行了？”双姨惊讶不已。

“你来看看他吧。”苏诺说着呜咽了起来。

“怎么会这样……”双姨的声音也颤抖了起来，“他看来只有五十多岁呀。”

“他没有几天时间了。”

“好……好……好……”双姨的声音有些颤抖。

双姨是接到电话后的第二天到的江州。

双姨来到医院的时候，沈遇不是太清醒。她坐在病床前一直等着沈遇清醒，眼泪不停地往下流。

沈遇是在中午的时候才清醒的。沈遇看到双姨来了，欣慰地笑了。

“双姨，吓到您了吧？”沈遇问。

“没有。”双姨擦了一下眼泪，看向了一旁的苏诺，“姑娘，我和他单独聊聊可以吗？

苏诺点了点头。

“苏诺，我想吃冰激凌 ，你去给我买一个吧。”沈遇叫住往外走的苏诺。

苏诺明白沈遇是担心她一个人在外面待得太久，让自己有事情做。

“好的。”苏诺转过身对沈遇报以微笑，走出了病房。

“沈遇还好吧？”苏诺走出病房，沈遇开口说。

“他挺好的。他想来，但我没让他来。”双姨的眼泪在眼眶里打转，“你怎么老得这么快。”

双姨的眼泪让沈遇动容，他却控制着自己的情绪安慰起了双姨：“人都会老的，我只是老的方式不一样。”

“对不起。在锦溪的时候，没能告诉你你本应该知道的一切。”双姨泪如雨下，放下水杯握住了沈遇的双手。

双姨这一握，让沈遇再也控制不住自己，眼泪瞬间夺眶而出：“见到了您，我就知足了。”

“是我的错，是我太自私，是我造成你一辈子没有人疼爱，是我造成你没能和彭慧相见。”双姨哽咽着忏悔。

听到双姨的忏悔，沈遇恍惚了起来：“彭慧？我和彭慧到底是什么关系？难道您不是我要找的人吗？”

“我是你要找的人，但我不是你的母亲。”双姨说。

“什么意思？”沈遇费解地问。

“我给你讲个故事吧，你听完就明白了。”双姨说着松开沈遇的手。

1938 年，我在德国柏林遇到了沈科，准确地说是沈科救了我。那天下着小雨，我在剧场看完演出已经很晚了。我的住所和剧场相距并不是太远，所以我就打算跑回家。然而我还没跑太远，就被两个德国人拦住了，是沈科救了我，并把我送回了住所。我本想请他进去喝杯茶，他说妻儿在家等他，就直接离去了。

那一年我 16 岁，正好是一个情窦初开的年龄。与沈科别样的相遇，他的影子就像是种到了我的心里，挥之不去。我知道我爱上了这个只有一面之缘的人。所以，我开始期待与沈科再次重逢，但上天并没有给我机会，我们就这样匆匆一见，便就此别过了。

1939 年，“二战”开战前夕，我的父母让我放弃学业回国。我遵从了父母的建议，收拾好了行李决定回国，却在港口看到了沈科，他正在和彭慧告别。当时我激动万分，偷偷地把行李扔进了海里，看着沈科把彭慧送上了船，装作自己也来送人，制造了一场邂逅。

比较遗憾的是，我上前和沈科打招呼，他似乎记不起我了。经我提醒，他才想起我是他救下的那个姑娘。

我并没有在意他想起的方式，总之他想起了我，就足以让我激动得得意忘形。

虽然只是第二次和沈科相见，但他并没有让我觉得陌生，或许是因为我在想象里和他重逢了很多次的缘故。

我问他为什么不和妻儿一块儿回国，他说有些事情要办，办完就回国和他们团聚。他回国后还要参加革命，国家在遭受日本人的欺凌，他不能继续在这里苟且了。沈科说的时候特别愤怒、特别激昂，能看出来他对祖国是那么地热爱。

其实沈科并不是在德国苟且偷生，他当时有一个即将完成的科研项目，是关于人类一种流行疾病的攻克，如果他完成这个科研项目，把成果带回当时的中国，会让很多国人受益。

我和沈科在港口聊了几句，便提议请他吃饭，以谢他的相救之恩。沈科特别绅士地答应了。但吃完饭，我才想起来我的钱被我随着行李扔进了海里。

沈科见我如此窘迫，便主动结了账。梦想落进现实，总是会变得残酷。因为我把所有的行李扔进了大海，房子也退了，钱也没了，根本不知道接下来的时间该怎么在柏林继续生存下去。

从餐馆出来，我便一直跟着沈科。沈科便问我缘由。我不想骗沈科，一五一十地把实情告诉了沈科。沈科听后尴尬地笑了，笑得很纯净，说会帮我买一张近期的船票送我回国。

他还有意向我表达了他对彭慧的感情。当时我就明白我对沈科的感情只能在想象里生根发芽，茁壮成长，活不进现实。因为我也不想破坏沈遇和彭慧的感情，成全所爱之人的幸福，不也是一种爱的方式吗？所以，我同意了沈科送我一张船票的建议。

为了等一张船票，我被沈科安排在他们实验室旁的一间房子里暂住。但那张船票随着“二战”的开始，变得遥遥无期。

这期间，沈科他们接受了一笔科研经费，资助方也给他们提供了更好的科研环境。为了照顾我，他把我带到新的实验室，对资助方说我是他们的助理。

当我兴高采烈地跟他们一块儿到了新实验室，才知道科研经费是一个诱饵，新实验室已经被纳粹监控，让沈科他们进来并不是继续研究他们的项目，而是希特勒想永远统治世界，让他们研究如何复制人。

沈科他们得知真实情形后都感到绝望，但他们的绝望并不是消极，而是进行了反抗。然而他们的反抗并没有任何意义，反而接连让两个研究员被纳粹枪杀了。他们终于明白，和纳粹根本没有道理可讲，只有听从纳粹的指令，才有可能活下去，才有可能走出去。

沈遇听到这里便明白了一切。

这一切却让他特别痛苦，他竟然是一个被研究出来的产物，他现在无比后悔自己苦苦寻找真相。此刻，他多么想让双姨像皮特的父亲那样，只把美好的那一段告诉自己。

"原来我是沈科为了让自己活着而研究出来的产物。"沈遇苦笑着喃喃自语。

"不不不，不是你想象的这样。"双姨连忙解释，"沈科从来都没有想过用研究成功换取自己的生命。他们知道这样做是违背道德的，他们总是不按照科学的方式给纳粹交代。你的出现只是一个意外。"

"我不想知道他们是用什么样的方式获得了成功。复制人也需要母体孕育，我想知道是谁孕育了我。"沈遇问。

"我。"双姨怯懦地回应。

"我懂了。"沈遇眼中闪过一丝痛苦。

"你不懂。你知道沈科为了让你不落在纳粹手里，保护你，被纳粹枪杀了吗？"

"既然我这么让你们觉得珍贵，你为什么还要把我交给一个传教士呢？"

"我不是有意的。我虽然孕育了你，但我知道你并不属于我。沈科之所以让我带你回来，就是想让我把你交给彭慧。因为你是沈科，你只属于彭慧。但我带你回来后，却一直找不到彭慧。当时战争那么残酷，我不能让你出意外，所以才把你交给了一个传教士，独自去找彭慧，但当我回去找你的时候，那个传教士已经不在原来的教堂了。"双姨泣不成声。

听双姨说完，沈遇才知道自己最不应该发脾气的人就是双姨，并不是因为双姨孕育了自己，而是他觉得双姨这一辈子比他都可悲，她活在自责里，活在救赎里，活在一辈子想象出来的爱情里。

“我有些累了。”沈遇说。

双姨听出了沈遇的意思：“那你先休息。”

沈遇点了点头。他不让双姨继续讲下去，是不想让双姨再次揭自己的伤疤。他能想象出来双姨是因为丢了他，才一直陪伴在彭慧的身边做补偿、做救赎。

一个人为了完成对爱的人的承诺，牺牲自己一辈子，应该得到尊重才对。

沈遇看着双姨落寞离去的背影，突然叫住了双姨，“南双。”

双姨听到沈遇叫她的名字，慢慢地转过身去，眼含泪水，“你累了，休息吧。”

“我是不是应该叫沈科才对。”沈遇饱含深情地问。

“这些已经不再重要了。”双姨说完迈着沉重的脚步走了出去。

看着双姨走出病房，沈遇的身体像是瞬间被掏空一样再没有一点儿力气，重重地摔在了床上。

7

苏诺捧着两个冰激凌回来，看到病房里空无一人。

苏诺慌张地转身跑出病房，左顾右盼，撕心裂肺地喊：“沈遇……沈遇……护士……护士……”

听到苏诺的喊叫声，一个护士急忙跑了过来。

“护士，护士，沈遇呢？沈遇呢？”不等护士走过来，苏诺便发疯地问。

护士被苏诺吓得说不出话来，支支吾吾地说：“他……他……”

“鼎恩走了。”这个时候，魏良易推着苏林森走了过来。

“不可能，你们骗我。”苏诺说着号啕大哭起来，手里握着的冰激凌掉在了地上，“你们骗我，你们骗我。”

“苏诺，鼎恩真的走了。”魏良易说。

“我要见他。”苏诺说。

“按照他自己的遗愿，已经把他的尸体捐了。”苏林森说。

“我要见沈遇！我要见鼎恩！！”苏诺悲痛欲绝。

终章

时间的齿轮在不停运转，我们终会再次相遇

沈遇走了。

苏诺没有见上最后一面。

苏诺总觉得沈遇没有离开，所有的人都在骗她。

在沈遇走后的很长一段时间里，苏诺总会情不自禁买一个冰激凌去沈家老宅，然后摁响门铃，坐在门前，等冰激凌化了，吃完再离开。

后来，她慢慢地意识到沈遇真的走了。盼望变成了空虚，便开始用工作麻醉自己，每天都在报社加班到很晚。

每次加完班回家之前，都会对着沈遇的照片，自言自语一阵子。

魏小蔓见苏诺一直活在沈遇的阴影里，便拼命地给苏诺介绍男朋友。苏诺每次都去见，但每次不是不说话就是说一堆乱七八糟的，结果总是把对方气跑。

这种状态一直持续了将近两年。

两年后的一天，苏诺采访完拖着疲惫的身体回到报社，刚坐到工位上，座机就响了起来。

“是苏记者吗？”听筒里传出一个特别古怪的声音。

“我是苏诺。”苏诺冷静地回应，“请问你有什么事？”

“我想给你爆个料。昨晚有个人被人袭击了，他身上有你特别想要

的新闻。”

“在哪里？”

“在沈家老宅……”

苏诺没等电话那头的人说完就挂了电话，拎起包就往沈家老宅去了。

沈家老宅因为长时间没有人住，门上蒙着一层厚厚的灰尘，门前布满了青苔。

苏诺踩着青苔来到门前，不停地摁蒙着一层灰的门铃，见没有任何声响，不由得笑着摇了摇头，转身走了。

然而，还没走几步，突然背后传来一个熟悉而又陌生的声音：“请问你找谁？”

苏诺像不敢相信自己的耳朵似的，缓缓地转过身，看到沈遇穿着一件白色的衬衫站在她面前，深邃的双眸注视着自己。

“我找沈遇。”苏诺泪眼婆娑地向沈遇走去。

“这里没有沈遇，只有沈科。”沈遇说完一把将苏诺揽到自己怀里。

此时，在不远的一扇窗前，有一双眼睛正注视着他们……

图书在版编目（CIP）数据

时间潜行者 / 武小武著. -- 武汉 : 长江出版社，
2017.10
ISBN 978-7-5492-5400-2

Ⅰ. ①时… Ⅱ. ①武… Ⅲ. ①长篇小说 - 中国 - 当代
Ⅳ. ①I247.5

中国版本图书馆CIP数据核字(2017)第255003号

时间潜行者 / 武小武 著

出　　版	长江出版社 （武汉市解放大道1863号 邮政编码：430010）
出　　品	漫工厂 （湖北省武汉市洪山区南湖城投瀚城311 邮政编码：430079）
出 版 人	赵　冕
选题策划	漫工厂产品部
市场发行	长江出版社发行部
网　　址	http://www.cjpress.com.cn
责任编辑	张艳艳 钟一丹
装帧设计	末末美书 小小杜
印　　刷	武汉立信邦和彩色印刷有限公司
版　　次	2017年12月第1版
印　　次	2017年12月第1次印刷
开　　本	889mm × 1230mm　1/32
印　　张	9
字　　数	240千字
书　　号	ISBN 978-7-5492-5400-2
定　　价	38.00元

电话：027-82926557（总编室）027-82926806（市场营销部）